MIJN OBSESSIE

MIJN KWELLING: BOEK 2

ANNA ZAIRES

♠ MOZAIKA PUBLICATIONS ♠

Copyright © 2020 Anna Zaires
www.annazaires.com/book-series/nederlands/

Uitgegeven door Mozaika Publications, onderdeel van Mozaika LLC.
www.mozaikallc.com

Ontwerp cover: Najla Qamber Designs
www.najlaqamberdesigns.com

Vertaling: TextStress

ISBN: 978-1-63142-607-0
Print ISBN-13: 978-1-63142-608-7

DEEL I

1

eter

'Ze halen ons in,' zegt Ilya als het gieren van de sirenes en het geraas van de rotorbladen dichterbij komt. Het licht van de auto's die in de tegenovergestelde richting over de snelweg razen, wordt op zijn kale hoofd weerspiegeld. Het bizarre effect daarvan is dat de tatoeages op zijn schedel lijken te dansen als hij een bezorgde blik in de achteruitkijkspiegel werpt.

'Juist.' Ik negeer de adrenaline die door me heen raast en trek Sara nog wat dichter tegen me aan om te voorkomen dat haar hoofd van mijn schouder rolt wanneer Ilya een langzamere auto inhaalt. Uiteraard had ik wel verwacht dat ze ons zouden achtervolgen - je kunt niet zonder consequenties een vrouw ontvoeren die door de FBI bewaakt wordt - maar toch ben ik bezorgd.

Mijn drie teamgenoten en ik kunnen een achtervolging op hoge snelheid wel aan, maar Sara?

Ik neem een besluit en zeg: 'Langzamer. Laat ze ons maar inhalen.'

Anton draait zich half om in zijn stoel. Zijn bebaarde gezicht staat ongelovig en hij grijpt zijn M16 nog wat steviger vast. 'Ben je gek geworden?'

'We kunnen ze niet naar het vliegveld leiden,' wijst Yan, Ilya's tweelingbroer, hem terecht. Hij zit aan Sara's andere kant en moet begrepen hebben wat ik van plan ben, want al pratende is hij bezig in de grote plunjezak te rommelen die we onder de achterbank van de SUV hadden liggen.

'Denk je dat de FBI weet dat we haar bij ons hebben?' Anton werkt een blik op de bewusteloze vrouw aan mijn zijde. Ik voel een irrationele jaloezie de kop opsteken als hij zijn donkere ogen over Sara's gezicht laat gaan en zijn blik iets langer dan nodig op haar volle roze lippen blijft hangen.

'Zeker wel. Die gasten die haar volgden waren misschien wel dom, maar niet volkomen incompetent,' zegt Yan. Hij komt met een granaatwerper in zijn hand overeind. In tegenstelling tot zijn tweelingbroer heeft hij zijn haren in een conservatief model laten knippen en draagt hij keurige, zakelijke kleding. Ilya noemt het zijn bankiersvermomming. In het algemeen ziet Yan eruit alsof hij nog niet weet hoe hij een spijker in de muur moet slaan, laat staan een geweer moet afvuren, maar hij is toch echt een van de dodelijkste mensen die ik ken - net als de rest van mijn team.

Er is een reden dat onze klanten ons miljoenen betalen en die heeft niets te maken met onze kledingkeuzes.

'Ik hoop maar dat je gelijk hebt,' zegt Ilya. Hij verstevigt zijn greep op het stuur als hij opnieuw een blik in de achteruitkijkspiegel werpt. Twee zwarte SUV's van de overheid en drie politiewagens rijden nu vier auto's achter ons. Met wild knipperende zwaailichten halen ze het langzamere verkeer in. 'De Amerikaanse politie is slap. Ze zullen het niet riskeren het vuur te openen als ze weten dat we haar bij ons hebben.'

'En ook niet midden op een snelweg,' zegt Yan. Hij drukt op een knopje en het raam glijdt naar beneden. 'Er zijn te veel burgers.'

'Wacht even,' zeg ik als hij met de granaatwerper dichter naar het raam schuift. 'We willen die heli zo laag mogelijk hebben. Ilya, neem wat gas terug en ga op de rechterbaan rijden. We nemen de volgende afslag.'

Ilya doet wat ik vraag en voegt in de langzamere baan in, waardoor onze snelheid tot onder de toegestane limiet zakt. Een grijze Toyota Camry passeert ons aan de linkerkant en ik trek Sara nog wat dichter tegen me aan. Intussen zeg ik Yan dat hij zich klaar moet maken. Het geraas van de helikopter is oorverdovend - hij bevindt zich bijna recht boven ons - maar ik wacht nog even.

Dan zie ik het.

Over een paar honderd meter is de afslag.

'Nu,' brul ik tegen Yan. Meteen komt hij in actie, leunt half uit het raam en steekt ook de granaatwerper naar buiten.

Boem! Er klinkt een geluid alsof al het vuurwerk van Oud & Nieuw tegelijk boven ons hoofd afgaat. Overal piepen remmen, maar wij hebben de afslag bereikt en Ilya verlaat de snelweg precies op tijd. Achter ons breekt de hel los: in beide banen botsen auto's onder het geluid van deukend en scheurend metaal op elkaar als de helikopter in een vurige wolk verdwijnt.

'Verdomme,' fluistert Anton met een blik op de ravage achter ons. De brandende helikopter komt in stukken naar beneden, een enorme vrachtwagen van Walmart kantelt en dreigt om te gaan en zeker tien auto's zijn al op elkaar gebotst, terwijl er iedere seconde meer auto's bovenop knallen. Ook de SUV's van de overheid behoren tot de slachtoffers. De politiewagens zitten erachter vast. Onze achtervolgers kunnen ons onmogelijk nog volgen en hoewel ik niet blij ben dat we burgerslachtoffers gemaakt hebben, weet ik wel zeker dat dit de enige manier is waarop we konden ontsnappen.

Tegen de tijd dat ze zich herpakt hebben en meer politie achter ons aan hebben gestuurd, zijn wij allang weg.

Niemand zal me Sara afnemen.

Ze koos voor mij en dus blijft ze bij mij.

～

ONDER HET AFGESPROKEN VIADUCT LATEN WE DE AUTO STAAN EN ALS WE EENMAAL IN DE NIEUWE AUTO ZITTEN, halen we allemaal opgelucht adem. De FBI achterhaalt ons ongetwijfeld wel, maar tegen die tijd zijn wij al lang en breed in de lucht.

We zijn al bijna bij het vliegveld als Sara zacht kreunt. Ze beweegt zich even en haar ogen gaan langzaam open.

De drug die ik haar gegeven heb, is aan het uitwerken.

'Sst,' sus ik. Ik kus haar op haar voorhoofd als ze probeert zich uit de deken te bevrijden die haar van haar hals tot haar voeten bedekt. 'Je bent in orde, *ptichka*. Ik ben bij je en alles is goed. Hier, neem een slokje.' Met mijn vrije hand open ik de sportdop van een fles water en zet ik hem tegen haar lippen om haar wat te laten drinken.

'Wat... Waar ben ik?' vraagt ze hees als ik de fles weer weghaal. Mijn arm spant zich om haar schouders om te voorkomen dat de deken afglijdt en haar naakte lichaam onthult. 'Wat is er gebeurd?'

'Er is niets ergs aan de hand,' stel ik haar gerust. Ik zet de fles neer en strijk een lok haar uit haar gezicht. 'We gaan gewoon op reis.'

Aan de andere kant van Sara schiet Yan in de lach en mompelt vervolgens in het Russisch iets over grove understatements.

Sara's blik schiet naar Yan en ik kan precies aan haar gezicht zien op welk moment ze beseft wat er gaande is.

'Zeg me dat je niet...' Haar stem schiet omhoog. 'Peter, zeg me dat je niet echt...'

'Stil maar.' Ik draai haar naar me toe en druk twee vingers tegen haar zachte lippen. 'Ik kon niet blijven, maar ik kon jou ook niet achterlaten, *ptichka*. Dat weet je toch? Het komt wel goed. Er zal je niets overkomen. Ik zal je beschermen.'

Vol afschuw richt ze haar geschokt opengesperde bruine ogen op me en ondanks dat ik zeker weet dat ik de juiste beslissing heb genomen, trekt mijn borst haast pijnlijk samen.

Sara heeft me gewaarschuwd voor de FBI in de wetenschap dat ik haar waarschijnlijk met me mee zou nemen, maar ze had waarschijnlijk niet verwacht dat het zo zou gaan. Misschien was er toch een andere oplossing geweest, iets waardoor ik haar niet had hoeven drogeren en midden in de nacht ontvoeren.

Nee. Ik zet die niet-karakteristieke twijfel van me af en concentreer me op wat er echt toe doet: Sara geruststellen en haar zover krijgen dat ze de situatie accepteert.

'Luister naar me, *ptichka*.' Ik leg mijn hand tegen haar tere wang. 'Ik weet dat je je zorgen maakt om je ouders, maar zodra we in de lucht zijn, kun je ze bellen en...'

'In de lucht? Zijn we nog... Goddank.' Ze sluit haar ogen en ik voel haar even beven. Dan opent ze haar ogen weer en kijkt me aan. 'Peter...' Haar stem klinkt zacht, bijna verleidelijk. 'Alsjeblieft, Peter. Je hoeft dit niet te doen. Je kunt me hier gewoon achterlaten. Dat is veel veiliger voor jou. Het is veel makkelijker voor je om te ontsnappen als niemand mij ook nog zoekt. Je zou gewoon kunnen verdwijnen en dan pakken ze je nooit. Dan...'

'Ze krijgen me sowieso nooit te pakken.' Mijn toon klinkt kortaf als een vlaag van woede door me heen slaat. Ik laat mijn hand zakken. Sara had de kans om van me af te komen en die heeft ze niet gegrepen. Door me te waarschuwen heeft ze haar lot bezegeld en nu kan ze niet meer terug. Ja, ik heb haar zonder het te vragen gedrogeerd en meegenomen, maar ze had moeten weten dat ik haar niet achter zou laten. Ik heb haar verteld hoeveel ik van haar houd en hoewel ze het niet terugzei, weet ik dat ze iets voor me voelt. Misschien is dit niet precies wat ze wilde, maar ze heeft voor mij gekozen en dat ze me nu smeekt om haar te laten gaan, me nu met die grote ogen en lieve stem probeert te manipuleren... Die afwijzing steekt, ook al zou dat niet het geval moeten zijn.

Ik heb per slot van rekening haar man gedood en ben haar leven binnengedrongen.

'We zijn er,' zegt Anton in het Russisch. De auto vertraagt en ik kijk uit het raam om zo'n twintig meter verderop het vliegtuig te zien staan.

'Alsjeblieft, Peter.' Sara worstelt in haar deken en haar stem zwelt aan, terwijl de auto stopt en mijn mannen eruit springen. 'Doe dit alsjeblieft niet. Dit is verkeerd. Je weet dat dit verkeerd is. Mijn leven is hier. Ik heb mijn familie, mijn patiënten en mijn vrienden...' Huilend stribbelt ze tegen als ik haar bij haar in de deken gevouwen benen pak en uit de auto trek. 'Alsjeblieft! Je zou dit niet doen als ik meewerkte. Dat heb ik gedaan. Ik heb alles gedaan wat je wilde. Alsjeblieft, Peter. Stop! Laat mij hier. Alsjeblieft!'

Hysterisch probeert ze zich los te worstelen als ik haar uit de auto trek en tegen mijn borst klem. Anton werpt me een ongemakkelijke blik toe terwijl hij de tweeling helpt de wapens onder de achterbank vandaan te halen. Hoewel mijn vriend meermaals heeft gesuggereerd dat ik Sara gewoon zou kunnen ontvoeren als ik dat wilde, moet de werkelijkheid daarvan wreder zijn dan hij zich kon voorstellen.

Andere mensen zouden ons misschien als monsters zien, maar ook wij hebben wel degelijk gevoelens... En je zou een hart van staal moeten hebben om niets te voelen nu Sara me huilend smeekt haar te laten gaan terwijl ik haar naar het vliegtuig draag.

'Het spijt me,' zeg ik als ik haar in de cabine voorzichtig in een van de brede leren stoelen vooraan laat zakken. Haar ellende brandt als zoutzuur in mijn binnenste, maar de gedachte dat ik haar achter zou moeten laten is nog veel pijnlijker. Ik kan me geen leven zonder Sara voorstellen en ik ben meedogenloos en egoïstisch genoeg om ervoor te zorgen dat dat niet hoeft.

Blijkbaar heeft zij nu zo haar bedenkingen bij haar besluit, maar uiteindelijk trekt ze wel bij en zal ze de situatie accepteren, net zoals ze onze relatie begon te accepteren. En dan zal ze weer gelukkig zijn.

Gelukkiger dan ooit. We gaan samen een leven opbouwen en ook zij zal daarvan genieten.

Dat moet ik geloven, want dit is de enige manier waarop ik haar bij me kan houden.

Dit is de enige manier waarop ik weer liefde kan ervaren.

2

S*ara*

TRANEN VAN PANIEK EN BITTERE FRUSTRATIE ROLLEN over mijn wangen als de wielen van het vliegtuig van de grond komen en de lichten van het kleine vliegveld langzaam achter ons in de duisternis verdwijnen. In de verte zie ik de lichtjes van Chicago en haar voorsteden, maar al snel zijn die ook verdwenen en rest me alleen nog het verpletterende besef dat mijn oude leven verdwenen is.

Ik ben mijn familie, mijn vrienden, mijn carrière en mijn vrijheid kwijt.

Misselijkheid laat mijn maag samentrekken als een scherpe pijn door mijn hoofd snijdt. Mijn hoofdpijn is alleen nog maar verergerd door wat Peter me ingespoten heeft. Maar het ergste is het verstikkende gevoel in mijn borst, dat afschuwelijke gevoel dat ik niet genoeg lucht krijg. Ik haal diep adem om het gevoel te verdrijven, maar het wordt alleen maar erger. De deken voelt aan als een dwangbuis. Hij klemt mijn armen tegen mijn zij en verhindert mijn longen voldoende lucht naar binnen te zuigen.

Mijn kweller heeft zijn dreigement waargemaakt.

Hij heeft me ontvoerd en misschien kom ik nooit meer thuis.

Hij zit niet naast me - zodra we opgestegen waren, liep hij naar het achterste deel van de cabine waar zijn mannen zaten - en daar ben ik blij om. Ik kan zijn aanblik niet verdragen. Ik kan het niet aan dat ik zo stom was om hem te waarschuwen terwijl hij alles al wist.

Hij had die naald al vast; hij speelde met me.

Hoe wist hij het? Waren er camera's en afluisterapparatuur in de kleedruimte van het ziekenhuis waar ik met Karen sprak? Of hebben de mannen die me van Peter moesten bewaken de FBI-mensen gezien en het aan hem doorgegeven? Misschien heeft hij wel connecties binnen de FBI, net zoals die ene opdrachtgever van hem die bij de CIA had. Is dat mogelijk of overdrijf ik? Maar het doet er niet toe; het gaat erom dat hij het wist.

Hij wist het en deed net alsof dat niet zo was; hij speelde met mijn emoties tot ik zou breken.

Hoe kon ik zo dom zijn? Hoe kon ik hem waarschuwen terwijl ik wist dat iets als dit zou kunnen gebeuren? Hoe kon ik naar huis gaan terwijl ik vermoedde - nee, *wist* - wat mijn stalker zou doen als hij van het dreigende gevaar hoorde. Ik had Karen alles moet vertellen toen ik de kans had en haar de agenten naar mijn huis moeten laten sturen terwijl ik met de FBI meeging. Dan zou Peter misschien nog steeds ontsnapt zijn, maar dan zou hij me niet hebben meegenomen. Tenminste, niet nu. Dan had ik meer tijd gehad om te plannen en de beste manier te bedenken om mezelf en mijn ouders te beschermen. Zeer waarschijnlijk zou hij voor me teruggekomen zijn, maar dan was er in elk geval nog een kans geweest dat de FBI ons had kunnen beschermen.

In plaats daarvan ben ik met open ogen in Peters val gelopen. Ik ben naar huis gegaan en stond toe dat hij tegen me loog. Ik stond toe dat hij me liet denken dat er iets menselijks - iets goeds - in hem was. Hij zei dat hij van me hield en ik viel ervoor. Ik geloofde dat er echt iets tussen ons was, dat zijn tederheid betekende dat hij echt om me geeft.

Mijn onlogische gehechtheid aan de moordenaar van mijn man zorgde ervoor dat ik verblind was voor wie hij werkelijk is. En nu ben ik alles kwijt.

Het strakke gevoel in mijn borst neemt toe en mijn longen trekken samen tot ademen een zware opgave wordt. Woede en wanhoop vermengen zich tot het punt waarop ik het het liefst zou uitschreeuwen, maar het enige dat ik kan uitbrengen is een gepijnigd gehijg. Die deken om mijn lichaam voelt aan als een strop om mijn nek. Ik heb het te heet; ik zit te vast; mijn hoofd bonst en mijn hart gaat te snel. Het voelt alsof ik stik, alsof ik sterf... Ik wil mijn keel openklauwen zodat ik weer lucht krijg.

'Hé, het is goed.' Peter hurkt voor me, al heb ik hem niet zien aankomen. Zijn sterke handen maken de deken los en vegen mijn haar uit mijn bezwete gezicht. Hoewel mijn paniekaanval alles beheerst en ik alleen nog maar kan trillen en hijgen, maakt zijn aanraking alles toch een klein beetje beter en neemt het verstikkende gevoel iets af.

'Diep ademhalen, *ptichka*,' zegt hij. Dat doe ik, en mijn longen gehoorzamen hem waar ze mij negeerden. Mijn borst opent zich voor één ademteug en dan een volgende, tot ik weer bijna normaal kan ademen. Mijn keel stelt zich weer open voor al die kostbare zuurstof. Ik tril nog steeds en het koude zweet loopt over mijn rug, maar mijn hartslag vertraagt en die angst om te stikken verdwijnt als Peter mijn armen uit de deken bevrijdt en me een zwart mannen-T-shirt aanreikt.

'Het spijt me. Ik kon geen kleren voor je meenemen,' zegt hij terwijl hij me helpt het enorme T-shirt aan te trekken. 'Gelukkig had Anton achterin nog kleren liggen. Trek deze broek maar aan.' Hij helpt me mijn trillende benen in herenjeans te laten glijden en trekt me dan een paar zwarte sokken aan. De deken gooit hij op het tafeltje naast ons.

Net als het T-shirt is de broek me veel te groot, maar er is wel een riem en Peter maakt hem vast met een knoop; daarna rolt hij de broekspijpen op.

'Zo,' zegt hij tevreden. 'Dat is voldoende voor

tijdens de vlucht en als we er zijn, koop ik nieuwe kleren voor je.'

Ik sluit mijn ogen om hem buiten te sluiten. Ik kan de aanblik van zijn exotisch knappe gezicht en de warmte in die staalgrijze ogen niet verdragen. Het zijn allemaal leugens; het is een illusie. Hij geeft niet echt om me. Obsessie is geen liefde, maar dat is wel wat hij voor me voelt: een duistere, afschuwelijke obsessie die alles vernietigt.

Die mijn leven al op zoveel manieren vernietigd heeft.

Ik hoor hem zuchten; dan legt hij zijn grote handen op mijn klamme handpalmen.

'Sara...' Zijn diepe stem met het lichte accent voelt aan als een streling op mijn huid. 'We maken er iets van, *ptichka*, dat beloof ik je. Het wordt niet zo erg als jij nu denkt. Vertel me, wil je je ouders bellen om het hen uit te leggen?'

Mijn ouders? Geschrokken open ik mijn ogen en staar hem aan. Dan besef ik dat hij dat eerder heeft gezegd, alleen heb ik het niet onthouden. 'Mag ik mijn ouders bellen?'

Mijn cipier knikt; hij glimlacht even en blijft op zijn hurken voor me zitten, zijn handen zacht om de mijne gevouwen. 'Natuurlijk. Ik weet dat je vanwege je vaders hart en zo niet wilt dat ze zich zorgen maken.'

O, God. *Mijn vaders hart.* Mijn hoofdpijn verergert als ik eraan denk. Mijn vader is zevenentachtig, maar nog bijzonder kwiek voor zijn leeftijd. Desalniettemin moet hij sinds zijn bypassoperatie enkele jaren geleden stress vermijden. Ik kan me weinig stressvollers voorstellen dan... 'Denk je dat de FBI ze al gesproken heeft?' Ik snak vol afschuw naar adem. 'Zouden ze mijn ouders verteld hebben dat ik ontvoerd ben?'

'Ik denk niet dat ze daar tijd voor hadden.' Peter knijpt geruststellend in mijn handen en staat dan op. Hij pakt zijn telefoon uit zijn zak en steekt hem me toe. 'Bel ze maar, dan horen ze jouw kant van het verhaal als eerste.'

'Mijn kant van het verhaal? Wat ís mijn kant van het verhaal?' De telefoon in mijn hand voelt aan als een baksteen. Als ik iets verkeerds zeg, kan dat letterlijk het einde van mijn vader betekenen. 'Hoe kan ik dit op zo'n manier uitleggen dat het voor hen acceptabel is?'

Hoewel ik bitter klink, meen ik de vraag oprecht. Ik heb geen flauw idee wat ik moet zeggen zodat mijn ouders niet in paniek raken omdat ik ineens weg ben. Ik weet echt niet hoe ik moet uitleggen wat de FBI ze komt vertellen - zeker omdat ik niet weet wat de agenten zullen zeggen.

Precies op dat moment begint het vliegtuig te trillen door turbulentie. Peter komt naast me zitten. 'Leg ze uit dat je een man hebt ontmoet... op wie je verliefd bent geworden.' Hij legt een warme hand op mijn knie. Zijn metaalkleurige blik is haast hypnotiserend intens. 'Vertel ze dat je voor het eerst in je leven hebt besloten iets gek en impulsiefs te doen. Het gaat goed met je, alleen ben je de komende weken op wereldreis met je nieuwe minnaar.'

'De komende weken?' Hoop bloeit in me op. 'Bedoel je dat...'

'Nee, je bent niet over een paar weken weer thuis. Maar dat hoeven zij nog niet te weten.'

De hoop in mijn binnenste sterft af en de verpletterende wanhoop keert terug. 'Ik zal ze nooit meer zien, hè?'

'Jawel.' Hij knijpt zachtjes in mijn knie. 'Als het weer veilig is.'

'En wanneer is dat?'

'Dat weet ik nog niet, maar we verzinnen er wel wat op.'

'We?' Een bitter lachje rolt over mijn lippen. 'Denk je echt dat dit een soort partnerschap is? Dat wé mij ontvoerd hebben?'

Peters blik verhardt zich. 'Het kan een partnerschap zijn, Sara. Als jij dat wilt.'

'O, is dat zo?' Ik duw zijn hand van mijn knie. 'Keer dit vliegtuig dan maar om, *partner*. Ik wil naar huis.'

'Dat is onmogelijk, dat weet je best.' Er trilt een spiertje in zijn stoppelige kaak.

'O, ja? Waarom? Omdat je me zo graag neukt? Of omdat je verdomme van me houdt?' Mijn stem wordt luider en ik spring met gebalde vuisten op. Ik zie zijn mannen in de stoelen achter ons. Ze zitten met een zorgvuldig neutrale uitdrukking naar buiten te kijken en doen net of ze niet luisteren, maar dat interesseert me niets. Ik ben de gêne en de schaamte allang voorbij. Woede is nog het enige wat ik voel.

Ik heb nog nooit zo graag iemand pijn willen doen als Peter nu.

De blik van mijn kweller is duister en hard als ook hij opstaat. 'Ga zitten, Sara,' zegt hij bot. Hij steekt zijn hand naar me uit en op dat moment schudt het vliegtuig opnieuw, waardoor ik de wand vast moet grijpen om niet om te vallen. 'Het is niet veilig.' Hij pakt me bij mijn arm om me te dwingen te gaan zitten en in een reflex hef ik mijn andere arm.

Met de telefoon nog altijd in mijn hand geklemd, zwaai ik mijn hand richting zijn gezicht... en dankzij een nieuwe beweging van het vliegtuig, waardoor we allebei ons evenwicht verliezen, mis ik niet. De klap is duidelijk hoorbaar als de telefoon Peters gezicht raakt; de impact voel ik tot in mijn botten. Zijn hoofd draait opzij.

Ik weet niet wie meer geschokt is door die klap, ik of Peters mannen.

Ze staren ongelovig onze kant op terwijl Peter heel langzaam mijn arm loslaat en het bloed van zijn jukbeen veegt. De buitenkant van de telefoon moet hem een wondje bezorgd hebben - of die onverwachte turbulentie zette mijn klap veel meer kracht bij dan er daadwerkelijk achter zat.

Zijn blik kruist de mijne en mijn hart bonst in mijn keel als ik de kille woede in die zilverkleurige diepten zie. Angstig deins ik achteruit. De telefoon glijdt uit mijn gevoelloze vingers en klapt met een metalig geluid tegen de grond.

Ik ben nog niet vergeten waar Peter toe in staat is of

wat hij me tijdens onze eerste ontmoeting heeft aangedaan.

Binnen twee stappen komt er een einde aan mijn vlucht; ik sta met mijn rug tegen de wand die onze cabine van de cockpit scheidt. In dit vliegtuig kan ik nergens heen en me nergens verbergen. Mijn maag trekt samen van angst als hij op me af loopt. Zijn woedende blik houdt de mijne vast en hij zet beide handen naast mijn hoofd tegen de wand, waardoor ik gevangen zit.

'Ik...' Ik wil zeggen dat het me spijt en dat ik het niet zo bedoelde, maar die leugen krijg ik niet over mijn lippen. Daarom pers ik mijn lippen op elkaar, voor ik het nog erger maak door hem te vertellen hoezeer ik hem haat.

'Je... Wat?' Zijn stem is laag en dreigend. Hij leunt naar voren en laat zijn lippen over de bovenkant van mijn oor glijden. 'Wat, Sara?'

De warmte van zijn adem stuurt een rilling door me heen. Mijn knieën beginnen te trillen en mijn polsslag versnelt. Maar dat is niet alleen van angst. Ondanks alles vormt zijn nabijheid een aanslag op al mijn zintuigen. Mijn lichaam snakt naar zijn aanraking. Het is slechts een paar uur geleden dat hij in me was en ik kan hem nog steeds voelen in de beursheid van mijn binnenste spieren, die komt door zijn harde stoten. Tegelijkertijd ben ik me pijnlijk bewust van mijn harde tepels die tegen het geleende T-shirt duwen en het warme, vochtige gevoel tussen mijn benen.

Zelfs met kleren aan voel ik me in zijn armen nog naakt.

Hij trekt zijn hoofd iets terug en staart op me neer. Ik weet gewoon dat hij die magnetiserende hitte ook voelt, die duistere connectie die tussen ons in hangt en ieder moment intenser maakt tot iedere milliseconde wel uren lijkt te duren. Op nog geen vier meter afstand zitten Peters mannen toe te kijken, maar toch voelt het alsof we alleen zijn, omhuld door een bubbel vol sensueel verlangen en explosieve spanning. Mijn mond is droog en mijn lichaam bonst van verlangen. Het kost me de grootste moeite om me niet naar hem toe te buigen maar te blijven staan, in plaats van toe te geven aan de vlammen die me uit lijken te slaan.

'*Ptichka...*' Peters stem klinkt zacht en intiem. Het ijs in zijn blik smelt. Zijn ene hand glijdt van de muur naar mijn wang. Als zijn eeltige duim mijn lippen streelt, stokt mijn adem in mijn keel. Tegelijkertijd laat hij zijn andere hand om mijn elleboog glijden en pakt die zacht maar onverzettelijk vast. 'Kom, laten we gaan zitten,' dringt hij aan. Hij trekt me zachtjes mee. 'Het is niet veilig om nu rond te lopen.'

Verdwaasd laat ik me naar de stoel voeren. Ik weet dat ik tegen zou moeten blijven stribbelen of op zijn minst me verzetten, maar die woede die ik ervoer, is verdwenen. Ik voel alleen nog een doffe wanhoop.

Zelfs na wat hij geeft gedaan verlang ik nog naar hem. Ik verlang net zo naar hem als dat ik hem haat.

Mijn in sokken gehulde voeten voelen koud aan door de kille vloer en ik ben dan ook dankbaar als

Peter de deken pakt en die om mij benen slaat, voor hij naast me komt zitten. Hij maakt de veiligheidsriem vast en ik sluit mijn ogen om de warmte in zijn blik buiten te sluiten. Hoe angstaanjagend Peters duistere zijde ook is, de tedere, bezorgde minnaar die nu voor me zorgt, maakt me veel banger.

Het monster kan ik weerstaan, maar de man is een heel ander verhaal.

Warme vingers strelen mijn hand en dan voel ik koud metaal. Geschrokken open ik mijn ogen en kijk naar de telefoon die Peter me in mijn hand heeft geduwd.

Hij moet hem van de grond opgeraapt hebben.

'Als je je ouders wilt bellen, kun je dat maar beter nu doen,' zegt hij zacht. 'Voor ze ingelicht worden.'

Ik slik en staar naar de telefoon. Peter heeft gelijk; er is geen tijd te verliezen. Ik weet niet wat ik tegen mijn ouders moet zeggen, maar alles is beter dan wat de FBI-agenten gaan vertellen.

'Hoe bel ik?' Ik werp een blik op Peter. 'Moet ik een speciale code intoetsen of zo?'

'Nee, alle telefoongesprekken worden automatisch versleuteld. Je kunt gewoon het nummer intoetsen.'

Ik haal diep adem en tik dan het mobiele nummer van mijn moeder in. Zij raakt eerder in paniek dan mijn vader bij een nachtelijk telefoontje, maar ze is wel negen jaar jonger dan hij en heeft voor zover we weten geen problemen met haar hart. Ik houd de telefoon tegen mijn oor en kijk weg van Peter, door het raam.

De telefoon gaat een keer of tien over; dan springt hij op voicemail.

Mijn moeder moet te diep in slaap zijn, of ze heeft hem uitgezet.

Ik probeer het nog een keer.

'Hallo?' Mijn moeders stem klinkt slaperig en geërgerd. 'Met wie spreek ik?'

Opgelucht laat ik mijn adem ontsnappen. Het klinkt alsof de FBI ze nog niet ingelicht heeft, want dan zou mijn moeder niet zo slaperig klinken.

'Hoi, mam. Met mij, Sara.'

'Sara?' Meteen klinkt mijn moeder een stuk wakkerder. 'Wat is er aan de hand? Waar bel je vandaan? Is er iets gebeurd?'

'Nee. Alles is in orde. Het gaat prima met me.' Ik haal diep adem en probeer een zo min mogelijk verontrustend verhaal te verzinnen. Binnenkort zal de FBI zeker contact opnemen met mijn ouders en dan zal dit een leugen blijken. Maar het feit dat ik heb gebeld en dit heb verteld zal mijn ouders laten weten dat ik in elk geval nu nog gezond en wel was, wat hopelijk de klap van wat de agenten vertellen, zal verzachten.

Ik sterk mijn stem en zeg dan: 'Sorry dat ik zo laat bel, mam, maar ik ga op reis en ik wilde het jullie laten weten zodat jullie je geen zorgen zouden maken.'

'Op reis?' Mam lijkt me niet te begrijpen. 'Waarheen? Waarom?'

'Nou...' ik aarzel even; dan besluit ik Peters suggestie op te volgen. Als mijn ouders dan van de ontvoering horen, denken ze misschien dat ik uit vrije wil met Peter ben meegegaan. Wat de FBI zal denken, is waarschijnlijk iets heel anders, maar daar maak ik me later wel druk om. 'Ik heb iemand ontmoet. Een man.'

'Een man?'

'Ja, we zijn nu een paar weken aan het daten. Ik wilde nog niets vertellen omdat ik hem nog niet zo goed kende en niet zeker wist hoe serieus het tussen ons was.' Ik voel gewoon dat mijn moeder op het punt staat aan een kruisverhoor te beginnen, dus zeg ik gauw: 'Hoe dan ook, hij moest onverwacht het land uit en heeft me uitgenodigd om mee te gaan. Ik weet dat het complete waanzin is, maar ik wil zo graag even weg zijn van alles en dit leek me een goed moment. De komende paar weken reizen we samen de wereld rond, dus...'

'Wat?' Mijn moeders stem schiet omhoog. 'Sara, dat is...'

'Gestoord? Dat weet ik.' Ik grimas. Gelukkig kan ze mijn gezicht niet zien. De hoofdpijn en de leugens zorgen ervoor dat ik me absoluut beroerd voel. 'Het spijt me, mam. Ik wil niet dat jullie je zorgen maken, maar ik moet dit echt doen. Ik hoop dat pap en jij het begrijpen.'

'Wacht eens even. Wie is die man? Hoe heet hij? Wat doet hij? Waar hebben jullie elkaar ontmoet?' Iedere vraag wordt als een kogel op me afgevuurd.

Ik kijk naar Peter, die met een neutrale blik kort knikt. Ik weet niet of hij het hele gesprek kan horen, maar ik neem aan dat dat knikje betekent dat ik mijn ouders nog wat meer mag vertellen.

'Hij heet Peter,' zeg ik. Ik heb besloten zo dicht mogelijk bij de waarheid te blijven. 'Hij is een soort aannemer en werkt voornamelijk in het buitenland. We ontmoetten elkaar toen hij in Chicago was en sindsdien hebben we regelmatig afgesproken. Ik wilde al over hem vertellen toen we sushi gingen lunchen, maar het juiste moment kwam niet.'

'Oké, maar je werk dan? En de kliniek?'

Ik knijp met twee vingers in mijn neusbrug. 'Dat regel ik wel, geen zorgen.' Zelfs als Peter me toestaat hen te bellen krijg ik dit in het ziekenhuis nog niet geregeld, maar dat kan ik niet tegen mijn moeder zeggen. Niet zonder haar nog bezorgder te maken. Als die agenten straks voor haar deur staan, raakt ze toch al in paniek. Tot die tijd kunnen mijn vader en zij beter denken dat ik gek ben geworden.

Een dochter die wat al te laat rebels wordt, is nog altijd oneindig veel beter dan een dochter die door de moordenaar van haar man ontvoerd is.

'Sara, lieverd...' Mijn moeder klinkt hoe dan ook bezorgd. 'Weet je het zeker? Ik bedoel, je zegt zelf dat je weinig van hem weet en nu ga je met die man het land uit? Dit is niets voor jou. Je hebt niet eens verteld waar je heen gaat. Gaan jullie met de auto of met het vliegtuig? En wat is dit voor nummer? Het is geblokkeerd en je klinkt vreemd, alsof...'

'Mam.' Ik wrijf over mijn voorhoofd als de hoofdpijn verergert. Meer vragen kan ik nu echt niet beantwoorden, dus zeg ik: 'Luister, ik moet gaan. Ons vliegtuig vertrekt zo. Ik wilde jullie het gewoon laten weten zodat jullie je geen zorgen hoeven te maken, goed? Ik bel zo snel mogelijk weer.'

'Maar Sara...'

'Dag, mam. Ik spreek je snel weer!'

Ik hang op voor ze iets kan zeggen en Peter neemt de telefoon van me over. Zijn mond heeft zich tot een waarderende glimlach gevormd.

'Goed gedaan. Je hebt talent hiervoor.'

'Voor tegen mijn ouders liegen over mijn ontvoering? Ja, echt talent. Bedankt.' Ik doe niet eens moeite om de bitterheid uit mijn stem te weren. Ik weiger nog langer lief en aardig te doen.

Dat spelletje is uitgespeeld.

Peter lijkt niet onder de indruk. 'Je hebt hun grootste zorgen weggenomen. Ik weet niet wat de FBI zal zeggen, maar dit zal je ouders geruststellen dat je vandaag in elk geval nog gezond en wel was. Hopelijk is dat voldoende tot je ze weer kunt bellen.'

Dat dacht ik ook - en het zit me dwars dat we blijkbaar hetzelfde dachten. Het is gewoon maar een redenatie, maar het voelt alsof ik me op een glijdende schaal bevind... richting dat partnerschap waar Peter het over had. De illusie dat er een 'we' is, dat onze relatie op welke manier ook bestaat.

Daar kan - daar mag - ik niet intrappen. Ik ben niet Peters partner, vriendin of minnares.

Ik ben zijn gevangene, de weduwe van een man die hij gedood heeft om zijn gezin te wreken. Dat mag ik nooit vergeten.

Het kost me moeite om mijn stem kalm te houden als ik vraag: 'Mag ik ze nog een keer bellen dan?' Als Peter bevestigend knikt, zeg ik: 'Wanneer dan?'

Zijn grijze ogen glinsteren. 'Zodra ze van de FBI hebben gehoord en alles verwerkt hebben. Binnenkort, dus.'

'Hoe weet je of ze... O, laat ook maar. Je bespioneert mijn ouders zeker ook?'

'Ik houd een oogje op hun huis, ja.' Hij lijkt niet het kleinste beetje spijt te hebben. 'Zodoende weten we wat de agenten hen vertellen en wanneer dat is. Aan de hand daarvan kunnen we bedenken wat je moet zeggen en op welke manier we weer contact met ze opnemen.'

Ik pers mijn lippen op elkaar. Weer dat irritante 'we'. Alsof dit een gezamenlijk project is, zoals de woonkamer opnieuw inrichten of het kiezen van een fles wijn voor een feestje. Moet ik hier dankbaar voor zijn? Hem bedanken omdat hij aardig en attent met de logistieke details van mijn ontvoering omgaat?

Denkt hij dat ik zal vergeten dat hij mij mijn leven heeft ontnomen omdat hij me toestaat de zorgen van mijn ouders weg te nemen?

Knarsetandend staar ik uit het raampje, maar dan besef ik dat ik het antwoord op een van de vragen van mijn moeder zelf ook niet weet.

Ik keer me weer naar mijn ontvoerder en ontmoet zijn koele, geamuseerde blik. 'Waar gaan we heen?' Ik dwing mezelf kalm te klinken. 'Waar gaan *we* dit allemaal uitpluizen?'

Als Peter grijnst, onthult hij een paar witte tanden

die iets scheef in de onderkaak staan. Daardoor, en door het kleine litteken op zijn onderlip, zou zijn glimlach niet aantrekkelijk moeten zijn, maar die kleine imperfecties verhogen zijn gevaarlijk sensuele aantrekkingskracht alleen maar.

'We gaan dat uitpluizen vanuit Japan, *ptichka*,' zegt hij. Hij neemt mijn hand in de zijne. 'Het Land van de Rijzende Zon is ons nieuwe thuis.'

3

Sara

DE REST VAN DE VLUCHT ZEG IK GEEN WOORD TEGEN
PETER. In plaats daarvan slaap ik; mijn brein sluit de
werkelijkheid zo gretig buiten alsof het er actief aan
wil ontsnappen. Daar ben ik dankbaar voor. Mijn
hoofdpijn is aanhoudend en iedere keer als ik mijn
ogen open, begint een nieuw drumsalvo in mijn hoofd.
Pas tegen de tijd dat we gaan dalen, ben ik wakker
genoeg om mezelf naar het toilet te slepen.

Als ik terugkom, zit Peter in de stoel naast me op
een laptop te werken. Misschien heeft hij daar de hele
vlucht wel gezeten, maar dat weet ik niet zeker. Ik kan
me nog herinneren dat ik in slaap viel terwijl zijn
sterke vingers mijn handpalm masseerden en ik weet

ook nog dat hij op een gegeven moment de deken om me heen instopte toen het fris was in de cabine.

'Hoe voel je je?' vraagt hij als ik weer in mijn luxe leren stoel ga zitten. Nu de eerste schok van de ontvoering weggeëbd is, besef ik dat het vliegtuig klein maar heel luxueus is. Achter ons bevinden zich nog twee rijen stoelen. De stoelen doen denken aan leunstoelen en in het midden staat een beige leren bank met twee tafeltjes eraan.

'Sara?' dringt Peter aan als ik geen antwoord geef. Ik haal ten antwoord mijn schouders op, onwillig hem gerust te stellen door toe te geven dat mijn lange dutje ervoor heeft gezorgd dat ik me beter voel. De bijwerkingen van de drug moeten inmiddels volledig verdwenen zijn, want de misselijkheid en hoofdpijn zijn verdwenen.

Ik heb honger en ik heb dorst, dus reik ik naar het flesje water en het bakje nootjes op het tafeltje tussen onze stoelen.

'Binnenkort kunnen we weer van een echte maaltijd genieten,' zegt Peter terwijl hij me het bakje toeschuift. 'We waren niet van plan zo plotsklaps het land te verlaten en dit was alles wat we aan boord hadden.'

'Hm-hm.' Ik kijk hem niet aan, maar giet het halve flesje in één teug naar binnen. Dan eet ik een handje nootjes en spoel ze met de rest van het water weg. Het gebrek aan eten in het vliegtuig verbaast me niet; wat me wél verbaast is dat hij überhaupt een vliegtuig stand-by had staan. Ik weet dat zijn team en hij absurde hoeveelheden geld betaald krijgen om drugsbazen en zo om te leggen, maar dit vliegtuig moet miljoenen kosten.

Ik kan mijn nieuwsgierigheid niet bedwingen en kijk mijn cipier aan. 'Is dit van jou?' Ik gebaar naar het vliegtuig. 'Heb jij het gekocht?'

'Nee.' Hij doet de laptop dicht en glimlacht. 'Het is een betaling van een van onze cliënten.'

'Juist.' Ik kijk weer naar buiten, me op de duistere lucht in plaats van die aantrekkelijke glimlach richtend. Nu ik me beter voel, ben ik me nog veel bewuster van wat Peter me heeft aangedaan - en hoe uitzichtloos mijn situatie is.

Waar ik thuis al bang was voor wat er zou gebeuren als ik naar de autoriteiten zou stappen, als ik daar al aan hem overgeleverd was, wat ben ik nu dan? Peter Sokolov kan alles doen om me bij zich te houden; als hij wil, kan hij me tot aan mijn dood gevangenhouden. Zijn mannen zullen me niet helpen en ik kom straks in een land terecht waar ik de taal niet spreek en niets of niemand ken.

Ik ben dol op sushi, maar meer kennis van Japan heb ik niet.

'Sara?' Peters zware stem doorbreekt mijn gedachten en ik kijk hem instinctief aan.

'Maak je riem maar vast.' Hij knikt naar de veiligheidsriem, die geopend naast me ligt. 'We gaan zo landen.'

Ik maak de riem vast en richt mijn blik dan weer naar buiten. Ik zie weinig in de duisternis. Blijkbaar hebben we zo lang gevlogen dat ook in Japan de nacht nu gevallen is, maar toch houd ik mijn blik op de lucht gericht. Ik hoop in elk geval iets te kunnen zien - en ik wil niet met Peter praten.

Ik ga echt niet doen alsof we daadwerkelijk een verliefd stel zijn dat op reis is, niet doen alsof ik hier op welke manier dan ook vrede mee heb. Dat zwaard van Damocles dat hij boven mijn hoofd hield - dat hij me zou ontvoeren als ik niet meespeelde met zijn huisje-boompje-beestje-fantasie - is verdwenen en ik ben absoluut niet van plan om opnieuw het gewillige slachtoffer uit te hangen. Ik weet dat ik aan hem toegaf, dat ik in zijn ban raakte, maar dat is voorbij. Peter Sokolov heeft mij gemarteld en mijn man vermoord. En nu heeft hij me ontvoerd. Er is niets tussen ons, alleen een verknipt verleden en een nog verkniptere toekomst.

Hij zal me hebben, maar hij zal er niet van genieten.

Daar zorg ik wel voor.

Peter

MIJN JUKBEEN DOET NOG ALTIJD PIJN VAN SARA'S KLAP
als we op een privévliegveld in de buurt van
Matsumoto overstappen in een helikopter die daar op
ons staat te wachten. Morgen heb ik een blauw oog -
nu mijn woede verdwenen is, vind ik dat amusant. De
pijn doet me niets - ik heb ergere verwondingen
opgelopen bij een partijtje sparren - maar de
onverwachtheid waarmee mijn kleine, knappe dokter
uithaalde, verraste me wel.

Het voelde als gekrabd worden door een kitten dat
je wilt knuffelen en beschermen.

Ze is nog steeds boos op me. Dat blijkt duidelijk uit
haar stijve houding, stilzwijgen en weigering om zelfs
maar naar me te kijken als de helikopter opstijgt.

Hoewel het donker is, staart ze naar de lichtjes beneden. Het is duidelijk dat ze probeert te onthouden waar we heen gaan.

Het is me ook duidelijk dat ze bij de eerste de beste gelegenheid zal proberen te ontsnappen.

Anton vliegt en Yan zit naast hem. Ilya zit bij Sara en mij. Hoewel we niets verwachten, zijn we wel gewapend. Daarom houd ik Sara zorgvuldig in het oog; ik wil niet dat ze iets doms doet, zoals proberen mij of Ilya een wapen te ontfutselen.

In haar huidige stemming acht ik haar tot alles in staat.

Onze Japanse onderduikwoning ligt in de dunbevolkte, bergachtige provincie Nagano, boven op een steile, dichtbeboste berg naast een klein meer. Op heldere dagen is het uitzicht adembenemend, maar de voornaamste reden dat ik het huis gekocht heb, is dat de bergtop alleen per helikopter te bereiken is. Toen een rijke zakenman uit Tokio het huis in de jaren negentig liet bouwen, liet hij ook een zandweg aan de westkant van de berg aanleggen. Maar een aardbeving veroorzaakte in de tussenliggende jaren een landverschuiving en die nam zoveel van de berg met zich mee dat die kant nu een klif is.

Er was niets van de waarde van het huis over en de kinderen van de zakenman waren me dan ook zeer dankbaar toen ik het via een van mijn lege vennootschappen overnam; ze waren blij niet langer belasting te hoeven betalen over een gebouw waar ze niet wilden of konden komen.

'Waarom Japan?'

Sara's toon klinkt verveeld en ongeïnteresseerd, maar ik weet dat ze waarschijnlijk brandt van nieuwsgierigheid. Dat moet wel, anders zou ze haar urenlange zwijgen niet hebben doorbroken.

Het zou ook kunnen dat ze op zoek is naar informatie die haar kan helpen ontsnappen.

'Omdat dit wel de laatste plek is waar iemand ons zou zoeken,' antwoord ik. Het kan geen kwaad haar de waarheid te vertellen. 'Er niets dat mij met dit land verbindt. Rusland, Europa, het Midden-Oosten, Afrika, Noord- en Zuid-Amerika, Thailand, Hongkong, de Filippijnen... Overal heb ik wel de aandacht van de autoriteiten getrokken, maar hier niet.'

'En het is een fijne plek om ons schuil te houden,' zegt Ilya in het Engels. Het is voor het eerst dat hij iets tegen Sara zegt. 'Veel beter dan ergens in een grot in Dagestan zitten of ons kapot zweten in India.'

Sara werpt hem een blik toe die ik zo gauw niet kan interpreteren en gaat dan door met naar buiten kijken. Dat neem ik haar niet kwalijk. Het eerste daglicht is in de lucht verschenen en onder ons worden de beboste berghellingen zichtbaar. Tegen de tijd dat we bij ons toevluchtsoord op de berg zijn, zal ze het uitzicht ten volle kunnen meemaken - en dan kan ze gelijk alle hoop op ontsnapping uit haar hoofd zetten. Dat is namelijk ook een reden dat ik voor Japan koos: de afgelegen locatie van dit huis.

De nieuwe kooi van mijn vogeltje zal mooi zijn, maar ook ondoordringbaar.

VEERTIG MINUTEN LATER LANDEN WE OP HET KLEINE HELIPLATFORM NAAST HET HUIS. Ik kijk naar Sara's gezicht als ze de aanblik van ons nieuwe huis in zich opneemt: een strakke, moderne constructie van hout en glas, die moeiteloos in de omringende natuur opgaat.

'Is het wat?' vraag ik als ik haar uit de helikopter help. Ze kijkt weg en trekt zo gauw haar in sokken gehulde voeten op de grond staan haar hand los.

'Maakt dat wat uit? Als ik nee zou zeggen, zou je me dan terugbrengen?' Ze loopt in de richting van de rand van het heliplatform, waar de berghelling een klif vormt, helemaal tot aan het meer beneden.

'Nee, maar als je dit niks vindt, kunnen we naar een van de andere onderduikadressen verhuizen.' Ik loop achter haar aan en pak haar bij haar pols voor ze bij de rand is. Ik denk niet dat ze zo overstuur is dat ze van de klif zal springen, maar je weet maar nooit.

'Waar? In Dagestan, in India?' Nu kijkt ze me wel aan, met toegeknepen ogen. Hoewel de lente in volle gang is, is het hierboven nog winters koud. De kille wind laat haar kastanjekleurige krullen om haar gezicht wapperen en duwt het ruime zwarte T-shirt tegen haar slanke lichaam. Ik voel dat ze beeft. Haar pols voelt zo dun en fragiel aan in mijn greep en toch staat haar kaak onverzettelijk en wendt ze haar blik niet af.

Mijn Sara is zo kwetsbaar en ook zo sterk. Een

overlever, net als ik - al zou ze die vergelijking waarschijnlijk niet op prijs stellen.

'Dagestan en India zijn twee van de mogelijkheden,' zeg ik geamuseerd. Ze probeert me kwaad te maken en ervoor te zorgen dat ik spijt krijg van haar ontvoering, maar geen enkele hoeveelheid sarcasme of stilte zal dat kunnen bewerkstelligen.

Ik heb Sara nodig zoals ik zuurstof en water nodig heb; nooit zal ik er spijt van hebben dat ik haar mee heb genomen.

Haar zachte mond vertrekt en ze probeert zich uit mijn greep los te trekken. 'Laat me los,' sist ze als ik dat niet toesta. 'Haal verdomme je handen van me af.'

Hoewel ik me had voorgenomen om me niet door haar gedrag te laten beïnvloeden, laait er toch een sprankje woede in me op. Sara koos voor mij, al was dit niet precies wat ze koos - en ik zal niet toestaan dat ze me als een melaatse behandelt.

In plaats van haar los te laten verstevig ik mijn greep en trek haar dichter naar me toe, weg bij de rand van het heliplatform. Als ze ver genoeg weg is, buig ik iets voorover en til haar op. Haar gil van protest negeer ik.

'Nee,' zeg ik grimmig terwijl ik haar tegen mijn borst klem. 'Ik laat je niet gaan.'

Ik negeer haar protesten en draag de vrouw van wie ik houd naar ons nieuwe huis.

5

S*ara*

PETER LAAT ME PAS ZAKKEN ALS WE BINNEN ZIJN EN ZELFS DAN NOG BLIJFT HIJ MIJN POLS VASTHOUDEN, me met stalen vingers aan zijn zijde gekluisterd houdend terwijl ik mijn prachtige nieuwe gevangenis in me opneem.

En het is hier prachtig. Zelfs nu woede en frustratie me van binnenuit dreigen te verstikken, is het moeilijk om de strakke, moderne indeling en het pittoreske uitzicht op het meer en de bergen door de plafondhoge ramen niet te waarderen. In het midden, naast een hypermoderne keuken, leidt een ronde houten wenteltrap naar boven en dat is waar Peter me naartoe brengt, zijn hand nog altijd bezitterig om mijn pols.

'Een Japanse zakenman heeft dit huis twintig jaar

geleden laten bouwen, maar toen ik het vorig jaar kocht, heb ik het laten renoveren,' zegt Peter terwijl we de trap oplopen. 'Ik had niet verwacht hier zo snel al te zijn, maar het leek me het beste dat het wel gewoon af was.'

Ik zeg niets, want als ik mijn mond opendoe, barst ik waarschijnlijk in tranen uit. Op dit moment vertelt de FBI mijn ouders misschien over mijn verdwijning! Daarnaast heb ik ongetwijfeld talloze gemiste oproepen en berichten van mijn werk én de kliniek waar ik vrijwilligerswerk doe. Eén van mijn patiënten staat op het punt van bevallen en ik heb morgen een keizersnede gepland staan. Of is dat dan vandaag? Het is vroeg in de ochtend in Japan... is het thuis dan avond? Ik weet het precieze tijdsverschil niet, maar het moet meer dan tien uur zijn. Als dat zo is, heb ik al een hele dag gemist en zijn er vast mensen naar me op zoek. Misschien bellen ze mijn ouders wel om te vragen waar ik ben en waarom ik niet op telefoontjes of berichtjes reageer.

Mijn arme ouders moeten inmiddels gek zijn van bezorgdheid.

'Mag ik ze bellen?' vraag ik gesmoord als Peter met me een grote slaapkamer in loopt. Eén wand bestaat volledig uit glas, wat een adembenemend uitzicht biedt op de met sneeuw bedekte pieken in de verte en het meer onder ons. Tenminste, dat zou het zijn als ik me erop kon concentreren, maar die brok in mijn keel vraagt al mijn aandacht.

Laat mijn vader alsjeblieft in orde zijn.

'Nog niet,' zegt Peter. Zijn uitdrukking verzacht zich en hij laat mijn pols los. Als ik niet beter wist, zou ik denken dat hij mijn bezorgdheid om mijn ouders deelt. 'We moeten eerst de camerabeelden bekijken om te zien wat er gebeurd is en dan een manier zoeken om contact op te nemen met je familie zonder dat iemand weet waar je bent.'

Ik slik en draai me om voor hij de tranen in mijn ogen kan zien. Dit is allemaal mijn schuld. Als ik niet naar huis was gegaan en Karen in vertrouwen had genomen, zou alles anders zijn. Dan hadden mijn ouders en ik moeten onderduiken, maar dat was beter geweest dan deze nachtmerrie. Ik weet niet wat me bezielde toen ik gisteravond naar huis reed. Had ik gedacht dat als ik maar normaal deed, Peter niet zou weten dat de FBI me gesproken had? Dat de FBI niet zou beseffen dat de man die ze zochten in mijn huis woonde en dat alles gewoon door zou gaan zoals het ging?

Dat mijn kweller me beleefd zou bedanken en weg zou gaan als ik hem waarschuwde?

'Niet doen, Sara.' Hij komt voor me staan, waardoor ik op moet kijken om hem aan te kijken. Zijn kaak staat strak en zijn ogen glinsteren duister als hij met een harde, lage stem zegt: 'Doe niet alsof je dit niet wilde. Ik weet dat je bang bent en dat je je bedenkingen hebt, maar je koos voor mij. Je koos voor *ons*. Daarom vertelde je me dat ze achter me aan kwamen; daarom kwam je naar huis in plaats van met hen mee te gaan en te verdwijnen. Ik wachtte op jou. Ik wist dat ze in de buurt waren en toch wachtte ik op je, want ik moest weten of je me echt haatte... of je me werkelijk uit je leven wilde hebben. Maar dat was niet zo, hè?' Hij legt een hand om mijn kaak en zijn duim streelt mijn wang. 'Wilde je dat, *ptichka?*'

'Ja.' Mijn stem trilt en ik schaam me voor de tranen die over mijn wangen lopen. Ik wil geen enkele vorm van zwakte tonen, maar in mijn binnenste lijkt een giftig mengsel te branden. 'Ik was compleet kapot en ik had enorme hoofdpijn. Ik dacht niet helder na. Op een andere dag...'

'O, is dat zo?' Zijn mond vertrekt en hij laat zijn hand zakken. 'Is dat wat je jezelf voorhoudt? Dat ik je tegen je zin heb ontvoerd en dat je dit totaal niet wilde?'

'Ik wilde dit ook niet!' Ongelovig kijk ik hem aan. Hij kan niet menen wat hij nu zegt. 'Ik zou hier nooit mee ingestemd hebben. Mijn ouders, mijn patiënten, mijn vrienden... mijn hele leven is daar. Je hebt me *ontvoerd*, Peter. Daar bestaat geen enkele twijfel over. Je hebt een naald in mijn nek gestoken en me bewusteloos meegenomen. Hoe kun je denken dat ik vrijwillig met je mee ben gegaan? Ben je het gedeelte waarin ik schreeuwde en smeekte om me te laten gaan vergeten? Was je doof toen ik huilde en je smeekte om dit niet te doen?' Ik ben razend, maar de tranen blijven maar komen en met trillende handen van woede veeg ik ze van mijn wangen.

Peters lippen vormen een harde, gevaarlijke streep en opnieuw zie ik in hem de angstaanjagende vreemdeling die bij me thuis inbrak en me martelde. Maar ik ben te woedend om bang te zijn. Wil hij me straffen? Dan gaat hij zijn gang maar.

Dan zal ik hem alleen maar meer haten.

Hij beweegt niet, maar zijn stem klinkt bot als hij zegt: 'Waarom heb je het dan gedaan? Waarom waarschuwde je me, Sara? Je wist dat ik je niet zou kunnen achterlaten. En zeg me niet dat je niet helder nadacht. Je wist heel goed wat het risico was. Waarom deed je het, als je niet bij me wilde zijn?'

Ik haal beverig adem en keer me dan om, vastbesloten om de tranen die over mijn gezicht blijven stromen te stoppen. De woede in me sterft weg, waardoor ik alleen nog uitputting en een diepe wanhoop voel. Ik wil volhouden en zijn woorden ontkennen, maar dat kan ik niet. Misschien dacht ik niet zo helder na als had gemoeten, maar ik wist wel degelijk wat ik deed.

Het was geen verrassing toen ik die naald in mijn nek voelde.

Ik voel Peter achter me komen staan, ook al heb ik hem niet horen aankomen. 'Vertel het me, *ptichka*.' Zijn stem klinkt weer vriendelijk en zijn handen om mijn schouders zijn zacht als hij me tegen zijn harde lichaam trekt. 'Vertel me waarom.' Zijn stoppels schrapen langs mijn wang als hij zijn lippen tegen mijn slapen duwt. Ik verstijf als ik de neiging voel om me tegen hem aan te laten leunen en me te laten knuffelen en strelen tot ik vergeet dat ik alles kwijt ben.

Tot het me niet langer uitmaakt dat hij me mijn leven ontnomen heeft.

Hij tilt zijn hoofd weer op en draait me om zodat ik zijn blik wel moet ontmoeten. Zijn grijze ogen staren intens naar me en ik weet dat hij niet zal ophouden. Hij zal het onderwerp niet laten rusten tot ik mijn zwakte beken, die irrationele, waanzinnige impuls die me ertoe aanzette mijn enige kans op vrijheid te saboteren.

Als ik met mijn tong langs mijn lippen strijk, proef ik het zout van mijn tranen. 'Ik...' Ik slik moeizaam. 'Ik wilde niet dat je zou sterven.' Zelfs nu nog zie ik die afschuwelijke beelden voor me en beeldt mijn brein zich tot in gruwelijk detail in hoe het gegaan zou zijn. Ik kan de metalige geur van bloed bijna ruiken, de kogels van het SWAT-team zowat door Peters gespierde lichaam zien scheuren en de in volledige uitrusting geklede agenten door de deur naar binnen zien stormen om hem van mijn bed te sleuren.

Ik kan de heftige, verpletterende eenzaamheid die ik zonder mijn kweller zou ervaren bijna voelen.

Nee, nee, nee. Ik duw die gedachte weg. Dat is waanzin. Ik wilde dit níét. Ik miste Peter misschien toen hij op een van zijn moordmissies was, maar dat betekent niet dat ik er niet overheen gekomen zou zijn. En ik miste hém ook niet. Het was die bedrieglijke troost die hij bood, die illusie van liefde en zorgzaamheid. Wat ik voor hem voelde, was niet echt - en wat hij denkt voor mij te voelen, is dat ook niet. Het is een gestoorde leugen, meer niet, een ziekelijke obsessie van zijn kant en een perverse behoeftigheid van de mijne.

Peters blik vernauwt zich en zijn handen spannen zich om mijn schouders als mijn woorden tot hem doordringen. 'Dus je waarschuwde me omdat je dat rechtvaardig vond? Je was gewoon een goede Samaritaan?'

Ik knik en knipper heftig om een nieuwe golf tranen tegen te houden. Dat was niet de enige reden voor mijn inschattingsfout, maar wel de enige die ik wil toegeven.

Het gezicht van mijn cipier verhardt en hij laat zijn handen zakken. Dan stapt hij achteruit. 'Juist.'

Als ik niet beter wist, zou ik denken dat ik hem gekwetst heb.

Maar het volgende moment praat hij verder alsof er niets gebeurd is. 'Dit is onze slaapkamer.' Zijn stem klinkt koel en volkomen emotieloos. 'De badkamer is daar.' Hij gebaart naar een deur achterin. 'Je kunt je opfrissen en even ontspannen terwijl wij uitpakken en het ontbijt klaarzetten. Morgen laat ik kleding voor je bezorgen, maar in de tussentijd kun je de badjas uit de badkamer of wat van mijn kleren uit de kast dragen.' Hij knikt naar een dubbele deur in de tegenoverliggende muur. 'Mocht je iets nodig hebben, dan kun je me beneden vinden. Over een halfuurtje is het ontbijt klaar.'

Ik bijt op mijn lip. 'Oké, bedankt.'

Hij loopt weg en ik wend me naar het raam. Mijn

borst doet pijn van het verdriet om alles wat ik verloren ben... en wat ik net in Peters ogen zag.

Pijn.

Ik heb hem wel degelijk gekwetst en die gedachte doet mij op de een of andere manier pijn.

6

'Ze is niet bepaald blij, hè?' zegt Anton zacht in het Russisch als ik de grote doos eieren pak die hij net op het aanrecht heeft gezet, die naast het fornuis zet en op zoek ga naar een koekenpan.

'Nee.' Het kost me moeite het keukenkastje waar de koekenpan niet in staat niet hard dicht te smijten. 'Maar ze went er wel aan.'

'En als ze dat niet wil?'

Eindelijk heb ik de koekenpan gevonden: hij stond in een van de laden onder het fornuis. 'Dan blijft ze verdomme maar ongelukkig.' Ik pak de pan, smijt de la dicht en vloek zacht als ik een klein scheurtje in het glanzende, wit gebeitste hout zie verschijnen. Het was een enorme kutklus om het huis met één helikopterlading per keer te laten renoveren en ik kan mijn woede dus maar beter niet op de keukenkastjes uitleven. Straks bij het sparren vormt Antons gezicht een veel beter doelwit.

'Je wist dat dit zou gebeuren, toch?' gaat mijn vriend verder, alsof hij niet doorheeft dat woede door me heen raast. 'Die Vinex-wijkonzin kon niet blijven duren. Het is een wonder dat ze ons niet eerder doorhadden. Als je die meid voor langere tijd aan je wilt binden - en dat wil je toch? - dan is dit de enige manier.'

Ik heb mijn kaken inmiddels zo hard op elkaar geklemd dat mijn kiezen er pijn van doen. 'Houd je mond, Anton. Dit gaat je geen reet aan.'

'Goed. Ik herinner je alleen even aan de feiten. Ik weet dat het klote is dat ze overstuur is en zo, maar...' Hij zwijgt als hij beseft dat ik op het punt sta hem een dreun te verkopen. Hij pakt zijn Zwitserse zakmes, snijdt een net met sinaasappels open en legt het fruit in een grote houten kom op het aanrecht. Met een geïnteresseerde blik op de doos eieren vraagt hij dan: 'Wat hebben we voor het ontbijt?'

'Jij? Niets.' Ik breek vijf eieren boven een kom, giet er wat melk bij, voeg wat kruiden toe en roer alles goed door. 'Jij en de tweeling mogen jullie eigen kostje klaarmaken.'

'Dat is onaardig, man,' zegt Yan, die de keuken binnenkomt. Hij heeft een groot krat met meer fruit en groenten, brood en bevroren vlees vast. Dit zijn de voorraden die onze lokale man in de helikopter heeft geladen voor hij hem naar ons toe stuurde.

'Ilya en ik hebben trek en jij houdt van koken,' gaat Yan verder wanneer ik geen antwoord geef. 'Het is toch niet zo moeilijk om wat meer te maken? Ik beloof je dat ík mijn mond zal houden over die knappe dokter van je.'

Ik bedwing de neiging om tegen hem te snauwen en voeg nog zo'n tien eieren toe aan de kom. Meestal kook ik niet voor mijn mannen, maar Yan heeft gelijk: het zou onaardig zijn om mijn team geen goed ontbijt voor te zetten na zo'n lange reis.

Maar ik wil wel dat ze hun mond houden over Sara; als ik nog één woord erover hoor, maak ik ze af.

Zowel Yan als Anton is verstandig; ze pakken in stilte de boodschappen uit terwijl ik kook en tegen de tijd dat Ilya zich bij ons voegt, ben ik bijna gekalmeerd - ik heb nog maar af en toe de neiging met mijn vuist hard op het aanrecht te slaan.

Ilya gaat op een van de roestvrijstalen barkrukken zitten en opent zijn laptop. Dat doet me eraan denken dat we naast Sara nog andere problemen hebben die onze aandacht vragen.

'Wat zeiden de hackers?' vraag ik als ik hem fronsend naar het scherm zie staren. 'Nog nieuws over die *ublyudok?*'

'Nee.' Ilya kijkt grimmig op. 'Geen creditcardtransacties, geen contact met vrienden of familie... niets. Die klootzak is goed.'

Mijn greep op de koekenpan verstrakt als mijn

woede weer oplaait. De laatste naam op mijn lijst, ene Walter 'Wally' Henderson III uit Asheville, North Carolina, is de generaal die de leiding had over de NAVO-operatie die misging en de dood van mijn vrouw en zoon ten gevolg had. Hij was degene die de opdracht gaf tot actie over te gaan zonder te controleren of de foutieve informatie over de terroristische cel klopte en hij was ook degene die de soldaten opdroeg te doen wat maar nodig was om de 'terroristen' te grijpen.

Ik heb alle soldaten en geheim agenten die bij de massamoord in Daryevo betrokken waren al gedood, maar Henderson - de man die het meest aansprakelijk is van iedereen - is nog altijd voortvluchtig. Zodra geruchten over mijn lijst bij de geheime diensten terechtkwamen, verdween hij, samen met zijn vrouw en kinderen.

'Laat de hackers weten dat ze onderzoek moeten doen naar alle vrienden en familie, hoe veraf ook,' zeg ik. Yan gaat op een barkruk naast zijn broer zitten. 'Zeg dat ze uitkijken naar alles wat ook maar een beetje afwijkt: grote geldopnames, extra telefoons, reisjes, aankopen van huizen of het huren van vakantiehuisjes... alles wat er maar op zou kunnen wijzen dat ze met die schoft in contact zijn. Iemand moet weten waar Henderson is, en ik gok dat het een vaag familielid is. Als we over een paar maanden nog niets weten, moeten we Hendersons connecties persoonlijk gaan bezoeken en kijken we of we hem op die manier kunnen vinden.'

'Begrepen,' zegt Ilya. Zijn brede vingers vliegen met verrassende snelheid en souplesse over het toetsenbord. 'Dat wordt duur, maar ik denk wel dat je gelijk hebt. Mensen vinden het vaak moeilijk om banden echt te verbreken.'

'Yan, hebben we de camerabeelden al binnen?' vraag ik als hij zijn eigen laptop opent. 'Die van het huis van Sara's ouders? We moeten weten of de FBI hen al gesproken heeft.'

'Ik ben ze nu aan het binnenhalen,' zegt hij zonder op te kijken. 'Alleen is die satellietverbinding echt gruwelijk traag. Hij zegt dat het nog veertig minuten duurt voor de bestanden uit de cloud gedownload zijn.'

'Oké, dan gaan we eerst eten,' zeg ik. Ik zet het fornuis uit. 'Anton, wil jij de tafel voor vijf dekken? Ik ga Sara halen.'

Mijn mannen zeggen niets terwijl ik naar de trap loop, maar halverwege de trap zie ik Yan zich naar Ilya buigen en iets in zijn oor fluisteren.

Sara komt net uit de badkamer als ik de slaapkamer binnenloop; haar slanke lichaam is in een grote, witte handdoek gehuld en haar natte haar is in een nat knotje op haar hoofd bijeengebonden. Haar lichte huid is rozig van het warme water en haar bruine ogen zijn rood en gezwollen van het huilen.

Ze zou er ontzettend sneu uit moeten zien, maar in plaats daarvan is ze adembenemend mooi, als een

Disney-prinses bij wie het tegenzit. Misschien die van *Belle en het Beest*, hoewel ik niet weet of ik dan het Beest ben.

Belle haatte haar cipier niet half zo erg als Sara mij haat.

'Het ontbijt is klaar,' zegt ik koel, terwijl ik probeer niet aan haar eerdere onthulling te denken. De wetenschap dat Sara me alleen waarschuwde om mijn leven te redden zou me niet uit moeten maken, want het is een bevestiging van mijn vermoeden dat ze me niet dood wil... Maar toch brandt dit in mijn borst. Waarschijnlijk komt dat doordat ik mezelf ervan heb overtuigd dat ze met me mee wilde gaan en dat ze me alleen smeekte om haar te laten gaan omdat ze bedenkingen had.

Die woorden hebben me gekwetst omdat ik mezelf voorhield dat ze op een dag ook van mij zou houden.

'Bedankt. Ik kom er zo aan.' Ze kijkt me niet aan, maar loopt naar de inloopkast. Een minuut later komt ze terug met een van mijn flanellen overhemden en een joggingbroek.

'Vind je het erg?' vraagt ze als ze de kleren op het bed legt. Ik sla mijn armen over elkaar als ik besef dat ze wil dat ik me omdraai als zij zich omkleed.

'Nee, totaal niet. Ga je gang.'

Ze kijkt me aan. 'Ik bedoelde...'

'Ik begrijp wat je bedoelde.' Ik houd mijn gezicht neutraal, ondanks de woede die door me heen kolkt. Als zij denkt dat ik haar toe zal staan me als een vreemdeling te behandelen, dan heeft ze het mis. Ze houdt misschien niet van me, maar ze is wel de mijne en ik ben niet van plan te doen alsof ik haar niet om me heen heb voelen klaarkomen. Het enige dat er altijd al tussen ons geweest is, is die vleselijke band, een wederzijds verlangen dat zo sterk is dat het gewone lust overstijgt. Ik verlang naar Sara zoals ik nog nooit naar een vrouw heb verlangd en ik weet dat ik haar niet onverschillig laat.

Ze wil me en dat zal ze niet ontkennen.

De blos op Sara's gezicht verdiept zich en haar handen klemmen zich om de broek. 'Prima.' Ze werpt me een boze blik toe, ploft op het bed en trekt met houterige bewegingen de broek aan. De handdoek houdt ze omgeslagen tot ze de broek opgetrokken heeft en de pijpen opgerold zijn. Dan staat ze op en laat de handdoek vallen. Ik vang een korte glimp op van haar prachtige roze borsten als ze met kwade bewegingen het overhemd aantrekt. Mijn penis wordt stijf als mijn lichaam met een voorspelbare snelheid op haar naaktheid reageert.

'Ben je nu blij?' Ze rukt de touwtjes aan de voorkant van de joggingbroek en trekt ze zo strak mogelijk aan om te voorkomen dat hij afzakt. Ondanks mijn slechte humeur kan ik niet ontkennen dat ze er schattig uitziet.

Antons T-shirt en spijkerbroek waren ruim, maar deze kleren zijn haar echt veel te groot. Ik ben iets groter en breder dan mijn vriend en bij mij zitten deze broek en dit overhemd al ruim. Mijn jonge arts ziet eruit alsof ze een kind in volwassenenkleding is, iets dat nog benadrukt wordt door haar kleine voeten en slordige kapsel.

Ik kan mezelf niet beheersen: ik pak haar bij haar pols, trek haar tegen me aan en negeer de stijve woede in haar lichaam. Met mijn vrije hand pak ik haar vochtige knotje, trek haar hoofd iets naar achteren en druk dan mijn lippen op de hare.

Haar mond smaakt zoet en mintachtig, alsof ze net haar tanden heeft gepoetst. Ze snakt verrast naar adem en ik snuif haar warme adem diep op, alsof ik alles aan haar in me wil opnemen. Ik wil haar lichaam en haar geest, haar woede en haar plezier. Bovenal wil ik haar liefde, het enige dat ze me wellicht nooit zal schenken.

Mijn tong dringt haar mond binnen en streelt haar vochtige, zachte holte. Haar vingers boren zich onder mijn jack in mijn zij; haar nagels prikken door het katoen van mijn overhemd heen in mijn huid. Dat kleine beetje pijn zet al mijn zenuwen op scherp. Bloed raast naar mijn penis en mijn ballen spannen zich; de behoefte om haar te neuken is zo intens dat ik haar bijna op het bed duw en die belachelijke joggingbroek naar beneden ruk. Alleen de wetenschap dat mijn mannen beneden zitten te wachten weerhoudt me daarvan.

Ik wil haar te graag voor een vluggertje van twee minuten.

Met een haast bovenmenselijke inspanning laat ik haar los en stap hijgend achteruit. Sara ziet eruit zoals ik me voel: haar ogen zijn half geloken en haar gezicht bloost, terwijl ze naar adem snakt.

'Ga naar beneden voor de eieren koud worden,' zeg ik gesmoord. Ik rits mijn broek los om de pijnlijke druk op mijn erectie te verlichten. 'Ik kom zo.'

Ze is al weg voor ik ben uitgesproken en ik sluit mijn ogen, haal diep adem en denk aan Siberische winters om van mijn erectie af te komen.

7

S*ara*

ALS IK BENEDEN KOM, ZITTEN PETERS TEAMGENOTEN AL aan de rechthoekige houten tafel hongerig naar de grote koekenpan die in het midden staat te staren. Eén van hen, een man in het zwart met schouderlang haar en een volle, donkere baard, kijkt op als ik aan kom lopen.

'Waar is Peter?' vraagt hij met een frons. Zijn Russische accent is hoorbaarder dan dat van Peter, maar niet veel. 'Het eten wordt koud.'

'Hij komt eraan,' zeg ik. De blos op mijn wangen neemt toe als de bebaarde man zijn wenkbrauwen optrekt. Mijn gezwollen lippen geven waarschijnlijk weg wat er boven gebeurd is - en anders mijn innerlijke getril wel. Mijn knieën waren letterlijk aan het trillen toen ik de trap afliep en ik ben blij dat Peters overhemd van dikke stof is en ruim valt, waardoor mijn harde tepels niet te zien zijn.

Als mijn ontvoerder ervoor had gekozen om me te neuken, had ik hem niet afgewezen - en daar schaam ik me voor.

'Niet zo onbeleefd, Anton,' zegt een lange, bruinharige man met een gladde glimlach. In tegenstelling tot zijn collega, die eruitziet alsof hij uit een actiefilm over huurmoordenaars gestapt is, zou deze man niet misstaan in een advocatenkantoor. Zijn korte haar is modieus geknipt, zijn gezicht gladgeschoren en ik weet vrijwel zeker dat zijn subtiel gestreepte overhemd en grijze nette broek op maat gemaakt zijn. Alleen zijn koele groene ogen logenstraffen dat zakelijke uiterlijk; zijn blik is hard en emotieloos, ontdaan van de glimlach om zijn lippen.

'Je hebt jezelf nog niet voorgesteld,' zegt de goedgeklede man met een vergelijkbaar accent tegen Anton. Dan kijkt hij me aan, gebaart naar zijn bebaarde vriend en zegt: 'Sara, dit is Anton Rezov. In ons oude werk zat hij achter het stuur van alles met een motor en ook nu is hij af en toe handig. Ik ben Yan Ivanov. O, en dit is mijn broer Ilya.'

Ik kijk naar de derde man, Yans broer, en besef dat hij degene is die me eerder vertelde waarom dit een goed toevluchtsoord is. Hij ziet er het engst uit van allemaal: hij heeft een groot lichaam, als een bodybuilder, een geschoren hoofd vol tatoeages en een kaak die me aan een gorilla doet denken. Maar als hij glimlacht, zie ik lachrimpeltjes in de hoeken van zijn groene ogen verschijnen die zijn harde trekken verzachten.

'Aangenaam, dokter Cobakis,' zegt hij met een iets geprononceerder accent. Hij staat op en trekt een stoel voor me uit.

'Bedankt. Leuk om jullie te ontmoeten,' zeg ik als ik ga zitten. Ik zou deze mannen moeten haten - per slot van rekening zijn ze betrokken geweest bij zowel de moord op mijn man als mijn ontvoering - maar iets aan de oprechte glimlach van de Rus en de respectvolle manier waarop hij me aanspreekt, maakt het moeilijk om kwaad op hem te zijn.

Die woede bewaar ik voor de man die nu met een gesloten, duister gezicht de trap afkomt.

'Eindelijk,' zegt Anton opgelucht als Peter naast me plaatsneemt. Hij reikt in de pan en schept een stuk van de omelet op. 'Ik heb zo'n honger.'

'Leef je uit.' Peters sarcasme lijkt Anton echter niets te doen. De Ivanov-broers hebben betere tafelmanieren: ze wachten tot Peter een stuk omelet op mijn bord heeft gelegd en ook voor zichzelf heeft opgeschept.

We eten in stilte. Met een paar minuten zijn de omeletten verdwenen en Peter staat op om een paar sinaasappels te pellen. 'Toetje?' vraagt hij nors. De mannen stemmen er gretig mee in. Ik zeg niets, maar toch zet Peter een kom met sinaasappel voor mijn neus.

'Bedankt,' zeg ik zacht. Zelfs in deze gestoorde

situatie kan ik de beleefdheid die me van kinds af is bijgebracht niet van me af zetten. Ik pak een stukje sinaasappel en bijt erin. Het zoete, frisse sap is heerlijk. Naast al het andere moet ik ook last hebben gehad van een lage suikerspiegel, want ik voel me iets beter nu ik gegeten heb. Dat lege, wanhopige gevoel verdwijnt genoeg om me in staat te stellen om na te denken.

Op het eerste gezicht is mijn situatie behoorlijk uitzichtloos. Vanuit de helikopter kon ik in de omgeving van deze berg geen enkele vorm van beschaving onderscheiden. Het enige wat ik zag, waren kliffen en dichte bossen; er ligt zelfs nog wat sneeuw op de omringende bergtoppen. Zelfs als ik aan deze vier huurmoordenaars kan ontkomen zal het niet makkelijk zijn om hier weg te komen. Ik ben slechts één keer in mijn leven gaan kamperen en ik ben absoluut geen expert op het gebied van door de natuur trekken. Daarbij, mocht ik een dorp vinden, dan moet ik mijn situatie nog overbrengen aan de mensen daar, die waarschijnlijk geen woord Engels spreken.

Maar het is niet zo uitzichtloos als het lijkt. Peter zal me binnenkort contact op laten nemen met mijn ouders en misschien kan ik dan mijn locatie aan hen doorgeven - en dus ook aan de FBI. Daarnaast zit ik niet vastgebonden en ben ik ook niet beperkt in mijn bewegingen. Volgens mij kan ik me vrij door het huis bewegen, wat mijn kans om te ontsnappen vergroot. Als ik slim te werk ga en voorzichtig ben, kan ik misschien zelfs wat water en voorraden stelen voor het geval dat mijn trektocht enkele dagen duurt.

Het is nog niet verloren. Ik zal hoe dan ook mijn fout herstellen en teruggaan naar huis.

In de tussentijd moet ik ervoor zorgen dat ik het niet erger maak door domme dingen te doen... zoals verliefd worden op mijn cipier.

NA HET ONTBIJT GA IK NAAR DE SLAAPKAMER, WAAR IK prompt in slaap val. Jetlag en een stevig ontbijt maken me moe, ondanks dat ik in het vliegtuig lang geslapen heb. Ik word wakker van het geluid van de helikopter en door het grote raam zie ik hem van het heliplatform opstijgen.

Gaan ze voorraden halen? Een missie? Ik heb geen idee, maar als Peter met de helikopter weg is, is dat alleen maar goed voor mij.

Helaas zit hij beneden in de keuken als ik een paar minuten later beneden kom na wat water in mijn gezicht gegooid te hebben. Hij zit op een barkruk naar een laptop te staren. Als ik dichterbij ben, zie ik dat hij oortelefoontjes in heeft.

Hij luistert ergens naar.

Als hij me opmerkt, haalt hij de oortelefoontjes uit zijn oren en drukt op een knop op het toetsenbord om datgene waar hij naar luistert te pauzeren.

'Zijn dat beelden van mijn ouders' huis?' vraag ik. Mijn hartslag schiet omhoog als Peter knikt.

'Ja. De FBI is langsgekomen.' Zijn gezichtsuitdrukking is zorgvuldig neutraal gehouden.

'En?' Ik ga op een kruk naast hem zitten. De spanning in mijn schouders kan ik gewoon voelen. 'Wat hebben ze gezegd?'

'Dat is... interessant.' Peters ogen glimmen als hij me aankijkt. 'Het lijkt erop dat het verhaal dat we je ouders verkocht hebben, overeenstemt met de vermoedens van de FBI.'

Mijn polsslag versnelt. 'Ze denken dat ik uit vrije wil met je meegegaan ben?'

Hij doet de laptop dicht. 'Dat lijkt wel het vermoeden te zijn, zeker nu je ouders hen over je telefoontje hebben verteld. Maar ik denk dat Ryson vermoedt dat je al eerder contact met me had, vooral omdat je Karen in de kleedruimte toen niet over me verteld hebt.'

Ik vouw mijn handen op mijn schoot in elkaar. Dit is zowel goed als slecht nieuws. Ik wil niet dat de FBI denkt dat ik onder één hoedje speel met een voortvluchtige, maar tegelijkertijd ben ik opgelucht. Dit is veel beter dan dat mijn familie denkt dat ik ontvoerd ben. 'Hoe reageerden mijn ouders? Waren ze bezorgd? Overstuur? Was mijn vader...'

'Ze namen het goed op.' De harde trek om Peters kaak verzacht zich een beetje. 'Ze waren uiteraard geschokt en niet blij dat je je met een crimineel hebt ingelaten, maar Ryson zei erg weinig over wie ik ben en waarom ze me zoeken. Ik denk dat hij bang is dat het verhaal naar de media lekt.'

Dat is logisch. De FBI, de CIA of wie dan ook met die leugen over de maffia die achter mijn man aanzat kwam, zou niet willen dat uitlekt wat er daadwerkelijk in Daryevo gebeurd is. Als Peter gelijk heeft over de fout die tot de moord op zijn gezin leidde, zullen de betrokken partijen koste wat kost willen voorkomen dat de waarheid uitlekt.

De meeste mensen zijn niet blij met afslachting van onschuldige burgers.

'Dus mijn vader is in orde?' dring ik aan, de gruwelijke beelden op Peters telefoon uit mijn hoofd zettend. 'Hij zag er niet slecht uit?'

'Allebei je ouders zagen er goed uit, volkomen gezond.' Peters uitdrukking wordt nog warmer als hij zijn handen op mijn ingeklemde handen legt. 'Het komt goed met ze, *ptichka*. Ze zijn sterk, net als jij. Je zult snel contact met ze op kunnen nemen. Anton en Yan zijn voorraden gaan halen en als ze terug zijn, kunnen we een beveiligde verbinding opstellen. Dan kun je met je ouders praten en ze geruststellen. Dan komt het zeker goed met ze.' Hij knijpt zacht in mijn handen. 'Het komt allemaal goed.'

Ik trek mijn handen weg. Mijn ogen branden als emotie in me opwelt. Dit is precies wat dit alles zo verwarrend maakt. Een man die je ontvoert, hoort niets om je familie te geven, laat staan je gevoelens. Wat Peter me heeft aangedaan - *alles* wat hij me heeft aangedaan - zijn de daden van een wreed, egoïstisch monster. Maar als hij bij me is en zo naar me kijkt, is het niet moeilijk te geloven dat hij van me houdt en me op zijn eigen vreemde, overweldigende manier gelukkig wil maken.

Ik zet die gevaarlijke gedachte uit mijn hoofd, stop mijn weerbarstige emoties weg en concentreer me op het onderwerp waar we het over hadden. 'Maar wat zei de FBI precies? Hoe reageerden mijn ouders op wat hen verteld werd? Ze hadden vast talloze vragen...'

'Dat klopt, maar het enige dat Ryson gezegd heeft, is dat ze op zoek zijn naar de man die bij je is en dat ze niet mogen onthullen waarom dat is. Hij en de andere agenten hebben je ouders voornamelijk ondervraagd over jou: je telefoontje, of je de laatste maanden iets vreemds hebt gedaan of gezegd, waarom je het huis niet verkocht, enzovoorts.'

'Juist.' Want nu verdenken ze mij. Ze denken dat ik een affaire heb met de moordenaar van mijn man - wat in zekere zin ook zo is. Een onvrijwillige affaire misschien, maar dat doet niets af aan de feiten. Ik had te allen tijde naar de FBI kunnen stappen, de situatie kunnen uitleggen en om hun bescherming kunnen vragen, maar in plaats daarvan hield ik mezelf voor dat het veiliger zou zijn voor mijn ouders als ik zelf de situatie met mijn dodelijke stalker afhandelde. En wie weet? Misschien had ik wel gelijk. Aangezien de FBI ook niet in staat was om de anderen op Peters lijst te verbergen, had hij mij én mijn ouders vast ook gevonden. Dan zouden nog meer mensen gewond raken of sterven... zo niet mijn familie, dan de agenten die ons zouden moeten beschermen.

De drie bewakers van George eindigden per slot van rekening ook met een kogel in hun hoofd.

'Mag ik de beelden zelf zien?' Ik duw die vreselijke gedachte weg. Peter knikt.

'Als jij dat graag wilt. Ik zal ze later vandaag voor je naar de tv streamen.' Hij gebaart naar de grote flatscreen in de woonkamer. 'Maar eerst moet ik werken, dus misschien wil jij de boel gaan verkennen?'

Ik knipper even. Kan het zo simpel zijn? 'Oké, goed,' zeg ik. Ik probeer mijn opwinding te verbergen.

Als ik in mijn eentje rond mag lopen, kan ik misschien vandaag al ontsnappen.

Ineens besef ik dat ik blote voeten heb. Ik kijk naar beneden en wiebel even met mijn tenen. 'Kan ik een paar schoenen lenen?' vraag ik zo nonchalant mogelijk.

'Yan is alles voor je aan het kopen, maar voorlopig mag je mijn gympen wel aan. Als je ze strak genoeg doet, blijven ze wel zitten.'

'Oké, dan doe ik dat. Bedankt.' Ik laat me van de barkruk glijden en snel naar de trap om met mijn verkenningstocht te beginnen.

'O, Sara?' roept Peter als ik bijna bij de trap ben. Als ik omkijk, zegt hij: 'Neem Ilya met je mee als je naar buiten gaat. Je kent het gebied niet en overal zijn kliffen. Je wilt niet naar beneden vallen.'

Zich niet bewust van mijn wegebbende opwinding keert hij zich weer naar zijn laptop en richt zich op het scherm.

8

Sara

GEHULD IN PETERS DIKKE TRUI, DIE TOT MIJN KNIEËN komt, en mijn voeten in zijn veel te grote schoenen gestoken, wandel ik voorzichtig door het bos, met Ilya naast me. Hij is bezig me iets over de lokale flora te vertellen, maar ik luister maar half - ik ben bezig me de route naar het pad dat ik ten westen van ons heb gezien in te prenten. Het is breed genoeg voor een auto en lijkt een route naar beneden te zijn.

'...maar die werd door de aardverschuiving versperd,' bromt Ilya. Meteen heeft hij mijn volle aandacht; dit is nuttig.

'Een aardverschuiving?'

Hij knikt met zijn kale hoofd. 'Ja, door die aardbeving. De gevolgen voor deze berg waren enorm.'

'Op welke manier?' vraag ik terwijl ik de trui wat dichter om me heen trek. Het is hier minder winderig dan tussen de bomen bij het huis, maar het is nog altijd koud op deze hoogte. We zijn al ongeveer een uur in grote cirkels om het huis heen aan het wandelen en ik kijk ernaar uit om weer naar binnen te gaan, waar het warm is.

Met die Russische waakhond op mijn hielen kan ik vandaag toch niet ontsnappen. En ik wil graag goed gekleed zijn als ik daar wel een poging toe ga doen.

'Naast dat de weg versperd werd, bedoel je?' vraagt Ilya. Ik knik, fronsend. Hopelijk niet de weg die ik zojuist heb gezien. Tot dusver is dat namelijk het enige in de wijde omtrek dat op een weg lijkt. Als die versperd is, moet ik door de bossen trekken, wat een stuk minder aantrekkelijk vooruitzicht is.

Ilya blijft staan en wijst naar een klif aan de andere kant van het meer dat voor ons ligt. 'Zie je die klif? Dat was eerst een flauwe helling. En zo zijn er nog veel meer van die kliffen nu. Bloedlink. Het bos loopt op veel plekken ook precies tot de rand van de kliffen, dus als je niet uitkijkt waar je loopt...'

'Juist. Gevaarlijk. Begrepen.' Daaruit blijkt nog maar eens dat ik me heel goed moet voorbereiden voor ik een ontsnappingspoging doe. Van een klif storten is wel het laatste wat ik wil. Ik zal de komende paar dagen het gebied moeten gaan verkennen, zodat ik weet waar ik heenga. Misschien kan ik ook nog wat meer te weten komen over dit gebied en erachter komen waar het dichtstbijzijnde dorp is... of in elk geval een plek waar ik de Amerikaanse ambassade kan bellen.

Wat ik ook ga doen, ik moet het slim aanpakken zodat ik niet dat beetje vrijheid dat ik nog heb ook kwijtraak.

~

Tegen de tijd dat we terug zijn, bibber ik van de kou en voelen mijn oren aan als ijsklompjes. Peter is nergens te zien, dus ga ik naar boven en laat het bad vollopen. Dat zal me wel opwarmen.

De witte badkuip heeft een ongebruikelijk vorm: hij is vierkant, smal en diep, met treden. Ik kan er niet in liggen, zoals in mijn badkuip thuis, maar ik kan wel op een trede zitten en dan komt het water tot mijn hals. Als ik eenmaal zit, besluit ik dat dit eigenlijk veel comfortabeler is. Ik sluit mijn ogen en laat de warmte in me doordringen zodat de kou en spanning in mijn spieren kunnen verdwijnen. Ik zou niet willen zeggen dat ik me ontspan, maar ik voel me wel een stuk beter.

Als ik hier niet tegen mijn zin in was, zou ik dit als een vakantie beschouwen.

'Bevalt het Japanse bad je?' prevelt een bekende stem. Mijn ogen vliegen open als sterke handen mijn schouders aanraken en mijn natte huid beginnen te masseren. Meteen schiet mijn polsslag omhoog. Het ontspannen gevoel verdwijnt in de verwarrende mengeling van woede, verlangen en angst die ik altijd ervaar als ik in Peters buurt ben.

Ik draai me om en sla mijn armen voor mijn borsten. Hij heeft me al vaak naakt gezien, maar de intimiteit tussen ons zit me nog altijd dwars; nog altijd ben ik me ervan bewust hoe fout dit allemaal is. Waar onze relatie eerder al verwrongen was, is hij dat nu helemaal: mijn stalker - de man die me heeft gewaterboard toen we elkaar voor het eerst ontmoetten - is nu mijn cipier.

Ik ben volledig aan zijn genade overgeleverd en daar zijn we ons allebei ten volle bewust van.

Hij blijft naast de hoge badkuip staan. Zijn zongebruinde handen rusten op het witte porselein. De mouwen van zijn thermoshirt zijn opgestroopt, waardoor ik de tatoeages op zijn linkerarm kan zien. De inkt loopt van zijn pols in gedetailleerde patronen naar zijn schouder; bij iedere beweging van zijn scherp afgetekende spieren bewegen de complexe patronen mee. Zijn donkere haar zit door de war alsof hij zijn vingers erdoorheen heeft gehaald en op zijn harde kaak is een stoppelige schaduw te zien.

Hij zit er ontzettend gevaarlijk uit en zo mannelijk dat mijn binnenste samentrekt. Sexy is een te zwak woord om Peter Sokolov te beschrijven; hij bezit een pure, dierlijke aantrekkingskracht, een rauwe, krachtige mannelijkheid die iets verontrustend primitiefs in mij wekt.

Het kost me moeite om die deur mentaal te sluiten, maar ik schuif toch zo ver mogelijk naar achteren in het bad. 'Ga alsjeblieft weg. Ik zit in bad.'

'Dat zie ik.' Zijn blik glijdt over mijn lichaam en als

hij me weer aankijkt, staan zijn metaalgrijze ogen donker van lust. 'Dus?'

'Dus moet je me alleen laten.' Ik probeer zijn blik vast te houden en niet ineen te krimpen. 'Tenzij jouw gevangenen geen privacy hebben?'

Hij knijpt zijn ogen toe en zijn vingers spannen zich om de rand van de badkuip. Gladjes zegt hij: 'Mijn *gevangenen* mogen heel veel niet, waaronder een bad nemen. Mijn *vrouw* mag echter doen wat ze wil... zolang ze één ding goed onthoudt.'

'Wat dan?'

'Dat ze van mij is.' Hij stapt achteruit en voor ik iets kan zeggen, trekt hij zijn shirt over zijn hoofd, laat het op de grond vallen en trekt zijn sokken uit. Dan maakt hij zijn riem los en ritst zijn broek open.

Ik haal diep adem en mijn armen spannen zich nog wat strakker om mijn borsten. 'Wat doe je?'

'Waar lijkt het op?' Hij laat zijn jeans zakken en stapt eruit, en doet hetzelfde met zijn boxershort. Zijn dikke, harde erectie wijst fier naar zijn buik. Bij die aanblik raast een golf adrenaline door me heen en voel ik een onwelkome hitte tussen mijn benen.

Ik kan dit niet met hem. Niet weer.

'Ik ga geen seks met je hebben.' Water golft over de rand van de badkuip als ik opsta. Het maakt me niet langer uit dat hij mijn naakte lichaam ziet.

Ik moet hier weg.

Peter pakt me bij mijn arm voor ik een been over de rand kan laten zakken en dan stapt hij bij me de badkuip in. Zijn grote lichaam lijkt me te omringen en hij trekt me het water weer in. Dankzij Peters omvang golft er nog meer over de rand. Ik snak naar adem als ik op zijn schoot beland, met mijn rug tegen zijn borst en zijn erectie tussen mijn billen. Paniekerig begin ik te worstelen, maar hij slaat een arm om mijn ribben om me op mijn plek te houden.

'O, *ptichka...*' spot hij zacht. 'Wie zei iets over seks?'

Zijn tanden strijken over mijn oorlelletje en zijn vrije hand sluit zich om mijn borst. Bezitterig steelt hij mijn harde, pijnlijke tepel. Ik verstijf, mijn handen om zijn gespierde arm terwijl mijn hart uit mijn borst lijkt te barsten. Ik ben niet zozeer bang voor hem, maar wel voor mijn eigen reactie - voor de manier waarop mijn lichaam smelt onder zijn aanrakingen. En dit is zoveel meer dan alleen aanraken. Peters penis voelt aan als een paal tussen mijn billen en zijn ballen drukken tegen mijn vagina. Zijn duim martelt mijn tepel terwijl zijn tong in mijn oor dringt, waardoor ik hulpeloos ril van genot.

We hebben geen seks in de strikte zin van het woord, maar het effect is even vernietigend.

'Peter, alsjeblieft...' Ik begin weer te worstelen. Ik moet hier weg voor ik mezelf vergeet. Het water maakt onze lichamen glibberig, wat de sensaties van huid tegen huid alleen maar verhoogt. Ik ruk zinloos aan zijn arm. 'Houd alsjeblieft op.'

'Waarmee?' Zijn adem verwarmt mijn nek. De hand om mijn borst glijdt naar beneden, naar waar mijn strakke spieren snakken naar zijn aanraking. 'Dit...' - hij likt het randje van mijn oorschelp, wat me kippenvel bezorgt - 'of dit?' Zijn eeltige vingertoppen spreiden mijn schaamlippen en strijken over mijn klit als hij zijn middelvinger tot de knokkel in me laat glijden. Mijn nagels boren zich in zijn arm als mijn binnenste spieren gretig samentrekken en ik onwillekeurig een zacht kreetje slaak. Ik wil hem vertellen dat hij moet stoppen, maar mijn brein verstomt als hij zijn vingers verder naar achteren laat glijden. O, God. Hij zal toch niet...

Zijn vinger vindt de strakke kringspier tussen mijn billen en duwt tegen de kleine opening. 'Ja,' prevelt hij als ik door het brandende, drukkende gevoel verstijf. 'Misschien is dit waarmee ik moet stoppen. Klopt dat, *ptichka*?' De druk op mijn anus neemt af als hij met zijn vinger zachtjes streelt, alsof hij de poging tot binnendringing wil verzachten. 'Ben je daar nog maagd, liefste?'

Dat koosnaampje is bijna even verwarrend als de vreemde gevoelens die in me opgeweld zijn. In zijn zware, zachte stem hoor ik iets van sympathie doorklinken en toch hoor ik ook de lust, een honger met een duister tintje. Hij vindt het idee dat hij daar mijn eerste zal zijn aantrekkelijk. Die wetenschap verhoogt de spanning in mijn binnenste en stookt het verraderlijke vuurtje in mijn onderbuik nog verder op. Ik zou dit niet intrigerend moeten vinden. Ik zou dit niet moeten willen... Maar een zekere perverse nieuwsgierigheid kan ik niet onderdrukken. Toen George en ik nog aan het daten waren, heb ik weleens voorgesteld om het anaal te doen, maar George leek niet geïnteresseerd en we hebben het er nooit meer over gehad.

Ik ben inderdaad nog maagd op dat gebied, maar als ik dat toegeef, zal dat niet lang meer duren.

Ik graai mijn restjes wilskracht bij elkaar en ruk met al mijn kracht aan zijn kwellende hand. 'Houd op!'

Tot mijn verbazing laat Peter me los en tilt zijn arm op. 'Ga maar dan.' Zijn stem klinkt gespannen. 'Wegwezen.'

Op bevende benen stap ik uit het bad. Ik glijd bijna uit op de tegelvloer als ik de badkamer uitsnel, een handdoek van het rek rukkend. Pas als ik helemaal aangekleed ben en de handdoek om mijn haren heb gewikkeld komt mijn hartslag weer een beetje tot rust.

Hij liet me gaan. Ik zou blij moeten zijn met dit uitstel, maar ik voel me vreemd en op meerdere manieren gefrustreerd. Opnieuw doet mijn kweller alsof ik een keuze heb; alsof dit een normale relatie is waarin ik iets kan afslaan. En misschien kan dat ook wel... even. Tot dusver heeft hij me fysiek nog niet gedwongen. Maar ik kan mezelf niet voor de gek houden: hij zal uiteindelijk met me doen wat hij wil en dan eindig ik in zijn bed, zij het door subtiele dwang of vanwege mijn eigen gebrek aan wilskracht.

Ik zou liever hebben dat hij me dwong, want dan kon ik tenminste net doen alsof.

Dan kon ik doen alsof ik normaal en geestelijk gezond was, een vrouw die de man die haar leven heeft verpest haat in plaats van naar hem te verlangen.

 eter

Tot de lunch negeert Sara me, wat prima is. Mijn zelfbeheersing hangt aan een draadje en de duisternis is bezig zich naar buiten te werken. Ik wil haar neuken en tegelijkertijd wil ik haar straffen, haar onderwerpen. Het tot haar laten doordringen dat ze van mij is.

Ik wil haar tot het randje brengen en daarna eroverheen, wat dat ook met haar doet.

'Niet doen,' zegt Ilya zacht terwijl ik een broodje voor Sara maak. Hij staat naast me zijn eigen brood te beleggen. 'Wat het ook is waar je aan denkt, je krijgt er spijt van.'

Ik ontbloot mijn tanden in een humorloze grijns. 'Echt? Ben je verdomme helderziend?'

'Nee, maar je denkt niet helder na. Ze verdient dit

niet.' Hij steekt het mes in de pot mayonaise. 'Je kunt haar in elk geval even de tijd geven.'

Ik stel me voor dat ik het mes in Ilya's strot steek. Het is te bot om hem de keel door te snijden, maar hij zou vanzelf stikken. Gelukkig voor mijn teamlid zegt hij verder niets meer en ik loop met Sara's bord de keuken uit.

Ze is boven en rommelt in een kledingkast in een lege gastenkamer. Ik blijf zwijgend in de deuropening staan en kijk naar haar. Haar slanke, gracieuze lichaam beweegt op fascinerende manieren als ze de laden een voor een opent en weer sluit. Er zit niets in, maar Sara kijkt elke lade na.

Dan pas draait ze zich om, en ze springt met een geschrokken gilletje achteruit.

'Peter.' Ze drukt een hand tegen haar borst alsof haar hart eruit wil springen. 'Ik zag je niet.' Ze klinkt buiten adem, al doet ze duidelijk een poging om zichzelf onder controle te krijgen. 'Wat doe...'

'Ik heb iets te eten voor je gemaakt.' Ik stap met het bord de kamer in. 'Ik dacht dat je trek zou hebben.' Mijn stem klinkt koel, een schril contrast met het vuur in mijn aderen. De aanblik van haar in mijn veel te grote kleren alleen al zorgt ervoor dat ik haar tegen de muur wil duwen en wil neuken tot we allebei bloeden.

Voorzichtig neemt ze het bord aan en stapt dan achteruit, alsof ze het geweld in mij kan voelen. Nerveus kauwt ze op haar onderlip en ik stel me voor dat ik hetzelfde doe, dat ik op die zachte roze lippen bijt terwijl ik haar mond plunder en haar neem tot de lust die me vanbinnen verteert verzadigd is.

'Wil jij niet eten?' vraagt ze voorzichtig terwijl ze het bord op de ladekast zet. Ik schud mijn hoofd; met mijn blik volg ik al haar bewegingen. De intensiteit van mijn gestaar zal haar wel bang maken, maar ik kan er niets aan doen. Ik voel me als een gekooid roofdier. De lust in mijn binnenste is zo wild en duister dat het alleen in de verste verte nog op seksueel verlangen lijkt. Het is een obsessieve behoefte om haar te bezitten, haar mijn wil op te leggen en haar zo volledig de mijne te maken dat ze nooit meer zal denken aan dingen om haar te helpen ontsnappen.

'Ik heb al gegeten,' zeg ik. Mijn stem klinkt hees, al weerspiegelt hij nog geen fractie van wat ik echt voel. Rationeel gezien weet ik dat Ilya gelijk heeft en dat ik Sara de tijd moet geven om aan haar nieuwe leven en mij te wennen, maar alles in mij schreeuwt erom haar te grijpen en haar te laten toegeven dat ze me nodig heeft... dat ze ondanks alles van me houdt.

Maar die gedachte zet ik opzij, want het verlangen dat hij oproept, is ondraaglijk. Dat is wat ik het liefst van haar wil. Behalve mijn seksuele frustratie en de pijn van haar afwijzing is het die heftige, irrationele behoefte die aan me vreet en het monster in me aanjaagt.

Ik wil dat Sara van me houdt en ik weet niet hoe ik dat moet laten gebeuren.

'Goed. Eh, bedankt.' Haar blik gaat van mijn gezicht

naar het bord en terug naar mijn gezicht. 'Ik breng het straks wel naar beneden, goed?'

Blijkbaar moet ik nu gaan, maar dat verdom ik. Ze voelt zich niet op haar gemak na wat er in de badkuip is gebeurd en ineens ben ik daar blij om. Mijn sadistische kant wil haar hiermee zien worstelen, wil dat ze zich afvraagt of ik eindelijk die grens zal overschrijden en haar tegen haar zogenaamde protesten in zal dwingen.

'Dat geeft niet.' Mijn toon is overdreven vriendelijk. Intussen ga ik op het bed in het midden van de slaapkamer zitten en sla mijn enkels over elkaar. 'Ik kan wel wachten.'

Sara knippert en lijkt dan vat te krijgen op zichzelf. 'Echt? Blijf je daar gewoon zitten? Heb je niets beters te doen, zoals onschuldige mensen martelen?'

'Dat staat voor later vandaag gepland.' Ik glimlach bitter naar haar. 'Nu ben jij de enige.'

Haar gezicht verstrakt, maar ze pakt het broodje van het bord. Ze neemt een hap, kauwt te snel en scheurt dan met haar rechte, witte tanden nog een hap eraf.

'Zorg dat je niet stikt,' zeg ik luchtig als ze nog sneller begint te eten. 'We hebben geen dokter hier. Nou ja, jij bent er eentje, maar dat helpt niet als jij degene bent die paars kleurt.'

Sara's ogen knijpen toe, maar ze vertraagt haar tempo niet. De rest van het broodje gaat in datzelfde tempo naar binnen en dan steekt ze me het lege bord toe. 'Hier. Ik ben klaar.'

'Mooi. Breng het hierheen.' Ik klop op het bed.

Haar kaak verstrakt, maar dan vormt zich een lieve glimlach om haar lippen. 'Wil je dit bord daar hebben?'

Haar ogen laten me een halve seconde van tevoren weten wat ze gaat doen; haar arm zwaait naar achteren en ik buk. Het bord spat tegen de muur achter me uit elkaar. Stukken keramiek en broodkruimels regenen op me neer.

Als ze beseft wat ze heeft gedaan, schuift Sara naar links, naar de deur. Ze kijkt me met diezelfde waakzame blik aan als toen ze me geslagen had. Ik vergaf het haar toen omdat ik wist dat ze geschokt en overweldigd was, maar ik ben niet van plan dit nog langer toe te staan.

Als Sara wil dat ik de rotzak ben, dan kan ze het krijgen.

'Dit ga je opruimen.' Mijn stem is ijskoud als ik opsta en de stukjes van het gebroken bord van mijn mouwen schud. 'Deze kamer is straks weer perfect schoon, begrepen?'

In haar starende blik zie ik verzet strijden met zelfbehoud. Haar gezonde verstand vertelt haar dat ze moet doen wat ik zeg, maar ze wil niet zomaar toegeven. En ja hoor, ze heft haar kin. 'En anders? Ga je me waterboarden? Me bedreigen met een mes? Me ontvoeren? O wacht, dat heb je allemaal al gedaan.'

Ondanks haar stoere woorden is het duidelijk dat haar handen trillen als ze die in de zak van de trui steekt. Als ik een beter mens was, zou ik haar deze overwinning gunnen. Maar zij is niet de enige die boos is; de razernij in mij voelt als een levend beest, duister en krachtig, gevoed door haar afwijzing en de wetenschap dat ik misschien nooit zal hebben wat ik echt van haar wil.

Als ik haar liefde niet kan krijgen, dan haar haat maar.

'O, *ptichka*...' Ik loop op haar af en geniet van de angst in haar blik als ze achteruitdeinst in de richting van de deur. Voor ze meer dan één stap kan zetten, ga ik voor haar staan. Ik hef mijn hand, strijk haar haren uit haar gezicht en leun naar voren. Haar zoete geur dringt in mijn neus als ik in haar oor fluister: 'Heb je nu nog niet geleerd dat je met mij dit soort spelletjes niet moet spelen?'

Ik hoor haar slikken en als ik opkijk, zie ik dat haar borstkas snel op en neer gaat. Mijn Sara is bang. En terecht.

Zelfs ik weet niet hoe ver ik vandaag zal gaan.

Ze opent haar lippen alsof ze me wil tegenspreken, maar ik buig mijn hoofd en pers al mijn gewelddadige woede in één kus op die zachte, bevende lippen. Mijn handen glijden in haar haren om haar hoofd stil te houden en ik leg haar protest het zwijgen op als ze haar slanke vingers om mijn polsen sluit om ze weg te trekken.

Zoals altijd smaakt haar zijdezachte mond heerlijk. Haar slanke lichaam kromt zich tegen het mijne als ik haar tegen de ladekast duw en mijn erectie tegen haar platte buik laat schuren. Volle borsten duwen tegen me aan, de tepels stijf. Haar ademhaling versnelt en ik weet dat ze nat zou zijn als ik mijn vingers in haar slipje zou laten glijden.

In elk geval wil haar lichaam me.

Het kost me al mijn wilskracht om mijn hoofd op te tillen en achteruit te stappen in plaats van haar ter plekke te verscheuren. Maar dat moet wel, want we moeten hier voor eens en altijd een einde aan maken.

'Wil je weten wat ik je nog meer kan aandoen, *ptichka*?' Mijn stem klinkt laag en hees, vol lust en woede. 'Wil je weten wat er gebeurt als je te ver gaat?'

Sara's ogen zijn wijd opengesperd. Haar borst gaat op en neer in een poging haar ademhaling onder controle te krijgen en ik stap op haar af, waarna ik haar delicate gezicht tussen mijn handen neem. 'Wil je dat ik je uitleg wat je situatie werkelijk is?' ga ik verder.

Ze slikt nog een keer en ik voel haar handen trillen als ze me bij mijn onderarmen pakt. 'Ja.' Haar stem is nauwelijks meer dan een fluistering, maar toch zie ik verzet in die bruine ogen. 'Ja, dat wil ik.'

Mijn lippen vormen zich tot een glimlach waarvan zelfs ik weet hoe duister hij is. 'O, *ptichka*, waar moet ik beginnen?'

10

Sara

GEVANGEN. IN DE VAL.

Ik kijk in Peters ogen en bedwing de neiging mijn blik van die hypnotiserende zilveren diepten af te wenden, maar mijn kracht sijpelt weg en mijn vechtlust lost op. Ik heb me nog nooit eerder zo bewust zijn gevangene gevoeld, ben me nooit eerder zo bewust geweest van mijn eigen kwetsbaarheid. Hij doet me geen pijn - zijn handen houden mijn gezicht heel teder vast - maar zijn metaalachtige blik vertelt me iets heel duidelijks.

Ik ben aan mijn kwellers genade overgeleverd, genade die hij niet bezit.

'Laten we bij het begin beginnen,' prevelt hij. Ik sluit mijn ogen als hij zijn lippen over mijn voorhoofd laat glijden. Onder normale omstandigheden zou die tedere kus ontwapenend zijn, maar in dit geval tril ik als een goed afstemde stemvork. Zijn handen glijden naar mijn schouders en hij zegt zacht: 'Je oude leven is voorbij, Sara. Ik heb je het zo lang mogelijk gegund, maar nu is dat voorbij. Dat zul je moeten accepteren. Die overgang kan je makkelijk afgaan, of het kan zwaar worden. Dat is aan jou.'

Mijn polsslag schiet omhoog. 'Hoe bedoel je?'

'Het telefoontje naar je ouders vanavond, bijvoorbeeld.' Zijn ogen glinsteren duister, hoewel zijn greep op mijn schouders zacht is. 'Dat hoeft niet plaats te vinden, weet je. Contact met anderen uit je oude leven ook niet. Je kunt gewoon verdwijnen en alle banden verbreken. In bepaalde opzichten zou dat beter zijn. Je kunt je sneller aanpassen als je niet steeds herinnerd wordt aan...'

'Nee.' Ik kan het woord niet tegenhouden. Mijn maag trekt samen en even denk ik dat mijn broodje van zojuist weer naar buiten zal komen. Smekend grijp ik zijn overhemd vast. 'Alsjeblieft, Peter, doe me dit niet aan. Ik moet met mijn ouders praten. Ik moet ze geruststellen. Ze zijn te oud voor dit soort spanning. Mijn vaders hart kan het niet aan, dat weet je.'

Hij kantelt zijn hoofd. 'O? Ik heb je in het vliegtuig met hen laten praten en misschien heb ik daarmee een vergissing begaan. Jij houdt vol dat ik je heb ontvoerd en tegen je zin heb meegenomen. Als dat zo is, als jij alleen mijn gevangene bent, moet ik dan het risico nemen en je contact met iemand laten hebben?

Als jij niets meer bent dan mijn gevangene, waarom zou ik dan de moeite nemen om je familie gerust te stellen?'

Ik staar hem aan en mijn handen vallen krachteloos langs mijn zij. Nu begrijp ik wat hij wil - wat hij altijd al van me wilde - en opnieuw heb ik geen keus. Ik moet erin meegaan.

'Je zei...' Mijn stem breekt en ik voel tranen branden. 'Je zei dat ik jouw vrouw ben en dat je van me houdt. Dan ben ik niet alleen je gevangene, toch?'

Peters uitdrukking blijft gelijk. 'Geen idee, Sara. Dat is aan jou.' Hij laat mijn schouders los en stapt achteruit. 'Ik zal je er tijdens het opruimen over na laten denken. De stofzuiger en andere schoonmaakspullen vind je beneden in de bijkeuken.'

Dan draait hij zich om en loopt de kamer uit.

DE KAMER IS SMETTELOOS SCHOON TEGEN DE TIJD DAT IK KLAAR BEN, met een perfect opgemaakt bed en zelfs de kleinste kruimels en splinters opgeruimd. Ik houd niet echt van het huishouden doen, vooral omdat ik zo perfectionistisch ben dat ik er uren over doe, maar het resultaat is altijd wel naar tevredenheid.

In een ander leven zou ik een goede huisvrouw zijn geweest.

Als ik tevreden ben met de kamer, zet ik de stofzuiger terug en ga op zoek naar Peter. Gek genoeg voel ik me wat kalmer nu hij me een ultimatum gesteld heeft. We zijn terug bij de situatie toen zijn ontvoering me boven het hoofd hing, alleen is dit nog eenvoudiger.

Wat Peter ook zegt, ik ben zijn gevangene en ik heb maar één keus: zijn spel meespelen en hem geven wat hij wil tot ik kan ontsnappen.

Ik vind mijn cipier buiten, op een open plek naast het huis aan het sparren met Ilya. Ondanks het koele weer hebben beide mannen hun shirts uitgetrokken. Hun brede, gespierde bovenlichamen glinsteren van het zweet als ze om elkaar heen cirkelen en af en toe razendsnel naar elkaar uithalen. Het doet me denken aan een vechtsport, al weet ik niet welke. Maar wat het ook is, het is op een brute manier mooi. Ondanks mezelf blijf ik als betoverd staan kijken als Peter onder Ilya's vuist door duikt en een woeste tegenaanval inzet, zo snel dat ik het nauwelijks kan volgen.

Blijkbaar hebben ze tot dusver alleen de warming-up gedaan, want wat volgt, is een waas van bliksemsnelle bewegingen. Ik geloof dat Peter ergens een trap tegen Ilya's ribben weet te plaatsen en ik zie ook dat hij met zijn onderarm een dreun blokkeert die een beer nog tegen de vlakte gewerkt zou hebben. Maar afgezien daarvan gaat het gevecht zo snel dat ik de individuele bewegingen niet kan onderscheiden, laat staan dat ik begrijp wie er aan de winnende hand is. Ik zie alleen twee krachtige mannetjesdieren, hun spieren rollend in het geweld dat hen omgeeft.

Na een minuut of zo stoppen ze en gaan uit elkaar, elkaar hijgend weer omcirkelend. Ik zie bloed op Ilya's jukbeen. Peter lijkt niet bebloed, dus ik neem aan dat hij de winnaar van dat bizarre potje is. Dat verrast me niet. Hoewel Ilya gebouwd is als een tank mist hij Peters gratie, dat ene wat mijn cipier zo dodelijk maakt. Ik twijfel er niet aan dat de kale Rus een heel goede moordenaar is - meer dan één klap met die machtige vuisten lijkt me niet nodig - maar Peter komt gevaarlijker en meedogenlozer over.

Als het een gevecht op leven en dood zou zijn, zou ik zonder aarzelen mijn geld op Peter zetten.

Ik overweeg iets te zeggen om te laten weten dat ik er ben, maar voor ik dat kan doen, ziet Peter me. Hij blijft staan. 'Sara?'

'Ja.' Ik haal diep adem om mijn razende hartslag te kalmeren. 'Sorry dat ik stoor, maar ik wilde vragen of ik de films met het beeldmateriaal uit mijn ouders' huis op de tv mag bekijken. Als je hier klaar bent, bedoel ik. Er is geen haast bij.'

Ik probeer met extra beleefdheid mijn eerdere uitbarsting goed te maken. In werkelijkheid sta ik te springen om die films te bekijken en te weten of mijn ouders in orde zijn, maar met eisen kom ik nergens. Als ik iets geleerd heb van die scène in die slaapkamer is het wel dat Peter Sokolov de macht heeft in deze verknipte relatie. Zelfs als ik denk dat ik niets meer te verliezen heb, weet mijn kweller nog een zwakte te vinden... weet hij me nog te manipuleren zonder me fysiek pijn te doen.

Emotioneel gezien ben ik echter al tien keer ten onder gegaan.

'Prima,' zegt Ilya. Zijn brede glimlach toont

bebloede tanden. 'We waren toch al klaar voor vandaag.'

Peter kijkt niet eens in zijn richting; al zijn aandacht is op mij gericht. 'Heb je de slaapkamer opgeruimd?' vraagt hij terwijl hij zijn vochtige haar naar achteren strijkt. Zijn spieren trillen even als hij zijn arm laat zakken en ik merk dat ik naar een zweetdruppeltje dat over zijn strakke buik loopt sta te staren.

Sara, houd op. Niet zo naar je ontvoerder staren.

Met enige moeite richt ik mijn blik weer op Peters gezicht. 'Helemaal schoon.' Ik houd ondanks de duidelijke provocatie mijn stem kalm. 'Ga maar kijken, als je wilt.'

Hij staart me even aan en knikte dan. 'Goed. Kom mee.'

Hij loopt naar me toe en ik bloos als Ilya grijnst om de bezitterige manier waarop Peter mijn arm pakt. Het is irrationeel, maar ik heb het gevoel dat wat Peter en ik delen privé is, een geheim. Iets tussen ons. Uiteraard zijn Peters mannen op de hoogte van de gestoorde natuur van mijn relatie met hun baas - ze hebben hem geholpen me te stalken en ontvoeren - maar toch krimpt een deel van mij nog altijd ineen bij de gedachte dat zij me zo zien. Misschien is het mijn afkeer van de vuile was buiten hangen, maar ik zou liever hebben dat ze dachten dat ik uit vrije wil Peters vriendin was.

Peter negeert zijn sparringpartner en loopt met me naar het huis, zijn hand om mijn arm. Ik voel dat hij nog steeds boos op me is en ik ben dan ook blij dat hij zijn belofte omtrent de films houdt.

Met een beetje geluk is hij tegen de tijd dat zijn mannen terugkomen van hun boodschappen voldoende afgekoeld om me mijn ouders te laten bellen.

In de woonkamer laat hij mijn arm los en loopt naar zijn laptop. Twee minuten later verschijnt het beeld op de tv voor me.

'Veel plezier,' zegt hij kortaf, waarna hij de trap op loopt.

TEGEN DE TIJD DAT HIJ TERUGKOMT, BEN IK HALVERWEGE de opname. Het is precies zoals Peter al zei: de FBI-agenten ondervroegen mijn ouders en ontweken hun vragen. Ik kan zien dat mijn ouders gestrest en overstuur zijn, maar geen van beide ziet er op het korrelige beeld daadwerkelijk ziek uit.

'Leg nog eens uit wat Sara zei over het stopzetten van de verkoop van het huis?' zegt agent Ryson tegen mijn moeder. Op dat moment komt Peter naast me zitten, gekleed in een schone spijkerbroek en een T-shirt met lange mouwen. Hij zal wel gedoucht hebben na die zware work-out, want ik ruik zijn douchegel als hij mijn hand in de zijne neemt en zijn vingers met de mijne verstrengelt.

Het kost me de grootste moeite om niet op dat kleine, intieme gebaar te reageren en me op de film te blijven concentreren. Dat komt deels doordat ik niet weet hoe ik moet reageren. Moet ik blij zijn dat hij me mijn verzet in de gastenslaapkamer heeft vergeven? Of moet ik geschokt zijn omdat dat simpele gebaar hetzelfde warme gevoel in mijn borst oproept dat me in deze situatie heeft doen belanden?

'Ze heeft u dus nooit verteld dat de verkoop al had plaatsgevonden?' dringt Ryson aan als mijn moeder haast woord voor woord ons gesprek tijdens de sushi-lunch herhaalt. 'Ze heeft nooit uitgelegd hoe het kon dat zij in haar huis bleef wonen nadat het gekocht was door een lege vennootschap uit Zuid-Afrika, voor twee keer de prijs die de oorspronkelijke kopers ervoor neerlegden?'

Mijn ouders ontkennen dit heftig, stellen vragen en bieden mogelijke verklaringen. Met een onpasselijk gevoel kijk ik toe hoe mijn vaders gezicht paars aanloopt voor mijn moeder hem dwingt te gaan zitten en kalmeren.

'Het komt goed met hem,' zegt Peters zware stem geruststellend. Ik besef dat ik zo hard in zijn hand zit te knijpen dat mijn vingers beginnen te tintelen. Ik moet hem ook pijn doen, maar hij trekt zijn hand niet weg. Die hardvochtige uitdrukking op zijn gezicht is verdwenen; hij kijkt me met een warme gloed in zijn grijze ogen aan en zegt zacht: 'Ik heb de rest al gezien en echt, hij is in orde.'

Ik knik, krankzinnig blij met die geruststelling. Dan richt ik me weer op de film, waar de agenten mijn moeder nu ondervragen over de precieze woorden die ik gebruikte om mijn reisje te omschrijven toen ik hen belde. Het is duidelijk dat ze vermoeden dat ik al die tijd tegen de FBI heb gelogen, hoewel ik niet weet of ze gewoon denken dat ik gehersenspoeld ben, of dat ik vanaf het begin al medeplichtig was.

'Hoe erg is het?' vraag ik aan mijn ontvoerder als de film eindigt met mijn vader die mijn huilende moeder troost als de FBI-agenten weg zijn. Het voelt alsof iemand brandende naalden in mijn hart heeft gestoken, hoewel mijn ouders inderdaad in orde zijn, precies zoals Peter zei. Nou ja, relatief gezien dan.

Hij geeft eerlijk antwoord op mijn vraag. 'Het is... niet best. Nu ze weten waar ze moeten kijken, hebben ze meer bewijs gevonden over onze relatie, te beginnen met onze ontmoeting in die nachtclub. En dan is er nog het feit dat jij in een huis woonde dat ik kocht en niets tegen de FBI zei toen ze je vertelden dat ik gezien was. Die zaken, gecombineerd met jouw telefoontje naar je ouders, maken het aannemelijk dat je met me samenwerkt. Ook is er...' Hij zwijgt.

'Wat?' Ik trek mijn hand los en bal die tot een vuist. 'Vertel het me.'

Peter zucht. 'Ze hebben je huis doorzocht en de scheidingspapieren gevonden, door jou ondertekend, maar niet door je man. De datum is de dag vóór het ongeluk.'

'Wat?' Ik knipper met mijn ogen als ik angst in me voel opkomen. 'Wat heeft dat hiermee te maken?'

Peter legt troostend een hand op mijn knie. 'Het is niet hun hoofdtheorie,' zegt hij vriendelijk, 'maar ze overwegen de mogelijkheid dat je betrokken was bij de dood van je echtgenoot... dat onze relatie verder teruggaat dan die avond in jouw keuken.'

'Wat? Belachelijk!' Geschokt spring ik op. 'Dat kunnen ze toch niet denken? Ze weten dat je me martelde en drogeerde en me met een mes bedreigd hebt. Dat weten ze, want ze hebben me gevonden. Of denken ze dat ik die drugs in mijn bloed en die wond in mijn hals verzonnen heb? Evenals de blauwe plekken die ik nog wekenlang had? Hoe kunnen ze...'

'Het is een theorie, *ptichka*.' Peter staat op en neemt mijn ijskoude handen in zijn grote warme. Op zijn harde, knappe gezicht staat iets dat lijkt op berouw te lezen. Voor wat hij me bij onze eerste ontmoeting heeft aangedaan? Maar dan is het weg en zegt hij: 'Maak je daar niet druk om. Als ze het verder gaan onderzoeken, beseffen ze wel wat de waarheid is. Het is hun werk om alle mogelijkheden open te houden, hoe onwaarschijnlijk ook, en het feit dat je op het punt stond van je man te scheiden, die vervolgens stierf, is iets dat ze wel moeten nagaan. Je hebt toch weleens een politieserie gezien? De echtgenoot is altijd de eerste verdachte, vooral wanneer er mogelijke huwelijksproblemen waren.'

'Huwelijksproblemen?' Een hysterisch lachje ontsnapt me. 'Dat meen je toch niet? Dit is verdomme geen detective.' Ik ruk mijn handen uit die van Peter en stap naar adem snakkend achteruit. 'Jíj hebt George vermoord. Je brak in, waterboardde en drogeerde me om erachter te komen waar hij was en toen schoot je hem door het hoofd... nou ja, wat na het ongeluk nog van hem over was. Of denken ze soms dat ik dat ongeluk expres veroorzaakte en jou toen inhuurde om het af te maken?' Mijn stem schiet omhoog. 'Ik bedoel, dat ongeluk was mijn fout en jij bent te huur om mensen te vermoorden, dus misschien hebben ze wel een punt, misschien werkten we stiekem al die tijd al samen en...'

'Sara, houd op.' Peter pakt me bij mijn pols en trekt me naar zich toe. Maar pas als hij me in zijn sterke armen neemt en me tegen zijn borst klemt, besef ik dat ik van top tot teen sta te trillen. Woede en schok razen als een orkaan door me heen. Ik sluit mijn ogen tegen de brandende tranen als Peter zachtjes fluistert: 'Het komt goed, *ptichka*. Het waait wel over. Die agenten zijn niet dom; ze komen snel genoeg achter de waarheid. Geef ze wat tijd.'

'Welke waarheid?' Ik wring mijn handen tussen ons in en duw tegen zijn borst, hem intussen aankijkend. Het voelt alsof er niets van me overblijft als de schok en woede overgaan in een bittere wanhoop. 'Die waarin ik wekenlang met de moordenaar van mijn man naar bed ben gegaan en vervolgens mezelf liet ontvoeren toen ik hem waarschuwde dat de FBI hem op de hielen zat? Of die waarin ik tegen mijn ouders loog zodat ze denken dat ik verliefd ben ik op voorgenoemde moordenaar?'

Peter gezicht betrekt. 'Ja, die waarheid, Sara. Waarin je mijn slachtoffer bent. Want dat is wat je wilt zijn, nietwaar?' Hij laat me los en stapt achteruit. Mijn lichaam snakt naar de warmte en troost van zijn dodelijke omarming.

Het kost me moeite, maar ik raap mezelf bijeen. We gaan niet weer aan die discussie beginnen, niet nu ik hem er nog van moet overtuigen mij mijn ouders te laten bellen. 'Nee,' zeg ik hoofdschuddend. 'Zo bedoelde ik het niet. Om precies te zijn...' Ik zwijg even, maar dwing mezelf het te zeggen. 'Om precies te zijn had je gelijk. Toen je eerder zei dat ik mezelf een leugen voorhield. Ik wist wat ik deed toen ik je waarschuwde en dat was niet alleen omdat ik niet wilde dat je zou sterven.'

Zijn kaak beweegt en zijn vingers trillen, alsof hij me wil pakken. 'Wat bedoel je, Sara?'

'Ik bedoel...' Ik haal diep adem en sla mijn armen om mijn lichaam, omdat ik het gevoel heb dat ik ieder moment uit elkaar kan vallen. Hoewel ik dit zeg om hem te manipuleren, is het wel de waarheid... en die doet me ontzettend veel pijn. 'Ik bedoel dat de agenten het niet helemaal mis hebben met wie ze de schuld geven.'

Peter knijpt zijn ogen samen. 'Waar heb je het over? Jij had niets te maken met de dood van die schoft.'

'Nee, maar ik ben wel met jou naar bed geweest... met zijn moordenaar.' Mijn stem trilt en tranen wellen opnieuw in mijn ogen op. 'Ik heb de FBI niets over je verteld. Ik heb niet om hun bescherming gevraagd toen ik daar de kans voor had. Nu zitten we hier, in deze klotesituatie, en het is allemaal mijn schuld. Dus op een bepaalde manier moet ik dit gewild hebben, toch? Mijn vrijheid verliezen en bij je zijn, wat het me ook zou kosten? Ik had een keuze en ik maakte de verkeerde. Ik heb alleen maar verkeerde keuzes gemaakt en daarom ben ik nu hier in plaats van bij de FBI, bij jou in plaats van dat ik een normaal leven leid.'

Peters zilveren blik wordt harder bij het horen van die woorden en dan slaat hij een arm om me heen en streelt me door mijn haren, waarna hij me tegen zich aan trekt. 'O, *ptichka*,' prevelt hij gesmoord. Mijn binnenste trekt samen als ik de wilde lust op zijn gezicht zie. 'Je zou er niet verder naast kunnen zitten. Denk je dat je een keuze had? Denk je dat er ook maar het kleinste kansje was dat ik je zou laten gaan?'

Mijn keel trekt samen en de tranen branden als ik mijn handen in zijn zij leg. 'Niet?'

'Nee.' Zijn blik glinstert duister en zijn greep op mijn haar verstrakt. 'Ik zou achter je aan zijn gekomen. Ze zouden je nergens voor me verborgen kunnen houden. Je bent van mij, Sara, en dat blijf je, wat er maar voor nodig is. Wat ik daar ook voor moet doen.' Hij buigt zijn hoofd en zijn warme adem strijkt langs mijn lippen als hij fluistert: 'Wie ik daar ook voor moet doden.'

Ik ril even en mijn ogen vallen dicht als zijn lippen de mijne raken. Zijn woorden zijn gruwelijk en gestoord, maar mijn lichaam verlangt naar zijn nabijheid en tussen mijn benen wordt het nat als ik zijn erectie tegen mijn buik voel duwen. Het is alsof een pervers deel van mij dit van hem wil, alsof het geniet van de intensiteit van zijn obsessie.

Net zoals ik in zekere zin opgelucht was toen ik die naald in mijn nek voelde.

Peter verdiept de kus en dringt mijn mond binnen; ik sta het toe. Ik sta het toe omdat het vuur in mijn binnenste te fel brandt om het nog te kunnen bevechten. Ik houd mezelf voor dat ik dit doe omdat ik wel moet, omdat ik anders het telefoontje met mijn ouders op losse schroeven zet, maar diep vanbinnen ken ik de waarheid.

Ik doe dit omdat ik het wil.

Omdat ik op een bepaalde manier even gestoord ben als hij.

11

PETER DRAAGT ME NAAR BOVEN EN ALS IK ILYA UIT DE
KEUKEN ZIE KOMEN, verberg ik gauw mijn gezicht tegen
Peters schouder. Ik wil niet weten wat Peters collega's
van deze waanzin vinden - ik wil nergens aan denken.
Ik heb mijn ziel blootgelegd aan mijn cipier omdat ik
wilde dat hij me zou vergeven, maar nu ik dat gedaan
heb, voel ik me leeg en kapot, een mengeling van
schaamte, behoefte, woede en verlangen. Ik haat mezelf
om wat ik voel, maar tegelijkertijd kan ik me er niet
van weerhouden me aan hem vast te klampen en
evenzeer naar hem te verlangen als hij naar mij
verlangt.

In de slaapkamer legt hij me op het bed en begint
zich uit te kleden. Ik kijk hem door half-geloken ogen

aan. Ik voel me vreemd, alsof ik opnieuw gedrogeerd ben, maar ik weet dat het komt door het duistere verlangen dat hij in mijn lichaam oproept. Mijn behoefte aan hem is allesverterend en laat niets over van mijn normale manier van denken of redenatievermogen. Ik wil dat hij me vasthoudt en aanraakt, me neemt en bezit. Ik wil zijn duisternis en zijn verwrongen liefde... en bovenal wil ik hém.

Ik wil alles van hem, hoe bang het me ook maakt.

Hij dwingt je hiertoe. Een klein, zinnig stemmetje fluistert het me toe en herinnert me eraan dat ik dit doe zodat Peter me niet het contact met mijn ouders ontzegt, dezelfde reden dat ik me aan hem blootgaf. Mijn kweller is zo opmerkzaam dat hij het geweten had als ik tegen hem had gelogen of gevoelens had voorgewend die niet oprecht waren. De pathologisch complexe waarheid was mijn beste optie en nu kan ik niet meer terug, kan ik die lelijke feiten niet meer afdekken met de mantel der ontkenning.

Het klopt dat ik geen keus heb, maar ik zou liegen als ik zou zeggen dat dat me niet beviel.

Peter trekt als eerste zijn shirt uit en ik kijk met ingehouden adem toe hoe zijn buikspieren bewegen als hij naar de rits van zijn broek reikt. Hij heeft het lichaam van een krijger, slank en hard, met krachtige, goed zichtbare spieren. Zijn linkerarm is van de schouder tot de pols bedekt met tatoeages. Net als het kleine litteken in zijn linkerwenkbrauw zijn de meeste littekens op zijn lichaam vervaagd. In zijn zij is echter een vers litteken zichtbaar, het gevolg van een steekwond die hij een paar weken geleden tijdens een klus in Mexico opliep. Die littekens zijn een herinnering aan wat hij doet - aan wie hij is - en mijn hart trekt samen als ik opnieuw nadenk over het feit dat ik met een moordenaar naar bed ga.

De moordenaar van mijn echtgenoot.

Hij chanteert je zodat je dit doet.

Het is waar... en ik voel me er beter door als hij uit zijn broek stapt en naakt op me afloopt, zijn indrukwekkende erectie rechtop. Het is verknipt, maar ik wil geen keuze hebben, niet nu het verlangen dat door me heen raast een verraad is van alles en iedereen van wie ik houd. Ik kan mezelf voorhouden dat ik een reden heb om dit te doen... dat ik niet hopeloos verloren ben.

'Je bent zo verdomd mooi,' fluistert hij terwijl hij zich over me heen buigt. Ik sluit mijn ogen, niet in staat de intensiteit in zijn grijze ogen terwijl hij me uitkleedt te verdragen. De aanrakingen van zijn handen, zo sterk en toch zo voorzichtig, zetten mijn lichaam in vuur en vlam. Tegelijkertijd bloedt mijn hart om wat het verloren heeft, om alles wat die wrede handen me ontnomen hebben. De tranen die ik geprobeerd heb terug te dringen lopen over mijn slapen en ik huiver als hij ze wegkust, zijn lippen zacht en warm tegen mijn vochtige huid.

Dan kust hij mijn lippen, het gevoelige plekje achter mijn oor en de tedere huid van mijn hals. Pas als zijn mond naar mijn borsten glijdt, besef ik dat ik naakt ben. Ik was zo in beslag genomen door mijn verwarrende gedachten dat ik niet merkte dat hij mijn kleren uittrok. Zijn lippen sluiten zich over een tepel en ik krom mijn rug als hij eraan begint te zuigen. Mijn handen begraven zich in zijn zachte, dikke haar en mijn heupen schuren tegen hem aan, snakkend naar een ontlading van de spanning die zich in me opbouwt.

Stop. Houd alsjeblieft op.

Mijn geest schreeuwt het uit in wanhoop, maar ik houd de woorden binnen. Ik kan dit niet zeggen. Niet omdat hij niet zou luisteren, maar omdat ik het niet zou kunnen verdragen als hij dat wel deed. Als ik eerder niet had toegegeven, zou het makkelijker zijn. Als ik niet wist hoe het voelde om hem in me te hebben, zou ik hem misschien hebben kunnen weerstaan. Maar dat weet ik wel. Mijn lichaam en geest vechten om voorrang, om beheersing terwijl ik hem alles geef.

'Ja, zo,' hijgt hij tegen mijn tepel als zijn vingers mijn schaamlippen uiteenduwen en voelen hoe nat en gezwollen ik ben. Ik ben zo opgewonden dat ik het nauwelijks kan verdragen. 'Laat me je nemen, *ptichka*. Laat me je geven wat je nodig hebt.' Zijn eeltige duim omcirkelt mijn klit en hij duwt zijn middelvinger in me. Ik kreun als mijn spieren om hem heen samentrekken; mijn lichaam wil meer.

Peter beantwoordt die stille smeekbede door nog een vinger in me te steken en de kreun gaat over in een hese schreeuw als hij weer aan mijn tepel zuigt. Die dubbele sensatie laat mijn rug krommen en mijn hart op hol slaan. Ik ben zo dicht bij een orgasme... Als de golf me eindelijk overspoelt, kom ik zo hard klaar dat mijn adem een paar duizelingwekkende secondenlang stokt. Mijn hele lichaam beeft als een explosie van genot naar mijn tenen raast omdat Peter zijn vingers op en neer laat gaan en vervolgens spreidt om me voor te bereiden op wat komen gaat.

Ik schok nog na van dat heftige orgasme als hij omhoog kruipt en met zijn knieën mijn benen uiteen duwt. Zijn vingers verstrengelen zich met de mijne en pinnen mijn handen naast mijn schouders tegen de matras.

'Kijk me aan,' beveelt hij op hese toon. Verdwaasd richt ik mijn ogen op zijn vurige blik. Zijn gewicht duwt me in de matras en zijn mannelijke geur vult mijn neusgaten. Met zijn dikke, grote penis glijdt hij langs de binnenkant van mijn dij. Nu mijn handen tegen het bed geperst zijn, ben ik hulpeloos en volledig aan zijn genade overgeleverd. Pervers genoeg is dat opwindend, al is het even duister als de brandende behoefte in mijn binnenste.

'Zeg me dat je dit niet wilt.' Zijn stem klinkt rauw en zijn uitdrukking is haast gewelddadig te noemen. 'Lieg tegen me, dan zal ik stoppen.'

Ik snak naar adem, maar ik wend mijn blik niet af. Het koste me de grootste moeite om adem te halen. Ik weet niet waarom hij dat zegt, maar ik weet wel wat ik wil - en dat heeft niets te maken met het telefoontje naar mijn ouders.

'Stop niet. Stop alsjeblieft niet.'

Ik weet niet of ik de woorden hardop zeg of dat ik

ze alleen met mijn mond vorm, maar Peter spert zijn neusgaten open en een uitdrukking van wilde lust verschijnt op zijn knappe gezicht. Zijn vingers verstrakken en knijpen de mijne bijna fijn. Mijn ogen vallen dicht als hij zijn hoofd buigt en mijn lippen in een bezitterige kus opeist. Tegelijkertijd duwt hij zijn grote eikel in de warmte tussen mijn benen, waar hij in mijn vochtige kern doordringt.

Met één stoot dringt hij diep in me door en zijn omvang rekt me uit tot het bijna pijn doet. Mijn kreun wordt verzwolgen door zijn lippen als hij zijn tong mijn mond in duwt. Ik word opgevuld en verzwolgen, omringd door zijn geur, smaak en aanwezigheid. Zijn binnendringing is ruw; hij heeft zichzelf nauwelijks onder controle. Meteen zet hij een hard, heftig ritme in en de spanning in mijn binnenste begint zich opnieuw op te bouwen. Het is te veel, te overweldigend. Ik sla mijn benen om zijn heupen om iets van controle te herwinnen, maar dat lukt niet.

Er is alleen nog Peter en die heftige behoefte die ons beiden verteert.

Ik weet niet wie als eerste klaarkomt. Misschien komen we wel tegelijk klaar. Ik weet alleen dat tegen de tijd dat die golf me meevoert, hij hees mijn naam kreunt; zijn bekken schuurt tegen het mijne als zijn penis in me schokt. Het genot lijkt eeuwig door mijn zenuwen te razen en als het voorbij is, rolt hij van me af. Hij neemt me in zijn armen als ik in tranen uitbarst, bevend door de intensiteit van wat ik net ervaren heb... en het schuldgevoel dat me verteert.

Opnieuw heb ik toegegeven aan de man die mij mijn leven heeft ontnomen.

Pas later, als mijn tranen opgedroogd zijn en Peter loom mijn rug streelt, besef ik ineens iets waardoor mijn bloed verkilt.

Opnieuw hebben we geen condoom gebruikt.

12

Peter

Ik merk precies wanneer tot Sara doordringt dat we geen condoom gebruikt hebben. Haar lichaam verstijft en ze tilt haar hoofd op van mijn schouder. Haar ogen zijn vol afschuw opengesperd.

'We hebben geen...'

'Dat weet ik.'

Dit is al de tweede keer - de eerste keer was op de avond dat ik haar ontvoerd heb - en hoewel ik beide keren het voorbehoedsmiddel niet expres ben vergeten, heb ik er geen spijt van. De gedachte dat Sara mijn kind draagt, maakt me niet bang en stoot me ook niet af; in plaats daarvan voel ik een warme gloed in mijn borst opwellen, zoals ik die pas één keer eerder ervaren heb.

Dat was hetzelfde gevoel dat ik voor Pasha, mijn zoon, had.

Een bekende pijn trekt door mijn borst als ik aan hem denk, de pijn van het verlies even scherp als altijd. Het beeld van Pasha's lichaam en die auto in zijn kleine vuist staat in mijn hersens gekerfd. Jarenlang was dat het eerste waar ik 's ochtends aan dacht en het laatste wat ik zag voor ik in slaap viel. Het was de nachtmerrie die me 's nachts wekte en me overdag belaagde. Hem en Tamila wreken, omdat mijn echtgenote bij hetzelfde bloedbad om het leven kwam, was mijn enige reden om door te gaan. Pas toen ik Sara vond, kreeg mijn leven een nieuw doel.

Zij.

Mijn kleine zangvogeltje, nu mijn alles.

Sara kijkt nog meer verschrikt nu ik heb toegegeven dat ik wist dat we het condoom vergeten waren. Ze grijpt een tissue, schiet naar achteren op het bed, veegt fanatiek haar benen schoon en trekt dan de dekens op. Haar bruine ogen lijken enorm in haar bleke gezicht als ze gesmoord vraagt: 'Probeer je me zwanger te maken of zo?'

'Nee.' Ik sta op voor ik in de verleiding kom haar opnieuw te nemen. Zelfs nu mijn lichaam nagloeit van mijn orgasme, maakt het idee dat Sara zwanger zou kunnen worden me opnieuw hard. Maar ik moet voor het eten nog wat urgente e-mails afhandelen. 'Het is gewoon gebeurd. We hebben er allebei niet over nagedacht. Maar zoals ik al eerder zei, zou ik het niet erg vinden. Maar het lijkt me niet erg waarschijnlijk op dit moment in je cyclus. Toch?'

Sara knikt, maar houdt de deken nog altijd vastgeklemd. 'Het is niet waarschijnlijk, maar het kan wel,' zegt ze iets kalmer. 'Er zijn veel dingen die de cyclus van een vrouw kunnen verstoren, dus je kunt niet alleen op de kalender afgaan en zeggen dat het wel veilig is. Daarnaast heb ik een vrij korte cyclus en is mijn ongesteldheid al een paar dagen geleden gestopt.' Ze haalt diep adem en zegt dan bot: 'Ik wil de morning-afterpil. Kun je die voor me regelen?'

Ik staar haar aan, pijnlijk getroffen door het idee. 'Misschien,' zeg ik langzaam. 'Wat voor pil is dat en waar haal ik die?'

Uiteraard weet ik heel goed waar ze het over heeft, maar ik doe alsof ik het niet weet zodat ik even tijd heb om erover na te denken. Hoewel ik dit niet bewust wilde, komt alles in mij in opstand bij de gedachte de kans op een zwangerschap te verkleinen.

Het is absoluut totaal verknipt, maar ik wil een kind van haar. Ik wil haar op elke mogelijke manier aan me binden en haar zo volledig de mijne maken dat ze nooit bij me weg zal kunnen.

'Er zijn meerdere merken beschikbaar,' zegt Sara. 'Norlevo, EllaOne... Ik weet niet wat ze in Japan hebben, maar er is vast wel iets. Die pillen voorkomen de vrijkoming van het eitje, belemmeren de bevruchting of voorkomen innesteling in de baarmoederwand. Het is geen abortuspil, het is gewoon noodanticonceptie. Als je in een apotheek hier in Japan uitlegt wat je zoekt, kun je hem zo krijgen.'

Ze kijkt me zo wanhopig aan dat ik mezelf er niet toe kan zetten te weigeren.

'Oké,' zeg ik. Ik probeer mijn afkeer te verbergen. 'Ik moet even kijken of ik Anton nog te pakken krijg voor ze al op de terugweg zijn. Dan kunnen ze er onderweg ergens eentje halen.'

Sara's gezicht licht op. 'Ja, graag. Hoe sneller ik hem inneem, hoe effectiever hij is. Binnen de eerste vierentwintig uur is het beste en als ik hem vanavond nog inneem, zitten we ook nog binnen tweeënzeventig uur na de vorige keer.'

'Begrepen,' zeg ik, en ik loop naar de badkamer om me te wassen. 'Ik bel ze zodra ik beneden ben.'

Ik houd me aan mijn belofte om Anton te bellen, alleen stel ik het telefoontje uit tot ik eerst een urgente e-mail van onze hackers heb beantwoord. Ze hebben een vriend van de familie Henderson gevonden, die recentelijk tickets naar Kroatië heeft geboekt. Nu willen ze voor extra geld het verder natrekken. Ik maak vijfhonderdduizend over naar de afgesproken rekening in de Kaaimaneilanden en neem dan via onze beveiligde satelliettelefoon contact op met Anton.

Tot mijn opluchting zijn ze op nog maar een paar minuten vliegen bij ons vandaan. 'Wat heb je nodig?' vraagt Anton. Zijn stem komt nauwelijks boven het geraas van de helikopter uit. 'Ik heb het zwaar met de jetlag, maar als het urgent is, kunnen we het nog wel gaan halen.'

'Nee, dat hoeft niet.' Ik onderdruk een onwelkome vlaag schuldgevoel. 'Tegen de tijd dat jullie daar zijn, zijn alle apotheken toch al dicht.' In elke geval is dat wat ik Sara ga vertellen. Ik hoop maar dat ze niet bedenkt dat iets eenvoudigs als een dichte deur geen enkele obstakel vormt voor mijn team.

We kunnen te allen tijde aan alles komen, ongeacht welke sloten of wetten ons ook in de weg staan.

'Oké.' Anton moet inderdaad moe zijn, want hij zegt verder niets. 'Dan zien we jullie over tien minuten.'

Hij hangt op en ik ga naar boven om Sara het slechte nieuws mede te delen.

Ik ga heus die pil wel voor haar regelen, maar niet vandaag.

Morgen kan het ook.

eter

SARA NEEMT HET NIEUWS GOED OP, WAARSCHIJNLIJK omdat ik haar op datzelfde moment vertel dat we nu de materialen hebben om haar ouders op een veilige manier te bellen. Terwijl Ilya en Yan de boel installeren, leg ik Sara uit wat ze mag vertellen.

'Geen woord over onze locatie of met hoeveel mensen we zijn,' zeg ik terwijl ik met haar naar beneden loop. 'Niets over hoelang het duurde om hier te komen of hoe we hier gekomen zijn. Als je iets zegt over sushi, bergen, helikopters of een andere hint plaatst, is dit de laatste keer dat je je familie spreekt. Begrepen?'

Sara's gezicht is bleek, maar ze knikt. 'Wat mag ik dan wel zeggen?'

'Je kunt je ouders vertellen dat je bij mij bent, want dat weet de FBI al. Je mag ze vertellen dat je gelukkig bent en verliefd en dat ze zich geen zorgen over je hoeven te maken. Houd het kort; je belt niet om hun vragen te beantwoorden, maar om ze ervan te verzekeren dat je nog leeft en dat het goed met je gaat. Hoe minder je zegt, hoe beter het voor alle betrokkenen is.'

'Oké.' Ze blijft onderaan de trap staan, haalt diep adem en recht haar schouders. 'Ik ben er klaar voor.'

HET TELEFOONTJE WORDT VIA MEER DAN TWINTIG satellieten en telefoontorens over de hele wereld doorgeschakeld tot het als een geblokkeerd nummer op de mobiele telefoon van Sara's moeder verschijnt. Ik weet zeker dat alle telefoons van Sara's ouders worden afgeluisterd door de FBI, maar dat doet er niet toe. Ze kunnen ons onmogelijk traceren. Het grootste gevaar zit hem erin dat Sara iets zegt wat ze niet moet zeggen, maar hopelijk is ze slim genoeg om dat te voorkomen.

Ik bluf namelijk niet.

Lorna Weisman, Sara's moeder, neemt snel op. 'Hallo?' Haar stem klinkt gespannen.

'Hoi, mam,' zegt Sara. Ze zit naast me op de bank, de telefoon op de luidspreker zodat ik mee kan luisteren. 'Met mij, Sara.'

'Sara! Goddank. Waar ben je? Gaat het goed met je? Wat is er aan de hand? De FBI kwam langs en...'

'Het gaat prima met me, mam.' Sara's toon is kalm en geruststellend, ondanks dat ik tranen in haar ogen zie. 'Maak je alsjeblieft geen zorgen. Ik ben bij Peter en het gaat goed met me. Ik weet dat het verwarrend is, maar ik ben gezond en het gaat goed tussen ons. Ik zal je meer vertellen als ik weer thuis ben, maar op dit moment wilde ik gewoon even bellen omdat ik dacht dat jullie je zorgen maakten.'

'Sara, luister eens, lieverd.' Lorna klinkt alsof ze op het punt staat in tranen uit te barsten. 'De FBI zei dat hij een crimineel is en dat hij gezocht wordt. Je moet bij hem weggaan. Waar ben je? Vertel het me, lieverd, dan komt iemand je halen. Hij is geen goed mens, Sara. Hij is gevaarlijk en hij zou je pijn kunnen doen. Je moet...'

'Mam, doe niet zo gek.' Sara's stem klinkt nu scherper. 'Ik ben prima in orde en Peter is heel lief voor me. Ik kan niet lang praten, maar wat ze je ook vertellen, geloof het niet. Hij is wel een goed mens en we zijn heel gelukkig samen. Hij houdt van me en... ik denk dat ik ook van hem houd.'

Ze kijkt even naar me en ik knik goedkeurend, de irrationele pijn in mijn borst negerend. Ze doet precies wat ik haar heb opgedragen en het is zinloos om te wensen dat het echt was, dat ze echt van me hield.

'Maar Sara...'

'Ik moet gaan, mam. Ik bel je snel weer. Maak je alsjeblieft geen zorgen en zeg tegen papa dat hij dat ook niet doet.' Haar stem trilt, alsof ze op het punt staat te gaan huilen. 'Ik houd van jullie en ik spreek je snel weer, goed?'

'Wacht, Sara...'

Maar ze hangt op. Haar smalle schouders schokken van de snikken als ze opspringt en naar boven rent, mij met de telefoon achterlatend.

S*ara*

IK WEET NIET HOELANG IK AL HEB GEHUILD VOOR HET bed inzakt en Peter me op zijn schoot zet en in zijn armen neemt alsof ik een overstuur kind ben. Zijn grote hand steelt mijn rug als ik mijn armen om zijn schouders sla en mijn behuilde gezicht tegen zijn schouder verberg. Zijn aanraking en zijn warmte doen me goed. Ik heb ze nodig, ook al haat ik hem op dit moment... ook al was de pijn in mijn moeders stem haast ondraaglijk om te horen.

'Het komt goed met ze, *ptichka*,' zegt hij zacht als mijn gesnik afneemt. 'We houden een oogje op ze en ze gaan er goed mee om. En nu je gebeld hebt, weten ze dat je in orde bent.'

'In orde? Ze denken dat ik gek geworden ben. Ik

ben er met een gezochte crimineel vandoor gegaan.' Mijn stem trilt en nieuwe tranen wellen op in mijn ogen. Ik duw tegen zijn schouders en kijk hem aan. 'En nu de FBI ons zoekt...'

'Dat weet ik.' De blik in zijn grijze ogen is warm als hij de tranen van mijn wangen veegt. 'Het is niet optimaal, maar dit is momenteel het meeste wat we kunnen doen.'

'Juist.' Eindelijk vind ik de kracht om mezelf van zijn schoot te duwen en op te staan. Mijn ogen branden na al dat gehuil en ik heb barstende koppijn, maar ik ben vastbesloten mezelf weer onder controle te krijgen. Ik kan niet steeds troost zoeken bij de man die me alles ontnomen heeft; ik kan niet blijven huilen en me aan mijn ontvoerder vastklampen.

Ik ben sterker dan dat.

Dat moet wel.

'Heb je trek?' Peter staat ook op. 'Ik ga zo het avondeten voor ons koken.'

Ik veeg de laatste tranen weg en knik. 'Ik lust wel wat.'

'Mooi.' Zijn glimlach is zo stralend dat hij me bijna verblindt. 'Ik zie je over een uurtje beneden.'

Ik verwacht dat Peters mannen mee-eten, maar ze zijn opvallend genoeg afwezig. Als ik ernaar vraag, legt hij uit dat ze buiten aan het trainen zijn en later eten.

'Waarom ben je niet mee gaan trainen?' vraag ik

terwijl ik een stuk zalm opschep. We eten vandaag Japans: vis en witte rijst met ingelegde groenten. 'Trainen jullie niet samen?'

Peter glimlacht. 'Normaal gesproken wel, maar ik wilde vanavond tijd met jou doorbrengen.'

'Want ik ben zulk fijn gezelschap vandaag?'

Zijn glimlach verdiept zich. 'Er zaten zeker goede momenten tussen.'

Ik bloos, want hij doelt uiteraard op de seks. Ik heb er tot dusver niet aan gedacht, hoewel mijn lichaam nog pijn doet van zijn ruwe binnendringing. Het is stom dat ik me nu beschaamd voel terwijl we al weken met elkaar naar bed gaan, maar ik kan er niets aan doen. Het is gewoon allemaal te verwarrend, te verknipt. En dan nog dat vergeten condoom...

Nee, daar mag ik niet aan denken. Peter heeft me beloofd morgen een morning-afterpil te brengen en ik wil geloven dat hij zich aan die belofte houdt. Zelfs als hij om de een of andere bizarre reden het niet erg zou vinden om me zwanger te maken, zal hij toch wel beseffen dat een baby in deze omstandigheden voor alle betrokkenen een ramp zou zijn? Hij wordt gezocht, hij is een voortvluchtige moordenaar. Wat voor leven zou dat voor een kind zijn? Peter is te intelligent om dat niet in te zien.

Maar hij is ook geobsedeerd door je.

Ik negeer dat stemmetje en begin te eten. Het heeft geen zin om me daar vanavond druk om te maken. Als Peter me morgen die pil niet brengt, is het daarvoor vroeg genoeg. Daarbij ben ik zo moe dat ik mijn vork nauwelijks opgetild krijg, laat staan dat ik nog energie heb om me druk te maken om een mogelijke zwangerschap. Het moet thuis al ochtend zijn en ondanks mijn middagslaapje heb ik duidelijk last van jetlag - en de naweeën van extreme stress. Ik ga na het eten naar bed en hopelijk word ik dan morgen met een helderder hoofd wakker.

Dat is nodig zodat ik mijn ontsnapping kan voorbereiden.

'Ik ben nog vergeten je te vertellen,' zegt Peter als ik mijn zalm bijna op heb, 'dat Yan kleren voor je heeft gekocht. Ze liggen daar.' Hij knikt naar de hal, waar meerdere tassen staan.

'O, bedankt.' Ik onderdruk een gaap, schuif mijn bord opzij en sta op. Ik ben niet van plan hier lang genoeg te zijn om zoveel kleren nodig te hebben, maar ik heb wel schoenen en warme kleding nodig om te kunnen ontsnappen. 'Ik wil wel even kijken.'

Peter staat op en ruimt de tafel af terwijl ik Yans aankopen doorneem. De maten op de kaartjes zijn groter dan ik gewend ben, maar de kleren zien eruit alsof ze me wel moeten passen. Blijkbaar draag ik in Japan een medium of large. De schoenen zijn ook de juiste maat. Ik ga ze meteen passen, blij met een paar sneakers en een paar warme laarzen. Daarnaast zitten er nog sandalen en hoge hakken bij.

'Denkt je collega dat we gaan stappen?' vraag ik Peter als ik de kleding doorneem en een aantal al even onpraktische jurken vind, naast een aantal handige basics zoals sportbroeken, spijkerbroeken, truien en Tshirts. Er zit ook ondergoed bij, voor het grootste deel mooie setjes met veel kant, evenals een aantal zijden nachthemdjes - precies wat een man denkt dat een vrouw in bed wil dragen.

'Yan heeft verstand van kleren, dus zei ik hem uit te kiezen wat hem handig leek,' zegt Peter. Hij grijnst als ik een laag uitgesneden tanktop omhooghoud dat zeer geschikt is voor een zomers strandfeestje. 'Misschien heeft hij een beetje overdreven.'

'Hm-hm.' Ik prop alles weer in de tassen en pak ze vast om ze naar boven te dragen, maar Peter pakt ze uit mijn handen.

'Kom maar,' zegt hij. Hij pakt de andere tassen ook op en ik kijk geamuseerd toe hoe hij alles naar boven draagt.

Dit is weer zo'n voorbeeld van zijn behulpzaamheid, besef ik als ik de trap oploop. Thuis nam Peter me niet alleen alle klusjes uit handen als ik moe was, hij liet me ook niets dragen dat zwaarder was dan een bord eten. Ik weet niet of hij denkt dat ik niet in staat ben om een tas te dragen of dat iemand hem geleerd heeft altijd dingen voor vrouwen te dragen, maar dit draagt zeker bij aan het gevoel dat hij me vertroetelt.

Als hij me niet drogeert, ontvoert of bedreigt, tenminste.

'Maakte dit deel uit van je opvoeding in het weeshuis?' vraag ik hem als ik achter hem aan de inloopkast inloop, waar hij de tassen heeft neergezet en nu de kleren naast de zijne ophangt. 'Heeft iemand je toen je nog een jongetje was geleerd hoe je een gentleman moet zijn of zo?'

Peter stopt en kijkt me met opgetrokken wenkbrauwen aan. 'Meen je dat?'

Ik frons en pak een trui uit een van de tassen. 'Ja, hoezo?'

Hij lacht duister. '*Ptichka*, weet je hoe het er in Russische weeshuizen aan toe gaat?'

Ik bijt op mijn lip als ik de trui op de plank leg. 'Nee, niet echt. Het zijn dus geen fijne plekken?'

Hij gaat verder met de kast inruimen. 'Laten we het erop houden dat me gedragen als een gentleman niet bepaald hoog op mijn prioriteitenlijst stond toen ik nog jong was.'

'Juist.' Ik zou Peter moeten helpen, maar in plaats daarvan sta ik naar hem te kijken. Ik weet nog zo weinig van de man die mijn hele leven heeft overgenomen. Ik weet dat hij opgegroeid is in een weeshuis en hij vertelde dat hij in een gevangenkamp voor jongeren belandde na de directeur van dat weeshuis te hebben vermoord, maar dat is alles. En het is niet genoeg.

Ik moet meer over Peter Sokolov te weten komen.

Ik wil hem begrijpen.

'Wat is er met je familie gebeurd?' Ik leun tegen de deur van de kast. 'Heb je je ouders ooit gekend?'

'Nee.' Hij gaat door met het methodisch uitpakken van de tassen. 'Ik werd als pasgeboren baby voor de deur van het weeshuis gedumpt. Ze denken dat ik toen drie of vier dagen oud was. De gok is dat mijn moeder uit een van de dorpen in de buurt afkomstig was. Misschien een schoolmeisje dat een fout maakte en zwanger werd. Zoiets. Ik had geen foetaal alcoholsyndroom en ook geen drugs in mijn systeem, dus kon ik niet van een prostituee zijn.'

'En niemand is je ooit komen halen?' Ik negeer het pijnlijke samentrekken van mijn hart. Ik weet niet waarom, maar de gedachte dat deze gevaarlijke man een verlaten baby is geweest, maakt me bijna aan het huilen.

Peter laat het hangertje dat hij vastheeft zakken en kijkt me verbaasd aan. 'Ophalen? Natuurlijk niet. Niemand komt kinderen daar ophalen. Daarom zijn het weeshuizen. Nou ja, tegenwoordig komen rijke buitenlanders een baby of twee kopen als ze zelf geen kinderen kunnen krijgen, maar dat was toen ik klein was nog niet het geval.'

Ik slik moeizaam. 'Heb je ooit geprobeerd je moeder te vinden? Of je vader? Ik bedoel, je hebt nu mogelijkheden...'

Er trilt een spiertje in Peters kaak en hij keert zich nu naar me toe. 'Waarom zou ik mijn tijd besteden aan iemand die me dumpte?' In zijn ogen glinstert een duister licht. 'Ik zou maar één ding willen doen als ik mijn moeder zou vinden, en zelfs ik vind je moeder vermoorden te ver gaan.'

Hij draait zich weer om en gaat verder met mijn kleren ophangen. Ik dwing mezelf hem te helpen, ook al trillen mijn handen en heb ik een wee gevoel in mijn maag. Zijn onthulling maakt me bang, maar vervult me ook met medelijden. Het is duidelijk dat de razernij die Peter in zich draagt veel verder teruggaat dan de tragedie die zijn vrouw en zoontje overkwam; hij is gevormd door krachten die ik nauwelijks kan bevatten.

Die focus op familie - en zijn obsessie met mij - zou weleens helemaal uit de duisternis van zijn jeugd kunnen stammen.

15

Ik val zodra we in bed liggen in Peters armen in slaap. Een tijdje later word ik wakker als hij zijn penis van achteren in me laat glijden; een gespierde arm om mijn ribben houdt me op mijn plek. Ik ben niet nat genoeg en de eerste paar stoten branden, maar dan begint hij me te vingeren en mijn lichaam smelt onder zijn aanraking.

Het duurt maar een paar minuten voor ik klaarkom en hij komt meteen daarna. Zijn grote penis schokt in me als hij met een gesmoorde kreun zijn hoogtepunt bereikt. Hij blijft me vasthouden en neemt niet de moeite zich terug te trekken. Zo val ik vrijwel meteen weer in slaap, met hem nog in me. In mijn dromen kust hij mijn slapen en vertelt me hoeveel hij van me houdt, maar als ik 's ochtends wakker word, ben ik alleen. Licht valt door de hoge ramen naar binnen.

Tijdens het douchen zie ik opgedroogd sperma op mijn dijen. Opnieuw hebben we geen condoom gebruikt. Snel was ik het af en probeer de opborrelende paniek te negeren. Ik kleed me aan en ga Peter zoeken.

Hij moet die pil voor me halen.

Hij moet zich aan zijn belofte houden.

Tot mijn verrassing, kan ik hem beneden nergens vinden. Zijn mannen ook niet.

Mijn polsslag schiet omhoog. Kan het echt zo zijn? Kunnen ze me alleen gelaten hebben om iets te gaan regelen? Voor ik me te zeer ga verheugen pak ik mijn laarzen om te kijken of ze buiten aan het trainen zijn.

Niets.

Iedereen is weg en de helikopter ook.

'Vanmiddag zijn ze weer terug,' zegt een mannenstem achter me. Geschrokken slaak ik een gilletje.

Ik draai me om en zie Ilya het huis uit komen. Hij moet boven in een van de gastenkamers zijn geweest, want daar had ik nog niet gekeken.

Ik haal diep adem om te kalmeren en vraag: 'Is Peter ook weg?'

De grote Rus knikt; zijn getatoeëerde schedel schittert in het zonlicht nu hij in de deuropening is blijven staan. 'Hij heeft het ontbijt in de keuken klaargezet.'

'O, oké. Bedankt.'

Hij loopt weer naar binnen en ik volg hem, huiverend in de koude wind. Ik zal me echt warm aan moeten kleden als ik wil ontsnappen, met meerdere lagen. En misschien krijg ik die kans wel sneller dan gedacht.

Met een beetje geluk houdt Ilya me niet te scherp in de gaten.

Hij ontbijt in ieder geval niet samen met mij. In plaats daarvan gaat hij boven naar zijn kamer. Ik eet de havermout die Peter voor me gemaakt heeft op en ruim dan af. Als Ilya een paar minuten later nog niet terug is, ga ik stilletjes naar boven, waar ik twee truien en een jas pak, evenals een muts. Daarna sluip ik even stilletjes weer naar beneden. Ik ken het gebied nog niet, maar deze kans kan ik niet voorbij laten gaan. In de keuken pak ik een fles water, een zakje pinda's en een appel. Ik stop alles in een plastic zak, die ik in een binnenzak van mijn jas prop.

Mijn laarzen staan bij de voordeur, dus trek ik ze aan en verlaat dan het huis, zo zacht mogelijk de deur achter me dichttrekkend.

Ik haal pas weer diep adem als het huis niet meer te zien is en ik op het westelijke pad sta dat ik gisteren zag. Ik blijf aan de zijkant, klaar om dieper het bos in te gaan als ik denk dat ik achtervolgd word, maar tot dusver lijkt dat niet het geval te zijn.

Misschien heb ik geluk en beseft Ilya pas over een tijdje dat ik weg ben.

De lucht is koud maar helder. Ik zet een stevige pas in. Ik ben niet fit genoeg om lang te rennen, maar ik wil zo ver mogelijk weg zijn voor iemand erachter komt dat ik weg ben. Ik ben echt niet in staat om een team voormalige Spetsnaz-soldaten voor te blijven zonder goede voorsprong, maar ik moet het proberen.

Misschien kan ik een telefoon bereiken voor ze me vinden.

De hele ochtend lang jog ik verder, alleen rond het middaguur vijf minuten stoppend om even te plassen en iets te eten. Dan ga ik weer verder, de pijn in mijn benen en longen negerend. Tegen de tijd dat de zon begint te zakken, moet ik overgaan op een gewoon wandeltempo. Gelukkig ben ik op weg naar beneden, anders had ik het nooit zo lang volgehouden. Hoewel het pad wijd genoeg is om een auto overheen te laten rijden, is hij zo te zien weinig gebruikt. Hij ligt vol obstakels: omgevallen bomen, gaten en kuilen vol water. Dit is vast het gevolg van die aardverschuiving waar Ilya het over had. Ik zal daar door het bos omheen moeten trekken, maar op dit moment is het ondanks alle obstakels het makkelijkst om het pad te volgen.

Nog even volhouden, houd ik mezelf voor als ik over de volgende omgevallen boom klim en een stukje naar beneden glijd omdat het steil is. Bijna struikel ik over een rots. Ik zal straks moeten stoppen om iets te eten en drinken, maar nog niet.

Ik moet eerst nog verder weg zijn voor ze me gaan zoeken.

Ik dwing mezelf om nog een uur door te gaan; dan plof ik uitgeput op de grond neer. Ik heb al twintig minuten lang het onprettige gevoel dat ik gevolgd word, maar ik denk dat ik gewoon paranoïde ben.

Mijn cipiers zouden me niet volgen; ze zouden me gewoon mee terug nemen.

Desondanks neem ik mijn omgeving zorgvuldig in me op, klaar om weg te sprinten. Zoals ik al verwachtte, is het stil. De ceders zwaaien rustig in de kille bries heen en weer. Gerustgesteld rits ik mijn jas open en pak de plastic zak. Ik giet mijn water naar binnen en eet dan de pinda's en de appel op.

Het is niet veel, maar het heeft maar genoeg te zijn.

Nu ik me iets beter voel, sta ik op... en opnieuw slaak ik een geschrokken gil.

Een grijze aap met een roze gezicht staart me vanuit een boom aan.

Of beter gezegd: hij staart naar het klokhuis van de appel en weer naar mij.

Ik schiet in de lach, zowel vanwege de uitdrukking op het gezicht van de aap als mijn eigen opluchting. Mijn huid tintelt van de adrenaline en mijn hart bonst alsof ik een beer heb gezien, maar ik ben zo opgelucht dat ik dat roze gezichtje wel zou kunnen zoenen.

Het was een bergaapje dat me achtervolgde, geen Russische huurmoordenaar.

'Ga je gang,' zeg ik tegen de aap als ik uitgelachen ben. Ik gebaar naar het klokhuis. 'Hij is voor jou.'

'Wat aardig van je, *ptichka*,' klinkt het loom achter me. Ik verstijf en mijn polsslag schiet opnieuw omhoog.

Ik had op mijn gevoel moeten vertrouwen.

Met een verslagen gevoel draai ik me om en kijk naar de man die ik wilde ontvluchten.

Peter Sokolov staat tegen een boom geleund, zijn sensuele mond tot een sardonische grijns vertrokken.

16

*P*eter

ZODRA SARA HET HUIS UIT GING, STUURDE ILYA ME EEN
bericht, waarop ik hem liet weten dat hij haar moest
volgen. Niet omdat ik bang was dat ze zou ontsnappen
- Yan heeft in alle schoenen die hij voor haar gekocht
heeft zenders geïnstalleerd - maar omdat ik niet wilde
dat ze alleen door het bos zou trekken. Mijn kleine
dokter is gewend aan de buitenwijken van de stad, geen
bergwouden, en ik wil niet dat ze gewond raakt. Ik was
toch al op weg terug, dus sinds Anton me afzette, ben
ik het signaal van Sara's laarzen gaan volgen. Het
duurde een uur voor ik Ilya had ingehaald en toen heb
ik Sara verder gevolgd - net zoals ik de afgelopen
maanden met veel plezier heb gedaan.

'Hoe heb je me gevonden?' vraagt ze als ze bijgekomen is van de schok. Haar stem klinkt gespannen en een beetje ademloos, maar ze houdt haar kin hoog en krimpt niet ineen als ik haar aankijk. 'Hoelang volg je me al?'

'Sinds het einde van de ochtend,' zeg ik. Ik duw me van de boom af. 'Je hebt meer uithoudingsvermogen dan ik dacht. Ik had gedacht dat je al een hele tijd geleden pauze zou houden.'

Ze knijpt haar bruine ogen samen. 'Is dat waarom je me tot hier hebt laten komen? Om te laten zien hoe zwak ik ben en hoe snel je me kunt vinden?'

'Nee, *ptichka*.' Ik loop naar haar toe. 'Om je iets anders te laten zien.'

Ze zet een stap achteruit, maar blijft dan staan. Waarschijnlijk beseft ze hoe zinloos het is om op de vlucht te slaan. En dat is het ook. Ik zou haar zo te pakken hebben. En dan zou ik haar straffen, zoals het monster in mij eist.

Ik zou ervoor zorgen dat ze nooit meer zou willen ontsnappen.

Het kost me al mijn wilskracht om die neiging te onderdrukken en niet toe te geven aan dat duistere verlangen. Het is volkomen logisch dat Sara een ontsnappingspoging doet en wil terugkeren naar het leven dat ze gekend heeft. Ze zou niet zijn wie ze was als ze het niet probeerde - en dat begrijp ik. Rationeel gezien kan ik dat ook accepteren.

Maar mijn instinct is om haar te onderwerpen en

haar te dwingen van me te houden, haar vleugels te kortwieken zodat ze nooit meer weg zal gaan.

'Kom,' zeg ik. Ik pak haar koude, bevende hand vast. 'Het is nog een klein stukje verder.'

Ik bedwing die borrelende woede in mijn binnenste en loop verder met haar over het pad.

17

Sara

TIJDENS HET LOPEN IS PETERS UITDRUKKING ONLEESBAAR, maar ik voel zijn woede, die dodelijke explosiviteit die evenzeer bij hem hoort als zijn staalgrijze ogen. Desondanks is zijn greep op mijn hand zacht en beschermt zijn grote handpalm de mijne tegen de kou, hoewel hij ook voorkomt dat ik kan ontsnappen.

'Hoe heb je me zo snel gevonden?' vraag ik in een poging mijn angst te verbergen. Ik ben er inmiddels vrijwel zeker van dat Peter me fysiek geen kwaad zal doen, maar er zijn nog genoeg manieren waarop hij me iets kan aandoen.

'Ilya is je gevolgd,' zegt hij met een blik in mijn richting. De kille wind kleurt zijn hoge jukbeenderen en het puntje van zijn neus rood. Dankzij het sportieve windjack dat hij draagt, ziet hij eruit als zo'n hardcore topsporter die voor de lol de Mount Everest beklimt. 'Dacht je dat hij niet zou weten dat je het huis uitging?'

Natuurlijk. Ik had moeten weten dat het te makkelijk ging.

'Waarom hield hij me dan niet tegen? Waarom volgde hij me dan alleen?'

'Omdat ik hem dat opdroeg.'

Ik zet me schrap, waardoor hij wel moet stoppen. 'Waarom? Probeer je me een lesje te leren? Is dat het?'

'Nee, Sara, al is dat wel een bijkomend voordeel.' Nu kijkt hij licht geamuseerd.

'Waarom dan?' dring ik aan. 'Waarom liet je me zover komen?'

'Zodat ik je dit kan laten zien,' zegt hij. Zijn greep op mijn hand verstevigt en hij leidt me naar een klein groepje bomen iets verderop.

Ik ben de hele tijd al heel voorzichtig geweest, maar toch mis ik bijna de afgrond. Als Peter niet aan mijn hand had getrokken, was ik misschien naar beneden gestort.

Naar adem snakkend stap ik achteruit, me uit alle macht aan Peters hand vastklampend terwijl ik naar de gapende diepte onder ons staar. Door een of andere gemene grap van de natuur lopen de bomen tot aan de rand van de klif door. Bij sommigen steken de wortels zelfs de afgrond in. Daardoor krijg je het idee dat er vaste grond is waar die er niet is. Ik herinner me dat

Ilya dit noemde toen hij het over de aardverschuiving had.

'Komt dit door die aardbeving?' vraag ik als ik mijn stem teruggevonden heb.

'Ja.' Peter trekt me weg bij de rand van de klif. Als we ver genoeg zijn, laat hij mijn hand los en zegt: 'Dit is wat ik je wilde laten zien. Ik weet dat Ilya je gisteren heeft verteld dat deze berg uit een en al kliffen bestaat, maar je geloofde hem niet. Daarom wilde ik dat je het met eigen ogen zag. Dit was de enige helling die flauw genoeg was om een weg aan te leggen, maar na de aardbeving werd hij onbruikbaar. De enige manier om van deze berg af te komen is de heli, *ptichka*.' Als hij glimlacht, glinsteren zijn ogen als gepolijst zilver.

Ik staar hem aan en mijn maag trekt samen. Ik moet niet geluisterd hebben toen Ilya dit vertelde, want ik herinner me dit helemaal niet. Geen wonder dat mijn cipiers zich geen zorgen maakten over mijn ontsnapping; ze wisten dat ik nergens heen kon.

'Deze hele berg is omringd door kliffen? Aan alle kanten?'

Ik moet er even geschrokken uitzien als ik me voel, want Peters uitdrukking verzacht zich op onverklaarbare wijze. 'Ja, liefste. Dat was gisteren niet tot je doorgedrongen?'

Ik schud verslagen mijn hoofd. 'Ik heb niet goed geluisterd, denk ik.'

Hij zegt niets, maar pakt alleen mijn hand. Samen lopen we het pad weer op, richting het huis. Mijn tred is sloom; de uitputting van mijn eerdere wandeling komt binnen als een klap met een moker. En ik ben niet alleen fysiek uitgeput. Ook emotioneel voel ik me verpletterd en zo moe dat nauwelijks nog iets tot me doordringt.

Ik weet niet waarom ik zoveel hoop op mijn ontsnapping had gevestigd. Zelfs thuis, toen ik slechts één telefoontje van mijn familie en de FBI verwijderd was, wist ik al dat ik onmogelijk aan Peter kon ontkomen. Ik was toen evenzeer zijn gevangene als nu en ik weet niet waarom ik dacht dat een ontsnapping van deze berg alles zou oplossen.

Waarom ik dacht dat ik eenmaal beneden vrij zou zijn.

Peter zou achter me aangekomen zijn. Zelfs als ik als door een wonder had kunnen ontsnappen en de zogenaamde veiligheid van de FBI had kunnen bereiken, zou ik nooit echt veilig zijn geweest. Ik zou elk uur van elke dag over mijn schouder moeten kijken en uiteindelijk zou hij daar zijn geweest, met die wrede glimlach op zijn knappe gezicht.

Er is geen uitweg voor mij en in mijn paniek was ik dat vergeten.

De wanhoop voelt als een verpletterend gewicht op mijn borst aan; hij smoort mijn adem en kleurt mijn wereld grijs. Ik weet dat ik me moet herpakken, een nieuw plan moet verzinnen, maar de uitzichtloosheid van de situatie is te overweldigend en te definitief. Mijn benen voelen aan als lood en het ijs in mijn binnenste breidt zich uit tot de kou ketens om mijn hart vormt.

Er is geen uitweg.

'Het hoeft niet zo te zijn, Sara,' zegt Peter zacht. Als ik opkijk, zie hij dat me vreemd genoeg met een sympathieke blik opneemt. Het is alsof hij het begrijpt en in zekere zin met me meeleeft. Maar als dat zo was, zou hij dit niet doen.

Dan zou hij mijn leven niet vernietigen om aan zijn obsessie tegemoet te komen.

'Niet?' vraag ik vermoeid. Voor een omgevallen boom blijf ik staan. We moeten eroverheen klimmen en ik heb er simpelweg de energie niet voor. 'Hoe dan? Hoe zou dit volgens jou wel moeten werken?'

Zijn lippen trillen even als hij mijn hand loslaat en me aankijkt. 'Je kunt er gewoon aan toegeven, *ptichka*. Accepteren wat er tussen ons is.'

'Wat is dat dan?'

'Dit.' Hij streelt mijn wang en ik merk dat ik tegen zijn hand aanleun, de aantrekkelijke warmte van zijn vingers opzoek.

Ik voel weer die perverse behoefte in mijn binnenste.

Ik zou me af moeten wenden, maar ik ben te moe om me te bewegen. Te moe om te protesteren als hij zijn hoofd buigt en zijn lippen op de mijne drukt. Zijn kus is zacht en zo teder dat ik wel kan huilen.

Hij kust me alsof ik bijzonder ben, iets dat zeldzaam en gekoesterd is. Alsof hij meer van mij houdt dan van het leven zelf. Mijn ogen vallen dicht en mijn handen grijpen zijn schouders vast als hij de kus verdiept, mijn adem in zich opneemt en mijn behoefte aanwakkert.

Wat als je eraan toegeeft?

Het lijkt op dit moment niet zo'n foute keuze. Niet nu ik zo moe en zo verloren ben, zo totaal hopeloos. Hij is de oorzaak van mijn wanhoop en toch is alles warmer en lichter als hij er is, is alles draaglijker omdat hij van me houdt.

Wat als je het accepteert?

Ik blijf malen over die vraag, die plagende, kwellende vraag vol mogelijkheden. Hoe zou het zijn als ik me niet langer verzette? Als ik mijn oude leven op zou geven en het hier en nu zou omarmen? Op dit moment lijkt het niet zo vergezocht dat hij van me zou houden, dat we iets waardevols en echts zouden kunnen delen.

Als ik vergeet wat hij heeft gedaan, kan ik misschien ook van hem houden.

'Sara,' fluistert hij. Hij tilt zijn hoofd op en in zijn verhitte blik zie ik de toekomst die we zouden kunnen delen. Een toekomst waarin we geen vijanden zijn en waarin het verleden ons heden niet besmeurt.

Ik zie het en ik wil het... en dat maakt me bang.

'Laat me los.' Ergens vind ik de kracht om me los te trekken en de duistere aantrekkingskracht van zijn liefde te weerstaan. 'Alsjeblieft, Peter. Stop.'

De blik in zijn ogen verkilt en verhardt; gesmolten zilver wordt staal. Zonder nog iets te zeggen, pakt hij mijn hand en loopt weer de berg met me op, terug naar mijn gevangenis.

Terug naar ons nieuwe huis.

WE KLIMMEN NOG ANDERHALF UUR DOOR VOOR IK
OVERAL OVER BEGIN TE STRUIKELEN, mijn benen zo
zwaar van uitputting dat ik mijn voeten letterlijk niet
meer kan optillen. Klimmen is tien keer zo zwaar als
afdalen en nadat ik mezelf eerder vandaag al tot het
randje heb gedreven, houd ik het nu niet langer vol.

Ik zuig gretig de ijskoude lucht naar binnen en ga
op een grote rots zitten. 'Ik heb... een pauze nodig,' hijg
ik voorovergebogen. Ik voel een scherpe kramp in mijn
zij en mijn longen branden alsof ik vijftien kilometer
heb gerend. 'Een paar... minuten maar.'

'Hier, neem een slokje.' Peter komt naast me zitten.
Hij ziet er even fris uit alsof we een rustig
wandelingetje gemaakt hebben. Hij ritst zijn jack open,
geeft me een nieuw flesje water aan en zegt: 'Ik weet
dat je moe bent, maar we kunnen niet langzamer aan
doen. Er is een storm voorspeld voor vanavond en we
moeten voor die tijd terug zijn.'

Ik giet het merendeel van het water naar binnen
voor ik hem de fles teruggeef. 'Storm?'

'Regen en ijzel, met sneeuw in de hoger gelegen
gebieden.' Hij drinkt het flesje leeg en steekt het terug
in zijn jack. 'Daar willen we niet in terechtkomen.'

'Oké.' Ik ben nog niet op adem, maar ik dwing
mezelf om op te staan. 'Laten we gaan.'

Peter staat op en neemt me licht fronsend op. Dan draait hij zich om en zegt: 'Klim op mijn rug.'

Een ongelovig lachje borrelt in me op. 'Wat?'

'Ik zei: klim op mijn rug. Ik zal je dragen.'

Ik schud mijn hoofd. 'Doe niet zo gek. Je kunt me zo ver niet dragen. We hebben nog drie uur trekken voor de boeg, als het er geen vier of vijf zijn.'

'Stop met discussiëren en klim op mijn rug.' Hij kijkt me over zijn schouder aan. 'Jij bent te moe om te lopen en dit is de makkelijkste manier om je te dragen.'

Ik aarzel even en besluit dan te doen wat hij zegt. Als hij zichzelf wil uitputten door mij paardje te laten rijden op zijn rug, wie ben ik dan om te protesteren? 'Oké.' Met mijn laatste krachten klim ik op de rots en vanaf daar op zijn brede rug. Ik grijp zijn schouders vast en sla mijn benen om zijn middel.

'Houd je vast,' zegt hij. Hij klemt mijn benen vast onder zijn armen en begint te lopen. Met grote, sterke passen gaan we omhoog.

18

*P*eter

IK ZET EEN STEVIG TEMPO IN, VASTBESLOTEN OM ZO SNEL mogelijk thuis te zijn. De lucht aan de horizon begint donker te worden en de lucht wordt koud en vochtig. De storm komt sneller op dan voorspeld was; we hebben nog maar een paar uur voor hij losbarst en ik kan de jongens niet vragen om ons op te halen. Nadat hij mij afzette, is Anton met de helikopter naar Tokio gevlogen. Hij is niet op tijd terug.

Ik had een andere dag moeten uitkiezen voor deze demonstratie.

Ach ja. Het heeft nu geen zin om me daar druk om te maken. Als we op een vlakker deel van het pad komen, verhoog ik mijn tempo. Sara verplaatst haar armen naar mijn hals als ze naar voren leunt.

'Zo ook goed?' prevelt ze in mijn oor. Ik knik.

'Prima. Zorg alleen dat je me niet wurgt,' antwoord ik.

'Wil je me echt niet neerzetten? Ik ben uitgerust en kan weer...'

'Je zult ons ophouden.'

Mijn toon is bruusk, maar ik ben niet van plan adem te verspillen aan woorden. Niet omdat mijn vogeltje zwaar is, want met haar vijftig kilo weegt ze minder dan de rugzakken waar ik mee train, maar omdat ik het me niet kan veroorloven om langzamer te gaan. De wind zwelt aan en bestookt ons met een gure bries. Hoewel we allebei warm gekleed zijn, wil ik dat Sara veilig thuis is voor het weer omslaat.

Als we nog ongeveer een halfuur te gaan hebben, beginnen de eerste druppels ijzige regen te vallen. 'Zet me neer,' vraagt Sara. Ditmaal doe ik wat ze vraagt. Ik heb haar meer dan drie uur gedragen en inmiddels is ze voldoende uitgerust. We gaan sneller als ze zelf loopt.

Ik pak haar hand en begin te joggen als de hemelsluizen zich openen en de wind een ijzige regen over ons uitstort.

'Goddank,' hijgt Sara als het huis in zicht komt. De ijzel is vermengd met sneeuw en de wind voelt aan alsof hij door onze botten heen blaast. Mijn spijkerbroek is doorweekt en mijn benen en gezicht voel ik nauwelijks nog. Ik kan me alleen maar voorstellen hoe Sara zich nu moet voelen. In tegenstelling tot mij is zij niet getraind om zichzelf van pijn en ongemak af te leiden; ze weet niet wat het is om je enkel en alleen op je overleving te richten. Als ik haar met mijn lichaam tegen de storm had kunnen beschermen, dan had ik het gedaan, maar het belangrijkste is dat ze nu binnen komt, waar het warm en droog is.

Als we hier nog een uur in lopen, raken we waarschijnlijk onderkoeld.

Op een meter of dertig van het huis struikelt Sara over een tak. Ik pak haar op en draag haar tegen mijn borst naar het huis. Ik geef een schop tegen de deur bij wijze van kloppen en zodra Yan de deur opendoet, draag ik mijn halfbevroren bundel meteen naar de badkamer boven.

Ik zet haar neer en zet de douche aan. Het water moet warm maar niet heet zijn. Ik trek onze beider natte, ijzige kleding uit en zet haar dan onder de straal. Sara's lippen zijn blauw en ze beeft zo hevig dat ze nauwelijks kan blijven staan. Ik ben er niet veel beter aan toe, dus trek ik haar tegen me aan, lichaam tegen lichaam. Zo blijven we een paar minuten onder de straal staan, bevend als de warmte in onze ijskoude huid doordringt.

'We hadden k-kunnen sterven.' Sara's tanden klapperen. Als ze me aankijkt, zijn haar bruine ogen bijna zwart, zo bleek is ze. Haar donkere wimpers kleven door het vocht aan elkaar. 'P-Peter... we hadden in die storm kunnen omkomen.'

'Ja.' Ik houd haar nog wat steviger vast, tot ik elke

oppervlakkige ademteug die ze neemt kan voelen. 'Ja, *ptichka*, dat had gekund.'

Als ze nog een uur of twee door die storm had moeten lopen, had ze het niet gered. Ik heb mezelf eerder niet toegestaan daaraan te denken en concentreerde me op haar naar huis brengen, maar nu we er zijn en ze veilig is, bezorgt het idee dat ze had kunnen sterven me een hol gevoel in mijn maag en een kil gevoel in mijn hart. Ik heb een angst als deze pas één keer eerder ervaren: toen ze bedreigd werd door die drugsverslaafden. Die keer kon ik de dreiging uitschakelen - en dat deed ik ook - maar tegen deze storm kon ik haar niet beschermen.

Als hij twee uur eerder was opgestoken, had ik haar kunnen verliezen.

Die gedachte is doodeng en zelfs ondraaglijk. Toen ik Pasha en Tamila verloor, voelde het alsof mijn hele wereld vernietigd was, alsof ik nooit meer iets anders zou kunnen voelen dan woede en pijn. Die razernij was wat me voortdreef, de enige manier om de dag door te komen, de enige manier om te kunnen blijven eten, ademen en functioneren.

De enige manier om lang genoeg te leven om de verantwoordelijken te laten boeten.

Pas toen ik Sara ontmoette, begon ik me weer levend te voelen, begon ik weer iets anders te willen dan brute wraak. Zij werd mijn nieuwe middelpunt, mijn reden van bestaan.

Ik kan haar niet verliezen.

Ik zal haar niet verliezen.

'Dit doe je nooit meer.' Mijn stem klinkt laag en hard. Ik pak haar bij haar schouders en kijk haar in haar verschrikt staande ogen. De angst in mijn binnenste wordt verdrongen door pure vastberadenheid. 'Je zult niet vluchten, Sara. Nooit. Er is niemand die je kan helpen en geen plek waar je je voor me kunt verbergen. Mocht je nog een keer zo'n zinloze stunt proberen, dan zul je er spijt van krijgen, dat beloof ik je. Je denkt te weten waar ik toe in staat ben, maar je hebt nog geen idee. Je weet niet hoe ver ik zou gaan, *ptichka*, je hebt geen vermoeden van wat ik zou doen om jou bij me te houden. Je bent van mij en dat blijf je, zolang we allebei leven.'

Ik voel haar spieren verstrakken en ik weet dat ik haar bang maak. Dat is niet wat ik wil, maar ze moet stoppen met deze pogingen om te ontsnappen.

Ze moet veilig zijn.

'Peter, alsjeblieft...' Haar zachte bruine ogen vullen zich met tranen en ze legt haar handen tegen mijn borst. 'Doe dit alsjeblieft niet. Dit is geen liefde. Zelfs jij realiseert je dat toch wel? Ik vind het vreselijk dat je iedereen bent kwijtgeraakt en het is afschuwelijk wat George je gezin heeft aangedaan. En ik weet...' Ze slikt, maar houdt mijn blik vast. 'Ik weet dat er iets tussen ons is, iets wat er niet zou moeten zijn... iets wat nergens op slaat. Jij voelt het en ik voel het. Maar dat maakt dit nog niet juist. Je kunt iemand niet door stalken dwingen van je te houden en intimidatie zorgt er niet voor dat iemand om je geeft. Zolang je me hier vasthoudt, ben ik je gevangene, wat je me ook laat zeggen... waar je me ook toe dwingt. Of ik nu vlucht of niet, ik ben de jouwe niet en dat zal ik nooit zijn. Niet op deze manier.'

Ieder woord voelt als een messteek. 'Hoe dan wel?' De woorden klinkt bot en wanhopig. 'Vertel het me, Sara. Hoe kan ik je dan de mijne maken? Op welke andere manier kunnen we samen zijn zolang ik gezocht word?'

In haar blik zie ik mijn eigen kwelling weerspiegeld. 'Niet,' zucht ze. Haar nagels schrapen over mijn huid als ze haar handen tegen mijn borst tot vuisten balt. 'Dit is gedoemd tot falen, Peter. Er hoort niets tussen ons te zijn. Niet met het verleden dat we delen en wie en wat we zijn.'

'Nee.' Mijn afwijzing van die woorden is instinctief en onmiddellijk. 'Nee, je hebt het mis.'

Ik besef dat ik haar schouders te hard vastheb en laat haar los. Dan stap ik achteruit en zet de douche uit om in die tijd wat controle te herwinnen. Nu ik niet langer door en door koud ben, reageert mijn lichaam weer op haar nabijheid. Mijn verlangen naar haar is scherp en duister, versterkt door een explosief mengsel van woede en gefrustreerde behoefte. Als ik niet kalmeer, zal ik haar nemen en haar pijn doen.

Dan neuk ik haar tot ze breekt en toegeeft dat ze bij mij hoort.

Als ik haar weer aankijk, zie ik dat ze huilt. De tranen vermengen zich met het water op haar gezicht. 'Peter, alsjeblieft...' Ze pakt mijn hand vast en weeft haar slanke vingers smekend om mijn handpalm. 'Laat me alsjeblieft gaan. Dit is niet wat je wilt. Niet echt. Ik kan je familie niet zijn. Ik kan hen niet vervangen. Zie je dat dan niet? Dit is niet voorbestemd. Wat jij wilt, is niet...'

'Jíj bent wat ik wil.' Ik trek me los, sla een arm om haar middel en leg een hand in haar haren. Dan trek ik haar dicht tegen me aan. Ze snakt naar adem. Haar harde tepels duwen tegen mijn borst en mijn penis bonst hard en klaar voor haar tussen ons in, terwijl ik zeg: 'Jij bent alles wat ik wil, Sara. Ik geef geen zier om het verleden of om wat wel of niet voorbestemd is. We creëren ons eigen lot - we kiezen onze eigen toekomst - en ik heb voor jou gekozen. Het interesseert me niet of de wereld dit als fout beschouwt en of ik een heel leger moet bevechten om je bij me te houden. Ik heb je gevonden, ik heb je meegenomen en ik zal je houden. Ik laat je nooit gaan.'

*S*ara

Ik verwacht dat Peter me ter plekke in de douche zal nemen, maar hij laat me los en stapt uit de douchecabine. Dan rukt hij een handdoek van een rek en slaat die om me heen. Met ruwe bewegingen droogt hij me af en pakt vervolgens zelf ook een handdoek. Zijn bewegingen zijn ongelijkmatig en schokkerig en zijn ogen glinsteren duister als hij de handdoek weer op het rek smijt.

Hij is kwaad of gekwetst of allebei - en geen van beide is goed voor mij.

Met een hand om mijn elleboog leidt hij me naar de slaapkamer. Eenmaal bij het bed plof ik neer; mijn benen weigeren me nog langer te dragen. Een golf duizeligheid overspoelt me terwijl mijn maag rommelt en ik besef dat ik sinds die pinda's niets meer heb gegeten.

Peter lijkt het ook door te hebben, want hij neemt me met een frons op. 'Wil je iets te eten?'

Ik knik en dwing mezelf rechtop te gaan zitten, terwijl ik de tranen van mijn gezicht veeg. 'Ja, alsjeblieft.'

'Oké.' Hij loopt naar de inloopkast, pakt twee badjassen en gooit me er eentje toe. 'Dan gaan we iets eten.'

Terwijl we het wokgerecht dat Peter snel in elkaar heeft geflanst verorberen, kan ik het gevoel niet van me afzetten dat ik een gevangene ben die op het vallen van de guillotine wacht. Mijn cipier heeft geen woord meer gezegd en ik heb geen idee wat er in hem omgaat. Maar wat het ook is, hij blijft me met een harde, intense blik opnemen. Het maakt me bang.

Het eten heeft voor uitstel van zijn straf gezorgd, maar hij is nog altijd iets van plan.

Dit is het slechtste moment ooit, maar ik kan het niet uitstellen. In mijn brein tikt een klok en elk uur maakt mijn angst groter. 'Peter...' Ik leg de vork neer en probeer er niet zo nerveus uit te zien als ik me voel. 'Heb je die pil gehaald?'

Zijn kaak verstrakt en heel even ben ik ervan overtuigd dat hij 'nee' zal zeggen. Maar hij staat op en loopt naar het kookeiland, waar naast een laptop een witte papieren zak staat.

Hij brengt de zak naar me toe en ik pak hem gretig aan. Erin vind ik een glanzende witte verpakking met een roze pilletje erin. Er staat een Japanse tekst op. Alleen de naam van de fabrikant is in het Engels, maar ik weet zeker dat dit de pil is die ik wilde.

Ik duw het pilletje uit de verpakking en neem het met een half glas water in. Met een beetje geluk zitten we nog steeds in de veilige zone en doet de morning-afterpil wat hij moet doen. Niet dat het ertoe doet, als ik op Peters woorden af moet gaan.

Kind of niet, hij zal me nooit naar huis laten gaan.

Opnieuw welt wanhoop in me op, en het kost me dan ook de grootste moeite om op zo normaal mogelijke toon te zeggen: 'Bedankt. Ik vind het heel fijn dat je 'm gehaald hebt.'

Hoe gespannen onze relatie ook is, ik mag niet vergeten dat hij me die pil niet hoefde te geven... dat hij me ook hierin zijn wil kan opleggen.

Peter knikt kort en begint dan de tafel af te ruimen. Ik ben nog steeds doodmoe, maar ik dwing mezelf op te staan om hem te helpen. Op dat moment komen Ilya en Yan discussiërend in het Russisch de trap af. Yan lacht, maar Ilya ziet eruit alsof hij boos is. Zouden de broers ruzie hebben?

Peter blaft iets naar ze en Yan kijkt met een grijns naar mij voor hij in razendsnel Russisch antwoordt.

Ilya ziet eruit of hij elk moment kan ontploffen,

maar hij pakt een appel van de fruitschaal en stampt de trap weer op.

'Waar hadden jullie het over?' vraag ik met een frons als de bruinharige Rus aan het kookeiland gaat zitten en de laptop openklapt. Ik heb tijdens het eten naar die laptop zitten kijken en vroeg me al af hoe ik hem in handen kon krijgen. Het is dan ook een teleurstelling als ik zie dat om een wachtwoord gevraagd wordt. Dan draait Yan het scherm weg van me.

'Ik zei tegen mijn broer dat hij zelf ook een leuk meisje moest zoeken,' legt Yan in het Engels uit. Zijn grijns verbreedt zich als Peter de vaatwasser met een klap dichtslaat. 'Zoals Peter jou vond.'

'Juist.' Gezien Peters reactie vermoed ik dat Yans opmerking een stuk vulgairder was, maar daar hoef ik niets van te weten.

Ik wil echt niet weten wat deze bende moordenaars over me denkt.

Yan gaat aan de slag met de computer en ik veeg de tafel en het aanrecht schoon. Ik moet iets doen, al heb ik het gevoel dat ik elk moment kan omvallen. Ik weet niet wat me boven te wachten staat, maar ik ben gespannen en mijn instinct schreeuwt me toe dat ik in gevaar ben. Misschien komt het door de gesloten uitdrukking op Peters gezicht of de nauwelijks verhulde agressie in zijn bewegingen, maar hij doet me weer denken aan die keer dat we elkaar in de Starbucks spraken, toen hij alleen nog de dodelijke vreemdeling die mij gemarteld en George vermoord had, was.

Toen ik nog niet wist hoe gevaarlijk hij werkelijk was.

Buiten gaat de storm tekeer: ijzige regen slaat met emmers tegen de ramen. Ik huiver als ik eraan terugdenk hoe het was om buiten te zijn en trek de badjas wat dichter om me heen.

'Heb je het koud?' vraagt Yan met een halve glimlach. In tegenstelling tot Peter en mij is hij volledig gekleed. Zijn nette broek en overhemd zijn stijlvol, maar veel te formeel om thuis in rond te lopen. Maar ik heb het gevoel dat het hem niet interesseert. Zijn kleding niet en waarschijnlijk verder ook niets. Zelfs als hij glimlacht of lacht, is er iets kils en afstandelijks aan Yan Ivanov, alsof hij de emoties die hij vertoont niet daadwerkelijk voelt.

Het zou me niets verbazen als Ilya's goedgemanierde broer een klinisch psychopaat is.

'Het gaat prima met me,' antwoord ik. Ik werp een blik op Peter, die de restjes heeft opgeborgen en me nu met toegeknepen ogen staat op te nemen, zijn sterke armen over elkaar geslagen.

'Ben je klaar?' vraagt hij koeltjes. Mijn hart slaat over als ik besef dat er geen uitstel meer is van wat me ook te wachten staat.

Ik heb een fout gemaakt en nu zal ik ervoor boeten.

*S*ara

EENMAAL BOVEN TREKT PETER ME MEE NAAR HET BED. Hij blijft staan, laat zijn badjas op de grond vallen en maakt dan de mijne los, om hem vervolgens op de grond te gooien. Naakt blijf ik voor hem staan. Hij lijkt zichzelf volledig in de hand te hebben; die explosieve woede is tijdelijk onder controle. Ondanks mijn zenuwen klemmen mijn dijen zich tegen elkaar als hij met zijn knokkels over mijn borsten strijkt, wat een vlaag hitte in me oproept. Dan neemt hij mijn borsten in zijn handen en streelt met zijn duimen over mijn tepels.

'Je ziet er angstig uit,' zegt hij. De blik in zijn zilveren ogen is hard. 'Ben je bang dat ik je pijn ga doen?' Zijn vingers sluiten zich met kracht om mijn tepels en ik snak naar adem. Mijn handen sluiten zich om zijn polsen.

'Vertel het me, Sara.' Hij knijpt harder in mijn tepels; de druk is haast pijnlijk. 'Denk je dat ik je pijn ga doen?'

'Ik...' Ik slik moeizaam en trek vruchteloos aan zijn polsen. Mijn hart bonst. 'Ik weet het niet.'

'Ik zou je pijn kunnen doen.' Zijn mooie mond vertrekt als hij mijn tepels loslaat, die pijnlijk bonzend achterblijven als hij zijn handen mijn lichaam laat verkennen en me uiteindelijk bij mijn heupen grijpt. 'En soms wil ik dat ook. Dat weet je toch, *ptichka*? Dat voel je.' Mijn adem stokt als hij zijn erectie tegen mijn buik duwt. In mij bouwt zich hitte op, hoewel een vlaag van kille angst door me heen slaat.

'Ja.' Ik kan niet liegen, hoewel dat misschien slimmer zou zijn en het monster dat me door het donkergrijs in Peters ogen opneemt zou bevredigen. 'Ja, dat voel ik.'

'O, *ptichka*...' Sarcastische sympathie klinkt door in zijn stem als hij me een harde zet geeft. 'Natuurlijk doe je dat.'

Geschrokken val ik op het bed. In plaats van op me te klimmen, pakt Peter de ceintuur van mijn ochtendjas. Angst welt in me op als ik besef wat hij gaat doen en instinctief rol ik opzij als hij naast me op het bed klimt.

Hij heeft me echter meteen te pakken en ik word met mijn gezicht tegen de matras geduwd. Mijn onderlichaam zit gevangen onder zijn gewicht en mijn armen worden op mijn rug bij de polsen aan elkaar gebonden. Zijn bewegingen zijn snel en zeker, meedogenloos zelfs, en binnen een paar seconden zijn mijn handen vastgebonden. De zachte stof zit in een milde maar onbreekbare knoop om mijn polsen vast.

Ik ruk eraan, hijgend, maar ik kom niet los. Er zit geen enkele rek in. 'Wat doe je?' Mijn paniek neemt toe als hij van me af klimt. 'Peter, alsjeblieft... wat doe je?'

'Stil maar.' Hij pakt me bij mijn elleboog, trekt me op mijn knieën en draait me naar zich toe. Zijn gezicht staat strak van lust en zijn ogen glinsteren duister als hij zegt: 'Ik ga je laten proeven hoe het is om mijn gevangene te zijn. Want dat wil je toch? Vluchten en mij je laten pakken? Mij dit laten doen zodat jij je niet schuldig hoeft te voelen?'

Ik open mijn mond om dat te ontkennen, maar voor ik dat kan doen, staat Peter op. Met zijn vuist in mijn haar dwingt hij mijn hoofd eerst naar achteren en dan naar zijn kruis toe. Ik snak naar adem en ruk aan de boeien om mijn polsen als zijn dikke penis tegen mijn gezicht slaat. Zijn muskusachtige, mannelijke geur vult mijn neusgaten en zijn balzak wrijft langs mijn kaak. Mijn ademhaling versnelt als ik besef wat hij gaat doen.

'Peter, alsjeblieft...' begin ik, maar dan pers ik mijn lippen stijf op elkaar als hij zijn eikel tegen mijn mond duwt. Nu hij zijn hand in mijn haar heeft en mijn armen vastgebonden zitten, kan ik mijn gezicht niet afwenden, kan ik geen kant op. In al die weken dat Peter mijn leven is binnengedrongen, heeft hij me vaker genomen dan ik kan tellen. Hij heeft me genot geschonken met zijn mond, zijn handen en zijn penis, maar hij heeft me nooit gedwongen of gevraagd hem genot te bezorgen. Voor het eerst besef ik dat dat een vorm van genade was... iets dat hij aan mij overliet.

Maar die keuze wordt me nu ontnomen.

'Open je mond.' Lust klinkt in zijn stem door als hij opnieuw met zijn penis tegen mijn wang slaat. 'Open verdomme je mond, Sara.'

Ik blijf mijn lippen op elkaar geperst houden, ook al slaat mijn hart nu zo snel dat het bijna misselijkmakend is. Het is stom om me te verzetten tegen een pijpbeurt terwijl we al zo vaak gevreeën hebben, maar toch heb ik het gevoel dat ik hiermee nog meer opgeef... dat ik het laatste stukje dat nog aan George toebehoort, opgeef. Niet George de alcoholist, niet George de spion die tegen me loog, maar de man op wie ik tijdens mijn studie verliefd werd, de man die in alles mijn eerste was.

Peters gezicht verstrakt en hij knijpt zijn ogen toe. Dan gromt hij: 'Moet het op de moeilijke manier? Prima.' Met zijn vrije hand knijpt hij mijn neus dicht. Zodra ik mijn mond open om adem te halen, ramt hij zijn penis helemaal tot in mijn keel naar binnen.

Ik kokhals en mijn ogen schieten vol tranen, maar hij begint met een hard, genadeloos ritme mijn mond te neuken. Ik kan niet eens bijten; omdat zijn vingers mijn neus dichtknijpen, kost het me al mijn concentratie om genoeg lucht te krijgen en niet te kokhalzen. In paniek ruk ik aan mijn boeien. Mijn ogen vallen dicht als ik speeksel over mijn kin voel druipen. Maar zijn grote, dikke erectie blijft stoten en ik kan niets doen, kan nergens heen.

Ik heb geen idee hoelang hij zo doorgaat mijn mond meedogenloos te misbruiken, maar ik word duizelig, zowel van het gebrek aan zuurstof als vanwege uitputting, en ik beland in een soort dromerige lethargie. Ik heb me nog nooit zo hulpeloos gevoeld, zo aan mijn kweller overgeleverd. En terwijl Peter mijn mond blijft neuken, doe ik het enige dat me nog rest.

Ik stop met me verzetten en geef me aan hem over.

Die straffende stoten houden niet op en hij laat mijn neus niet los, maar mijn paniek ebt weg als mijn lichaam verslapt. Ik ben een lappenpop, een speeltje, en daar zit een zekere rust in, een verwrongen acceptatie. Mijn keel ontspant zich en geeft hem toegang. De kokhalsreflex neemt af als ik zijn ritme omarm. Iedere keer dat hij zich terugtrekt, haal ik adem, en die zuurstof voedt me terwijl hij zich diep in mijn keel duwt. Hij heeft me zo volledig onderworpen dat mijn leven in zijn handen ligt.

'Ja, zo. Dat is lekker. Precies zo, liefste...' Zijn geile gekreun resoneert in me en ik open mijn tranende ogen een klein stukje. Zijn gezicht is vertrokken door wilde extase en de spieren in zijn nek zijn gespannen. Als ik zijn blik ontmoet, voel ik dat iets in mij verandert, dat er een fundamentele verschuiving plaatsvindt.

Ik ben de jouwe, vertelt mijn lichaam hem, en het accepteert alles dat hij me te bieden heeft. Het is complete overgave en toch voelt het goed, geruststellend en vredig. Op dit moment wil ik aan hem toebehoren, me in zijn enorme kracht wentelen.

Ik wil het opgeven en hem me laten houden.

Alle angst verdwijnt en alle gedachten aan de toekomst verdwijnen. Het voelt alsof ik zweef, alsof ik mezelf niet meer ben. Ongemak voel ik niet meer, en toch staan al mijn zintuigen op scherp en is mijn kutje doornat en bonzend van opwinding. Dit komt puur door het gebrek aan zuurstof, fluistert mijn medische opleiding me in, maar dat doet er niet toe.

Niets doet er nog toe, alleen Peter en zijn genot.

Ik blijf hem aankijken als hij overspoeld wordt door zijn climax en houd die connectie tussen ons in stand als zijn zaad mijn keel in spuit. Met tranende ogen slik ik elke druppel door. Pas als zijn vingers mijn haar loslaten, verdwijnt die vreemde high die ik voelde en keert de realiteit terug.

Bevend zak ik in elkaar. Hij maakt mijn handen los, maar ik heb gevoel dat iets in mij afsterft. Mijn ogen zijn nat, maar ik huil niet meer. Dat kan ik niet. De wanhoop is te plots, te angstaanjagend en te overweldigend. En daaronder bevindt zich nog altijd een zieke opwinding, een brandend verlangen.

'Het is goed, liefste,' prevelt hij. Hij neemt me in zijn armen en ik begin nog heviger te trillen als zijn hand tussen mijn benen glijdt, hij twee vingers in mijn kutje steekt en tegelijkertijd zijn duim op mijn klit zet. 'Het komt wel goed. Dit is normaal. Laat me voor je zorgen, *ptichka*, dan komt het goed.'

Maar dat is niet zo. Ik weet dat en hij weet dat ook.

Het duurt maar een paar seconden voor ik in zijn armen klaarkom en me in zijn armen schokkend aan het genot overgeef. Als hij me vasthoudt en mijn haren streelt, besef ik dat dit het dus is.

Dit is die kooi die hij me beloofd had.

DEEL II

21

S*ara*

DE EERSTE TWEE WEKEN ZIJN HET ZWAARST. IK HUIL bijna iedere dag; mijn angst en wanhoop zijn zo intens dat ik het liefst zou willen schreeuwen en met spullen zou willen smijten. Maar dat doe ik niet. In plaats daarvan behandel ik Peter met de grootste omzichtigheid, vastbesloten om meer straf te voorkomen... en ervoor te zorgen dat mijn cipier me het contact met mijn ouders niet ontneemt.

Ik begrijp nog steeds niet goed wat er die avond is gebeurd of waarom die pijpbeurt me zo heeft gebroken. Seks met Peter heeft altijd een duister tintje gehad, maar ik dacht dat ik het aankon, dat ik die achtbaan van angst, schaamte en verlangen wel gewend was. Maar die avond gebeurde er iets anders, iets perversers... iets dat me openbrak en me vanbinnen verwrong.

Die avond kreeg ik het monster in Peter pas echt in het vizier en wekte het er eentje in mezelf.

Hij heeft me sindsdien niet meer zoiets aangedaan, maar iedere keer als we vrijen, voel ik die behoefte om te domineren en te martelen in hem. Het is er altijd, wat hij ook doet en hoe lief hij ook voor me is. Die duisternis, die behoefte om te straffen en te wreken, maakt deel van hem uit. Hij vecht ertegen, maar het is er altijd. Want wat Peter ook zegt, het verleden heeft wel degelijk invloed op het heden.

Hij zal nooit vergeten welke rol mijn echtgenoot heeft gespeeld bij de dood van zijn gezin en ik zal nooit vergeten wat hij George heeft aangedaan.

Het goede nieuws is dat we weer condooms gebruiken. Ik weet niet of Peter heeft beseft dat het heel verstandig is geen extra complicaties toe te voegen aan deze fase van onze verknipte relatie of dat hij mijn wensen daadwerkelijk respecteert, maar ondanks dat we elke dag meerdere malen seks hebben, zijn er geen foutjes meer voorgevallen. Toch tel ik gespannen de dagen tot mijn menstruatie af en als die plaatsvindt, tweeënhalve week na het begin van mijn gevangenschap, huil ik tranen van opluchting als ik de krampen en het ongemak voel. Peter lijkt er lang niet zo blij mee, maar hij gaat wel door met condooms gebruiken als mijn ergste symptomen zijn verdwenen en we weer vrijen.

Een tweede positief punt is dat mijn

ontsnappingspoging me geen contactprivileges heeft gekost. Iedere middag mag ik van Peter kijken hoe het er in het huis van mijn ouders aan toegaat en om de paar dagen mag ik ze bellen. Het zijn altijd korte telefoontjes, zowel om te voorkomen dat de FBI ze kan traceren als een gebrek aan iets om te vertellen van mijn kant. Mijn ouders denken dat ik de wereld rondreis met mijn minnaar, gelukkig en niet bezorgd om mijn verantwoordelijkheden thuis of dat hij mogelijk gevaarlijk is. Het enige dat ik tijdens die telefoontjes kan doen, is mijn ouders ervan verzekeren dat het goed met me gaat en kort naar hun gezondheid informeren, voor ik weer moet ophangen om aan hun vragen te ontkomen.

'Je kunt best wat uitweiden over onze affaire,' zegt Peter na een week meeluisteren met mijn gesprekken met mijn ouders. 'Geef er een beetje kleur aan, dan lijkt het echter.'

'Echt? Zal ik ze vertellen hoe vaak je me neukt, of beschrijven hoe groot je lul is?'

Peter grijnst om mijn sarcasme; hij heeft geen problemen met occasioneel verzet. 'Als dat is wat je wilt,' zegt hij terwijl hij achteroverleunt op de bank. 'Je zou ook kunnen zeggen dat ik elke dag ontbijt voor je maak. Ik weet weinig van ouders, maar ik denk dat ze zoiets liever horen.'

Ik slik een tweede sarcastische opmerking in en doe de volgende telefoontjes wat hij heeft voorgesteld: ik vertel over de kleine dingen die Peter voor me doet. Het kan niets zijn dat op onze locatie wijst, dus houd ik het op persoonlijke dingen, zoals dat hij heerlijk kan koken en geweldige rugmassages geeft. Het zijn geen leugens: nu we hier eindelijk een beetje gesetteld zijn, kookt Peter weer heerlijke maaltijden voor me en word ik elke dag verwend met massages. Volgens mij doet hij dat laatste vooral omdat hij niet van me af kan blijven. Aangezien we niet de hele dag seks kunnen hebben, raakt hij me op andere manieren aan, van top tot teen strelend en wrijvend. Vooral m'n tenen. Ik heb het vermoeden dat mijn cipier een voetenfetisj heeft, afgaand op hoe vaak ik voetmassages krijg.

Ik vertel mijn ouders daar niet over, want ondanks mijn sarcastische opmerking ga ik echt niets over seks met ze bespreken. Ook de intiemere manieren waarop hij voor me zorgt, zoals het borstelen van mijn haar en me wassen onder de douche, laat ik buiten beschouwing. Het is alsof ik zijn menselijke pop ben, een kruising tussen een kind en een sekspop. Dat deed hij ook toen we nog in mijn huis waren, maar toen was ik zo vaak aan het werk dat het maar af en toe voorkwam. Nu doet hij dat alles elke dag en hoewel ik al die aandacht irritant zou moeten vinden, vind ik het heerlijk.

Ik ben zolang op mezelf aangewezen geweest dat het heel fijn is dat Peter me vertroetelt.

Maar geen enkele hoeveelheid vertroeteling kan mijn gebrek aan vrijheid en het verlies van mijn werk goedmaken. Ik werkte tachtig uur per week en nu helemaal niet. Ik heb geen idee wat ik met al die tijd moet. Peter neemt een deel van die tijd in beslag, want nu ik altijd in de buurt ben, neukt hij me twee of drie keer per dag. Dat, in combinatie met de frisse berglucht, zorgt ervoor dat ik elke nacht zo'n negen à tien uur slaap. Daarnaast eet ik samen met Peter en zijn mannen en als het weer het toestaat, maak ik lange wandelingen, met Peter of met wie hij dan ook als bodyguard aan me toewijst.

Het is geen vervelende routine en we lezen boeken en kijken films, maar na drie weken kruip ik toch zo ongeveer tegen de muren op.

'Voel jij je niet opgesloten?' vraag ik tijdens een ochtendwandeling aan Peter. Het is koud, maar gelukkig regent of waait het niet, zoals de afgelopen dagen - wat ook een reden was voor mijn ergernis. 'Ik bedoel, ik weet dat je op je laptop kunt werken, maar toch...'

Peter haalt zijn brede schouders op. 'Ik geniet van de rust. Die is zeldzaam, dus maken de jongens en ik er gretig gebruik van. Er komt een grote klus aan, dus onze rust duurt niet veel langer.'

'Wat voor klus?' vraag ik, gedreven door een duistere nieuwsgierigheid. 'Weer een moord?'

Hij blijft staan en kijkt me aan. 'Wil je het echt weten?'

Ik aarzel even en knik dan. 'Ja. Dat wil ik.' Het is niet alsof ik niet weet wat Peter is of wat hij doet. Ik heb uitgebreid met zijn vaardigheden kennis mogen maken, die eerste avond. Als een drugsbaas hem en zijn team een absurd hoog bedrag betaalt om een of andere gevaarlijke crimineel uit te schakelen, dan kan ik dat net zo goed weten.

Misschien is het zelfs wel vermakelijk, zoals een griezelfilm of James Bond-film dat ook is.

'Een Nigeriaanse bankier heeft de verkeerde mensen op hun teentjes getrapt,' zegt Peter. Hij pakt mijn hand en we lopen verder. 'Een van die mensen heeft ons ingeschakeld.'

'Een bankier? Dat klinkt niet als iemand voor jullie vaardigheden.' En ook niet als de meedogenloze misdaadbaas die ik me had voorgesteld. Niet dat ik nou geloof dat Peter nobel werk verricht. Toch hoopte een naïef deel van mij dat het merendeel van zijn doelwitten het op z'n minst zou verdienen.

'Deze bankier bezit een klein leger en heeft zijn hele dorp in zijn zak, evenals de lokale politie,' legt Peter uit terwijl we naar een nauw pad lopen dat ik nog niet eerder gezien had. 'Hij is een van de rijkste mannen van Nigeria en die weelde heeft hij niet verdiend door commissies.'

'O.' Ik stel het beeld dat ik van de man had gevormd bij. 'Dus hij is niet aardig?'

Er verschijnt een humorloze grijns op Peters gezicht. 'Zo zou je het kunnen zeggen. Hij heeft op zijn minst tien van zijn tegenstanders vermoord en er minstens vijftig gemarteld of verminkt, en dan laat ik hun families nog buiten beschouwing. De man die ons heeft ingehuurd is een neef van een van de slachtoffers. Zijn dochter was door een bende verkracht om de familie een lesje te leren.'

Mijn keel knijpt dicht van afschuw. Ineens ben ik op een woeste manier blij dat Peter achter dat monster aangaat.

Blij en irrationeel bezorgd, want dit klinkt veel gevaarlijker dan ik dacht.

'Hoe ga je...' Ik zwijg als ik niet weet hoe ik het moet zeggen.

'Hem pakken?'

Ik knik en ontmoet zijn wreed geamuseerde blik. 'Ja.'

'Op de gebruikelijke manier. We zoeken alles uit over zijn beveiliging en gaan zijn routines na. Als het moment daar is, slaan we toe.'

Ik druk de irrationele angst die in me opborrelt weg. Peter en zijn mannen zijn goed getraind en het is nogal stom om me druk te maken over de veiligheid van de moordenaar die me ontvoerd heeft. In plaats daarvan richt ik me op wat relevant is voor mijn eigen situatie. 'Dus je bent een tijd weg?'

'Niet tenzij er iets misgaat. Anton en Yan vliegen er volgende week heen om de boel te verkennen. Ilya en ik zullen er pas in de laatste fase bij betrokken zijn. Dat zal wel over een week of twee zijn. Langer dan een paar dagen ben ik niet weg.'

Ik kauw op de binnenkant van mijn lip. 'En ik dan? Laat je mij hier als je in Nigeria zit?'

'Yan blijft bij je,' zegt Peter. Hij stapt van het pad af, in de richting van een open plek, en ik probeer mijn teleurstelling te verbergen. Ondanks wat hij me op de dag van de storm verteld heeft, heb ik het idee van ontsnappen nog niet helemaal opgegeven. Hij heeft me die klif laten zien en tijdens onze wandelingen ben ik er nog een aantal tegengekomen, maar dat betekent niet dat de hele berg onbegaanbaar is. Misschien is er wel een weg naar beneden, alleen wil Peter niet dat ik ervan weet. Maar als ik genoeg tijd en vrijheid heb, kan ik die vinden. Wat ik daarna zou doen - hoe ik zelfs als ik thuis zou kunnen komen uit Peters klauwen zou moeten blijven - is een heel ander verhaal, maar ik moet één probleem tegelijk aanpakken.

Ik moet hoop houden, anders verteert de wanhoop me.

'Heb je niet je hele team nodig?' vraag ik zo ongeïnteresseerd mogelijk. 'Ik dacht dat jullie dit altijd samen deden.'

'Jawel, maar we passen ons wel aan.' Peter werpt me een sarcastische blik toe. 'Maak je geen zorgen, *ptichka*. We laten je hier niet in je eentje zitten.'

Ik geef geen antwoord, want dat heeft geen zin. Daarbij hebben we onze bestemming bereikt: een klif met een geweldig uitzicht op het meer onder ons.

'Wauw,' fluister ik als ik het verbluffende uitzicht vanaf een meter van de rand in me opneem. 'Wat schitterend.'

Na de regen van de afgelopen dagen is de lucht nu helder en perfect blauw, zonder maar een wolkje. Nu de wind is gaan liggen, lijkt het meer onder ons een enorme spiegel, die de majestueuze bergen eromheen reflecteert.

Als ik hier niet tegen mijn zin in was, was dit de mooiste plek op aarde.

'Ja, schitterend,' stemt Peter met me in. Zijn stem klinkt ongewoon zwoel en zijn greep op mijn hand verstrakt. Als ik omkijk, zie ik lust in zijn metaalgrijze ogen. Mijn hart slaat over als een soortgelijke hitte in mij opwelt en de kou verjaagt.

Zo gaat het tegenwoordig altijd. Eén blik, één aanraking en ik sta in vuur en vlam. Zelfs als we gewoon hand in hand lopen, slaat mijn hart sneller. En als hij me zo aankijkt als nu, worden mijn botten vloeibaar en raast opwinding door me heen.

Met gloeiende wangen trek ik mijn hand los en zet een stap naar achteren. We hebben nog geen twee uur geleden seks gehad en ik ben beurs vanbinnen. Het is verontrustend hoezeer ik hem wil en hoe weinig controle ik over mijn reactie op hem heb. Er is altijd al sprake geweest van een explosieve aantrekkingskracht tussen ons, maar sinds die pijpbeurt is mijn verlangen anders, lijkt hij meer geworteld in hoe fout dit alles is.

Nee. Ik weiger eraan toe te geven. Peter had het mis. Ik wil zijn gevangene niet zijn. Dit is geen seksueel spelletje; dit is mijn leven, mijn toekomst. Alles waar ik zo hard voor gewerkt heb, is verdwenen, me afgenomen door de man die me nu met die brandende zilveren blik aankijkt. Wat hij ook voor verwrongen verlangens in me gewekt heeft, ik zal nooit instemmen met deze gedwongen relatie.

Dat kan ik niet.

Maar als hij naar me reikt en me weer naar zich toe

trekt, kan ik hem niet weerstaan. Ik protesteer niet als hij zijn hoofd buigt en zijn lippen op de mijne perst. Het vuur dat in me oplaait, brandt alle redelijkheid, alle moraliteit en al mijn gezonde verstand weg. Mijn vingers begraven zich in zijn haar, mijn lichaam vormt zich naar het zijne en als hij me tegen een boom duwt, geef ik toe aan de duisternis en geef mijn eigen innerlijke monster de vrije teugel.

22

Peter

Naarmate de voorbereidingen voor de klus in Nigeria vorderen, merk ik dat mijn behoefte aan Sara steeds wanhopiger wordt en alle proporties te buiten gaat. Als ik niet aan het trainen ben met mijn mannen of me bezighoud met de logistiek, ben ik bij haar of denk ik aan haar. Het is net een verslaving, een behoefte die nooit verdwijnt, en het ergste is dat wat ik ook doe, Sara mijn liefde niet beantwoordt.

Ik krijg haar niet zover dat ze een leven met mij accepteert.

Fysiek verzet ze zich niet tegen me. Integendeel: ze reageert op mijn aanrakingen en in haar ogen zie ik dezelfde honger, diezelfde behoefte die mij vanbinnen verteert. Ze ontkent het, maar ze vindt ruwe seks lekker, lekkerder dan als ik voorzichtig met haar ben. Als ik de controle heb, laat zij zich helemaal gaan, wat haar schuldgevoel en overactieve brein het zwijgen oplegt. Ons verlangen vult elkaar aan en de connectie tussen ons is vurig en duister, maar zelfs als haar lichaam me verwelkomt, voel ik dat ze zich mentaal afzijdig houdt, afstand tot me probeert te bewaren.

In zekere zin begrijp ik het. Ik heb haar uit haar oude leven weggerukt, haar bij haar familie weggehaald en haar het werk waar ze van hield ontnomen. Dat laatste zit me dwars, want ik weet hoeveel waarde Sara hechtte aan het feit dat ze een succesvolle arts was. Muziek mag misschien haar passie zijn en haar keuze voor de medische professie een pragmatische die door haar ouders gevoed werd, ze hield van wat ze deed. Dat kon ik aan haar zien als ze thuiskwam, moe maar tegelijkertijd verrukt door de uitdaging van nieuw leven op deze wereld zetten en de kwalen van haar patiënten genezen. Nu lijkt ze verloren, op een zekere manier gebroken, en dat vind ik vreselijk.

Mijn *ptichka* vindt het fijn om mensen te helpen en dat heb ik haar afgenomen.

Om haar op te vrolijken, neem ik tijdens onze volgende boodschappentrip wat muziekinstrumenten en opnamematerialen voor haar mee, zodat Sara zichzelf kan opnemen terwijl ze met haar favoriete nummer meezingt. Daarnaast vraag Ilya me te helpen een deel van de benedenverdieping om te bouwen tot een dansstudio, zodat Sara weer kan balletdansen of salsadansen.

'Wat doe je?' vraagt Sara als we bezig zijn met de muur. Ik leg haar mijn idee op. Ze lijkt er niet heel blij mee - maar ze lijkt tegenwoordig nergens blij mee.

Het is alsof het licht dat in haar brandde gedoofd is en ik weet niet hoe ik het kan terugbrengen.

'Dit is waanzin, man,' mompelt Ilya als Sara naar boven gaat na een telefoontje met haar ouders, haar schouders stijf en haar bruine ogen vol tranen. 'Ik meen het: ze verdient dit niet.'

Ik werp hem een duistere blik toe en hij houdt zijn mond, maar ik weet dat hij gelijk heeft.

Ik ben de vrouw van wie ik houd aan het vernietigen, maar ik kan er niet mee ophouden.

Ik kan haar onmogelijk laten gaan.

Tegen de tijd dat Anton en Yan terug zijn van hun verkenningsmissie heeft de dansstudio alleen nog spiegels nodig. Ik neem me voor die na onze reis naar Nigeria te halen, net als de muziekinstrumenten en opnamematerialen. Ik download duizenden popvideo's, zet ze op een internetloze iPad en geef die aan Sara. Opnieuw bedankt ze me met gematigd enthousiasme.

Inmiddels ben ik bijna op het punt waarop ik zou willen dat ze nog actief tegen me inging, zoals in de eerste dagen na haar ontvoering.

Niet voor het eerst denk ik aan de morning-afterpil en de condooms die we gebruiken. Misschien was het een vergissing om naar wat nog rest van mijn geweten en Sara's smeekbede te luisteren. Toen ze twee weken geleden ongesteld werd, voelde het alsof ik iets verloren had. Hoezeer ik probeer het idee van een zwangere Sara uit mijn hoofd te zetten, ik kan het niet.

Ik kan niet ophouden met dat willen.

Mijn kleine vogeltje, zwanger. Ik kan het zien als ik naar haar kijk, haar bolle buik en haar volle borsten, de gloei van een groeiend leven in haar... Haar mooie tepels zouden extra gevoelig zijn, haar slanke lichaam voluptueus en zacht. En als het kindje er zou zijn, zou ze ervan houden.

Ze zou voor onze baby zorgen zoals mijn moeder nooit voor mij gezorgd heeft.

Het is een verleidelijk beeld en elke dag knaagt het aan me. Hier is Sara volledig aan me overgeleverd. Als ik de condooms zou weggooien, zou ze daar niets tegen kunnen doen. Ze zou nergens een morning-afterpil vandaan kunnen halen. Ze zou mijn kind baren en ervan houden en op een dag zou ze ook van mij houden.

Dan zouden we een gezin hebben en zou ze eindelijk echt de mijne zijn.

Ze zou nooit meer weg willen gaan.

DE AVOND VOOR ILYA EN IK NAAR NIGERIA GAAN, bereid ik een speciaal diner voor Sara en mijn team voor. Iedereen krijgt zijn of haar favoriete eten en daarnaast zet ik een aantal Japanse gerechten op tafel die ik graag eens wilde proberen.

'Waarom krijgen we dit niet elke dag?' klaagt Anton terwijl hij zichzelf een tweede portie *vinegret*, een traditionele Russische bietensalade, opschept. 'Echt, man, je moet beter je best doen. We hadden gisteren alleen vis met rijst.'

Ik steek mijn middelvinger naar hem op en de Ivanov-tweeling schiet in de lach voor ze zelf ook verder eten van hun favoriete eten: Georgische lamskebabs met een pittige dipsaus. Zelfs Sara glimlacht als ze van alles een beetje opschept, inclusief mijn poging tot groenten in tempura.

Tijdens het eten bespreken de jongens en ik wat van de logistieke details van de operatie. Sara luistert stilletjes mee, zoals ze meestal doet tijdens maaltijden. Ze houdt niet alleen afstand van mij, maar ook van mijn mannen. Ze praat nauwelijks tegen ze als ik in de buurt ben. De enige die ze aardig lijkt te vinden, is Ilya, maar zelfs tegen hem is ze afstandelijk: beleefd maar verre van hartelijk. Ik denk dat ze zich niet op haar gemak voelt - of ze haat mijn mannen omdat ze mijn handlangers zijn.

Ik vind het niet erg dat ze zo tegen hen doet. Om precies te zijn, ben ik er blij mee. De afgelopen zes weken heb ik ze alledrie met verschillende maten van interesse naar Sara zien kijken en het kostte me de grootste moeite om ze niets aan te doen. Ik weet dat ze er niets mee bedoelen: iedere heteroseksuele man zou Sara's slanke, gracieuze schoonheid bewonderen. Maar toch voel ik de neiging om ze de strot door te snijden.

Ze is van mij en ik deel niet. Nooit.

Hoe dan ook ben ik blij dat Yan degene is die achterblijft. Van ons vieren is hij het kalmst en hoewel ik alledrie mijn teamgenoten vertrouw, heb ik het meeste vertrouwen in Yans zelfbeheersing. Hij zou Sara niet aanraken, ongeacht wat ze ook zou doen, en dat is precies wat ik nodig heb.

Zolang ik weet dat zij goed bewaakt wordt, kan ik me op mijn werk concentreren.

'En de dorpelingen?' vraagt Yan als Ilya onze ontsnappingsroute na de moord beschrijft. We spreken allemaal Engels omwille van Sara. Tot mijn verrassing zie ik haar wit wegtrekken als ik uitleg dat we bommen zullen gebruiken ter afleiding van onze ontsnapping.

Als ik niet beter wist, zou ik denken dat ze zich zorgen om ons maakt.

We nemen nog wat van de logistiek van de ontploffingen door en zijn net bezig met het veiligheidsplan als Sara abrupt opstaat, zo snel dat de poten van haar stoel over de vloer schrapen.

'Excuseer,' zegt ze beverig. Voor ik iets kan doen, holt ze naar de trap en verdwijnt naar boven.

23

IK VOEL ME LETTERLIJK MISSELIJK VAN ANGST. MIJN maag trekt samen en het voelt alsof er een baksteen op mijn borst rust. Sinds Peter me over die Nigeriaanse bankier heeft verteld, heb ik geprobeerd het gevaar te negeren. Maar toen ik vanavond de mannen hoorde praten over de absurde beveiliging van het landgoed van de bankier en wat ze zouden doen als een van hen gewond of gedood zou worden, kon ik het niet langer negeren.

Morgen gaan Peter en zijn mannen op jacht naar een monster in zijn goed bewaakte hol en er is geen enkele garantie dat ze het er levend vanaf brengen.

Ik sluit mezelf op in de badkamer en gooi koud water in mijn gezicht, terwijl ik probeer door de verstikkende spanning in mijn keel heen te ademen. Het voelt alsof ik een paniekaanval heb, maar mijn angst heeft niets met mezelf te maken - want mijn probleem zou opgelost kunnen worden als Peter sterft.

Een kogel door het hoofd, door het hart... Hij zei een keer dat hij me pas met rust zou laten als hij dood was. En ik weet dat dat waar is. Zolang mijn kweller nog leeft, zal ik nooit van hem af zijn. Zelfs als het me lukte om te ontsnappen zou hij nog achter me aan komen. Ik zou moeten hopen dat hij gedood wordt, neergeschoten of bij een ontploffing van een van die bommen. Dan zouden zijn teamgenoten me misschien naar huis brengen en dan zou ik mijn oude leven weer kunnen oppakken.

Ik zou alles terugkrijgen als hij zou sterven.

Dat is wat ik zou moeten willen, maar in plaats daarvan word ik geplaagd door angst en afschuw. De gedachte dat Peter iets zou overkomen is ondraaglijk, nog meer dan op de avond dat hij me ontvoerde. Ik heb er de afgelopen zes weken alles aan gedaan om mijn emoties in toom te houden, om alleen fysiek om hem te reageren, maar daar ben ik overduidelijk niet in geslaagd.

Wat ik ook voor verknipte gevoelens voor de moordenaar van mijn man heb ontwikkeld, ze zijn er nog - ze zijn zelfs toegenomen tijdens mijn gevangenschap.

Ik voel me nu nog slechter en pak een handdoek om mijn natte gezicht af te drogen. Mijn buik doet ontzettend pijn en het bloed bonst in mijn slapen terwijl ik ondanks het gevoel dat mijn ribbenkast vastzit rustig probeer te ademen. Het gezicht in de spiegel is krijtwit, met rode vlekken waar ik te hard gewreven heb.

Peter zou morgen gedood kunnen worden.

'Sara?' Geklop op de deur laat me schrikken en ik laat de handdoek vallen als ik me omdraai.

'*Ptichka*, gaat het goed met je?' In Peters zware stem klinkt bezorgdheid door.

Mijn longen werken nog altijd niet naar behoren, maar het lukt me om diep adem te halen en eruit te persen: 'Prima. Ogenblikje.'

Ik pak met trillende handen de handdoek, gooi hem in de wasmand in de hoek en strijk door mijn haren in een poging te kalmeren. Mijn paniekaanvallen zijn de afgelopen weken alleen maar afgenomen en ik wil niet dat Peter weet dat het idee van de gevaren die hij moet trotseren me zo uit mijn evenwicht brengt.

Ik haal een paar keer diep adem, loop naar de deur en haal die van het slot. Peter stapt meteen naar binnen. Met een bezorgde frons in zijn voorhoofd neemt hij me op.

'Wat is er? Gaat het wel?'

'Ja, sorry. Ik heb gewoon buikpijn,' zeg ik op bijna kalme toon. 'Het gaat prima met me.'

Peters frons wordt dieper. 'Is het weer die tijd van de maand?'

'Nee, gewoon...' Maar ik zwijg als ik het nareken. Tot mijn verrassing heeft hij gelijk. Mijn vorige menstruatie was bijna vier weken geleden, dus dat verklaart mijn gevoelens wel een beetje.

'Ja, eigenlijk wel,' zeg ik, opgelucht door dat excuus. 'Ik had er nog niet bij stilgestaan, maar dat moet het zijn.'

De spanning trekt uit Peters gezicht weg. 'Mijn arme *ptichka*. Kom hier.' Hij neemt me in zijn armen en ik sla mijn armen om zijn middel, zijn warme geur inademend als hij over mijn haren streelt. De ergste paniek ebt weg nu ik hem vasthoud en zijn sterke lichaam zwakt mijn angst af, maar de zorgen om morgen blijven bestaan.

Stel dat hij gedood wordt?

'Wil je gaan liggen?' Peter laat me los en kijkt me aan, maar ik schud mijn hoofd. Mijn borst voelt nog altijd te strak aan en ik heb echt buikkrampen, maar als ik nu alleen ben, maakt dat het alleen maar erger.

Ik stap achteruit en glimlach kort. 'Het gaat wel. Sorry als ik het avondeten verpest heb. Het was allemaal heel lekker.'

Hij lijkt nog steeds een beetje bezorgd, maar hij neemt mijn woorden voor waar aan. 'Wil je nog een toetje?' vraagt hij. 'Ik heb appeltaart gebakken. Ik kan je een stukje brengen, als je niet beneden...'

'Nee, ik ga mee naar beneden. Ik moet toch een pijnstiller innemen.'

Dan haal ik diep adem en loop de badkamer uit, vastbesloten om mezelf af te leiden van gedachten aan morgen... wat daar ook voor nodig is.

Eenmaal in de keuken verandert Sara's gedrag zo opzienbarend dat het lijkt alsof iemand een knop heeft omgezet en een andere persoonlijkheid heeft aangezet. Een soort manische energie lijkt bezit van haar te nemen. Nadat ze twee Advils naar binnen heeft gegoten, racet ze de keuken rond om de restjes op te ruimen en bordjes voor het toetje neer te zetten, allemaal met het tempo van iemand die een trein moet halen.

'Ik doe het wel, *ptichka*. Ontspan je,' zeg ik als ze zonder ovenwanten de oven in reikt om de taart te pakken. 'Je voelt je niet lekker, dus doe rustig aan.'

'Het gaat prima met me,' protesteert ze. Maar ik negeer haar en haal voorzichtig de taart uit de oven en draag hem naar de tafel. Mijn mannen kijken geamuseerd toe.

Sara blijft even zitten terwijl ik de taart in vijven snijd, maar dan springt ze weer op. 'Hier, laat mij hem maar uitserveren,' zegt ze terwijl ze Ilya's bord pakt. Maar dan beseft ze dat ze geen goede spatel heeft en holt naar het keukenkastje om er eentje te halen.

Ik laat haar maar, hoewel ik geen idee heb wat haar bezielt. Haar ogen staan te helder, bijna koortsachtig, en ik vind haar nog steeds te bleek. Heeft ze een virusje opgelopen? Maar nee, dan zou ze moe moeten zijn, niet hysterisch rond moeten rennen.

'Hier,' zegt ze terwijl ze Ilya de taart voor zijn neus schuift. 'Wil je er nog iets bij? Slagroom of zo?'

'Eh... nee, bedankt.' Mijn teamgenoot knippert met zijn ogen. 'Het is goed zo.'

Ze lacht ongewoon breed naar hem en pakt Antons bord. Ze legt er een stuk taart op, geeft hem het aan en doet dan hetzelfde voor Yan en mij voor ze voor zichzelf opschept.

Ze gaat zitten, steekt een vork in haar taartpunten en kijkt dan op, terwijl wij haar vol verbazing zitten aan te kijken.

'Dus,' zegt ze zo opgewekt dat ik haar stem nauwelijks nog herken, 'hebben jullie in Rusland ook appeltaart, of is het echt iets Amerikaans? Je weet wel, zo Amerikaans als appeltaart, zoals wij zeggen?'

Yan is de eerste die zich herstelt. 'Wij kennen appeltaart ook,' zegt hij met een geamuseerde grijns. 'Het ziet er niet precies hetzelfde uit, maar we maken taarten en kleine taartjes, *pirozkhi*, die we met appel en bessen vullen, evenals vlees, aardappels, champignons, kool, bosui en ei.'

'Kool, bosui en eieren?' Sara trekt haar neus op. 'Echt?'

'Niet allemaal bij elkaar,' verduidelijkt Yan. 'Het is ei en bosui óf kool. En de champignons kunnen ook gecombineerd worden met ui en kaas.'

Sara houdt haar hoofd schuin en kijkt hem geïnteresseerd aan. 'Ja? Wat voor andere Russische baksels zijn er?'

'Genoeg,' zegt Anton, die zich ook in het gesprek mengt. Onbewust heeft Sara de grootste zwakte van mijn vriend gevonden: zoetigheid en gebakjes. Ilya en ik wisselen een geërgerde blik uit als hij een lange lijst met zijn favoriete lekkernijen opdreunt, ze stuk voor stuk tot in de kleinste, smakelijke details beschrijvend.

'Wauw,' zegt Sara als hij zwijgt om adem te halen. 'Peter, kun jij dat allemaal maken?'

'Een deel ervan,' zeg ik terwijl ik mijn vork neerleg. 'Als je wilt, kan ik als we terug zijn de Napoleon-taart maken, die taart met de laagjes banketbakkersroom. Het is de Russische versie van de tompouce.'

'Ja, graag,' zegt Anton, hoewel ik het niet tegen hem had. 'Hoe zeggen de Amerikanen dat? Alsjeblieft met een kersje erop?'

Ilya en Anton schieten in de lach, maar Sara's gezicht betrekt even. De volgende seconde lacht ze echter met hen mee en vraag ik me af of ik het me verbeeld heb. Het maakt niet uit - ze gedraagt zich hoe dan ook vreemd.

Terwijl we thee bij ons toetje drinken - een Russische traditie, laten de jongens Sara weten - houd ik haar nauwlettend in de gaten. Wat is de oorzaak van deze plotse opleving? Het is alsof ze heel iemand anders is. Ze lacht en maakt grappen met mijn mannen alsof er niets aan de hand is. Maar onder de tafel zit ze te wiebelen en houdt ze een arm om haar buik geslagen, een duidelijk teken van haar krampen.

Ik snap er niets van. Als alle appeltaart op is, draag ik mijn mannen op af te ruimen. Sara springt op om ze te helpen, maar ik pak haar bij haar pols voor ze weer begint rond te rennen.

'Kom,' zeg ik. 'Tijd om naar bed te gaan.'

Ze protesteert niet, hoewel het pas 21.00 uur is. Als we in de slaapkamer zijn, begint ze zich zonder dat ik iets vraag uit te kleden. Nog altijd zie ik die koortsachtige blik in haar ogen.

Mijn lichaam reageert ogenblikkelijk. Zodra ze haar trui uit heeft en haar beha losmaakt, is mijn penis hard en begint mijn huid te tintelen. Als ze de beha laat vallen en haar jeans afstroopt, schiet mijn bloeddruk omhoog. Maar het meest verleidelijke is dat ze me aan blijft kijken. Die koortsachtige glans wordt verdreven door de verleidelijke gloed van verlangen.

Haar string is het laatste dat ze uittrekt en dan loopt ze met onbewust gracieuze bewegingen naar me toe.

Het lijkt onmogelijk, maar ik word nog harder. Het kost me de grootste moeite om haar niet vast te grijpen als ze voor me blijft staan en met haar slanke handen naar de knoopjes op mijn overhemd reikt.

'Ik dacht dat je je niet lekker voelde?' Mijn stem klinkt hees door de lust die in golven door me heen slaat. '*Ptichka*, je hoeft niet...'

'Sst.' Ze duwt een slanke vinger tegen mijn lippen. 'Ik wil niet praten.'

Mijn hart bonst luid in mijn oren als ze met de knoopjes aan de slag gaat. Dit is de eerste keer dat Sara het initiatief neemt om seks met me te hebben. Haar vingers strijken over mijn huid en de hitte in mijn binnenste zwelt aan tot mijn handen zich tot vuisten ballen. Geconcentreerd opent ze een voor een de knoopjes, haar sexy onderlip tussen haar tanden geklemd. Haar haren vallen in volle, zachte golven rond haar gezicht en ik sta letterlijk te trillen van verlangen om haar vast te pakken en te nemen, en dan nog een keer en nog een keer.

Maar ik beweeg me niet. Dat kan ik niet. Haar gewillige aanrakingen zijn een geschenk dat ik vanavond niet had verwacht en zelfs niet had durven hopen. Ik weet niet wat er in haar hoofd omgaat of waarom ze dit doet, maar ik protesteer zeker niet.

Als alle knoopjes open zijn, duwt Sara het overhemd van mijn schouders. Terwijl ze door haar donkere wimpers naar me opkijkt, reikt ze naar de gulp van mijn jeans.

Haar aanraking is aarzelender, bijna weifelend, maar dat maakt mij niets uit. Het voelt alsof ik vanbinnen in brand sta. Haar naakte lichaam is zo dichtbij dat ik haar kan ruiken, kan voelen... haar zelfs bijna kan proeven. Haar tepels staan strakgespannen en haar bleke, volle borsten deinen zachtjes op en neer als ze met de gesp van mijn riem worstelt. Ik kreun als ze mijn bonzende erectie bevrijdt en op haar knieën voor me gaat zitten.

'Sara...' Ik ben nauwelijks nog in staat om woorden te vormen als ze mijn ballen in haar ene hand neemt en de andere om mijn harde schacht sluit. Ze leunt naar voren en laat haar tong van de basis tot aan mijn eikel glijden. Een bliksemschicht raast langs mijn ruggengraat. Mijn ballen trekken samen; ik sta op ontploffen. Ik haal diep adem en probeer aan iets anders te denken, iets dat me afleidt van mijn aanstormende orgasme, maar ze sluit haar lippen om mijn penis en neemt me in haar zachte, vochtige mond.

Met een hese grom grijp ik haar hoofd vast en vlecht mijn vingers door haar haren. Dan stoot ik diep in haar mond, waardoor ze kokhalst. Dit was niet wat ik wilde of van plan was, maar de lust is mij is te gewelddadig, te hevig om te weerstaan. Sara vormt zo op haar knieën, met haar kastanjekleurige krullen los op haar rug en tranende ogen omdat ik haar zo hard neuk, het meest sexy beeld dat ik ooit heb gezien. En de wetenschap dat ze dit vrijwillig doet...

'Jezus!' Ik kan de vloek niet onderdrukken als haar hand om mijn ballen zich spant en het orgasme al het andere wegvaagt. Mijn spieren trekken samen en mijn rug kromt zich als een extase door me heen raast. Met een hese schreeuw kom ik klaar en spuit mijn zaad zo haar keel in.

Ze slikte elke druppel door en blijft aan mijn penis zuigen tot hij slap is. Al die tijd houdt ze mijn blik vast. Het is net alsof ze mijn genot in zich opneemt en zich ermee voedt. Het doet me denken aan die keer dat ik haar strafte, maar ditmaal zie ik niet die verdwaasde onderwerping in haar blik. Ze doet dit omdat ze het wil, niet omdat ik haar gebroken heb. Als de laatste schokken van het genot weg zijn geëbd, trek ik haar omhoog en leid haar naar het bed. Nu is het mijn beurt.

'Ga liggen,' draag ik haar op. Ze gehoorzaamt en strekt zich op haar rug uit. Haar blik is omfloerst en met halfgeloken ogen neemt ze me op als ik over haar heen klim. Ik kan zien dat ze nog steeds in de ban is van wat haar vanavond ook in zijn greep heeft.

Het knaagt aan me, maar dit is niet het moment om erover na te denken. Mijn lichaam gloeit nog na van mijn orgasme, maar toch wil ik meer. Ik wil haar proeven als ze klaarkomt en haar slanke armen om me heen voelen. Het is meer dan seks - het is een noodzaak.

Ik krijg nooit genoeg van Sara. Tijd om gretig gebruik te maken van deze gelegenheid.

Mijn ergste seksuele honger is bevredigd en dus neem ik de tijd om haar warme, zoet geurende lichaam te kussen en te strelen. Mijn Sara is verrukkelijk: haar bleke huid is glad en strak en haar subtiele rondingen zijn zacht en toch ook stevig. Haar gekreun, haar gehijg, haar zuchten als ik haar lik... Ik zou hier eeuwig kunnen blijven en voor altijd naar haar geschreeuw luisteren als ze door mijn tong klaarkomt.

Twee orgasmes, drie, vier... Na een tijdje raak ik de tel kwijt, volledig overweldigd door haar genot. Mijn vingers en mijn mond bezorgen haar genot en dan neem ik haar, teder omdat ik weet dat ze pijn heeft vanwege haar menstruatie. Ze protesteert niet, maar klampt zich aan me vast. Als ik ben klaargekomen, bevredig ik haar opnieuw, ditmaal ons samen proevend. Haar vingers klauwen in mijn haar en haar hijgende ademhaling is als een drug waar ik welwillend een overdosis van neem, me wentelend in haar geur, smaak en lichaam. Als ze uiteindelijk blozend en verzadigd in slaap valt, neem ik haar in mijn armen en luister naar haar hartslag.

25

IK WORD WAKKER MET EEN VREEMD GEVOEL VAN VERZADIGING EN ONGEMAK. Het duurt even voor ik besef hoe dat komt.

Peter.

Hij is vanochtend vroeg naar Nigeria vertrokken - na me de hele nacht bemind te hebben.

Het voelt onwerkelijk, als een droom. Ik kan nauwelijks geloven dat ik hem verleidde, en wat er toen volgde... Met een kreun rol ik op mijn zij en laat mijn benen naast het bed zakken. Mijn buik krampt hevig en in de badkamer zie ik dat ik inderdaad ongesteld ben geworden. Met een schok besef ik dat we opnieuw condooms zijn vergeten en dat ik me daar vannacht helemaal niet druk om maakte.

Het is alsof ik onbewust zwanger wíl worden.

Nee. Die afschuwelijke gedachte zet ik opzij. In deze situatie wil ik zeker geen kind. Ik dacht gewoon niet helder na. Toen ik de gevaren hoorde die de mannen bespraken, voelde ik me zo bezorgd dat ik wanhopig op zoek ging naar afleiding. Daarom stortte ik me op Peter en verleidde ik hem, hoewel ik me eigenlijk beroerd voelde. Ik ben er vrij zeker van dat hij me anders gisteravond met rust gelaten had - hij is altijd heel meelevend als ik me niet goed voel - maar ik had afleiding nodig... en dat is precies wat ik kreeg. Rond mijn tweede orgasme vergat ik Nigeria en mijn ongemak en tegen het vierde kon ik me nauwelijks nog mijn eigen naam herinneren.

Ik heb alleen wel een douche nodig, dus negeer ik de krampen en stap in de douchecabine. Dan droog ik me af, poets mijn tanden en loop naar de slaapkamer om me aan te kleden. Tot mijn verrassing staat er een glas water met twee Advils ernaast op de ladekast. Peter moet het daar vanochtend voor me neergezet hebben.

Ik voel me absurd dankbaar, neem de pijnstillers in en kruip mijn bed weer in om te wachten tot de ergste pijn afneemt. Het is stom, maar ik mis mijn cipier nu al... Ik mis zijn zorg en zijn attenties. Ik weet dat het komt omdat ik me niet goed voel, maar ik wou dat hij hier was om mijn buik te masseren, me vast te houden en me het gevoel te geven dat ik het middelpunt van zijn bestaan ben.

Ik wil dat hij hier is, niet duizenden kilometers

verderop waar kogels rondvliegen en bommen ontploffen.

Nee. Ik knijp mijn ogen dicht en duw die gedachte weg, maar het is te laat. De angst die ik vergeten was, keert in alle hevigheid terug. Paniek knijpt mijn keel en borst dicht. Het is stom en volkomen irrationeel, maar ik wil niet dat mijn kweller sterft. Ik kan het me niet eens voorstellen. Hij beheerst mijn leven zo volledig en volkomen dat ik me geen leven zonder hem kan voorstellen.

Wil voorstellen.

Mijn borst voelt nu nog strakker aan en ik concentreer me op mijn ademhaling in een poging mijn spieren te ontspannen en mijn hoge hartslag tot bedaren te brengen. Ik houd mezelf voor dat het allemaal goedkomt met Peter, dat hij alles aankan. Hij voelt zich op zijn gemak in gevaarlijke situaties; hij is nota bene een zelfverkozen moordenaar. Er is geen enkele reden om aan te nemen dat er iets mis zal gaan of dat hij niet terug zal komen.

Maar hij raakte gewond bij die klus in Mexico.

Nee. Ik haal diep adem en duw dat geniepige stemmetje weg. Het is stom om me zorgen te maken omdat er één keer iets misging. Door de jaren heen heeft Peter talloze gevaarlijke missies ondernomen zonder gewond te raken.

En om precies te zijn heeft hij mijn echtgenoot en diens drie bewakers vermoord zonder zelf maar een schrammetje op te lopen.

Mijn maag trekt samen en mijn krampen worden

erger. Ik proef gal in mijn keel bij die gedachte. Hoe kan ik zelfs maar één seconde vergeten wat voor man Peter is en wat hij gedaan heeft? Hier op deze berg mag mijn oude leven ver weg lijken, maar dat betekent niet dat het niet bestaan heeft.

Het betekent niet dat de echtgenoot van wie ik hield niet bestond.

Ik sluit mijn ogen en denk aan George en al onze gelukkige herinneringen samen. Het zijn er veel: onze eerste dates, onze vakantie in Disney World, de barbecues bij mijn ouders thuis... Mijn ouders hielden van hem en hadden ontzettend veel respect voor hem. Ik ook, jarenlang. We hebben samen gelachen en gehuild, gingen samen uit en bleven samen thuis. Hij was aanwezig bij mijn afstuderen en ik bij het zijne. Maar toen werd het zwaar: mijn medische opleiding en coschappen, zijn lange reizen naar het buitenland. Toch bleven we samen, onze liefde gesteund door de wetenschap dat we aan het begin van ons leven stonden, dat we nog jong waren en alles zouden doorstaan.

Maar dat was voor de drank en de stemmingen... voor zijn geheimen ons huwelijk vernietigden en Peter in ons leven brachten.

Ik open mijn ogen en staar naar het plafond als de inmiddels bekende pijn van verraad in me opwelt. Ik zou willen dat ik dat kon vergeten, dat ik kon doen of alles wat Peter me verteld heeft een leugen is, maar ik kan de feiten niet ontkennen.

De jongen die ik tijdens mijn studie leerde kennen,

was niet de man met wie ik trouwde en jarenlang wist ik niet waarom.

Een spion, geen journalist. Het lijkt nog altijd onmogelijk. Zou George het me ooit verteld hebben? Als die tragedie in Daryevo en alles wat daarop volgde niet was gebeurd, zou ik dan ooit achter zijn werkelijke baan gekomen zijn? Of zou hij ons hele leven samen tegen me zijn blijven liegen?

Als ik besef dat mijn gedachten een bitter randje krijgen, probeer ik me weer op de mooie momenten te concentreren. Maar het heeft geen zin. Wat George en ik samen hadden, was eerst mooi, maar tegen het einde niet meer - en dat kan ik ook niet vergeten. Ik kan de pijn en het schuldgevoel niet laten verdwijnen, noch de schaamte en wanhoop waar ik mee worstelde toen ons huwelijk onder zijn verslaving bezweek. Ik was mijn man al lang voor het ongeluk dat hem een schedelbreuk bezorgde kwijt, en ook lang voordat Peter met zijn wraakplannen opdook.

Ik verloor hem op hetzelfde moment dat Peter zijn gezin verloor, alleen was ik me er op dat moment nog niet bewust van.

Mijn buik doet nog steeds pijn, maar de pijnstillers beginnen wel te werken dus sta ik op om me aan te kleden. Ik kan gedachten aan George niet langer verdragen, want zelfs de herinneringen aan goede tijden zijn besmet door de wetenschap dat het allemaal nep was - dat ik de man met wie ik getrouwd was nooit echt gekend heb.

De man om wiens moordenaar ik me nu zorgen maak.

In mijn wanhoop om een nieuwe angstaanval te voorkomen, grijp ik de iPad die Peter me gegeven heeft en zet een videoclip op. Tijdens het borstelen van mijn haren zing ik mee met Ariana Grande. De muziek zorgt ervoor dat ik me iets beter voel en tegen de tijd dat ik naar beneden ga, ben ik in staat Yan normaal te begroeten. Hij zit aan het kookeiland met de laptop. 'Goedemorgen,' zeg ik.

'Goedemorgen,' antwoordt hij. Hij kijkt op van het scherm als ik koffie voor mezelf zet. Zoals altijd ziet Ilya's broer eruit alsof hij bij een investeringsmaatschappij werkt: zijn bruine haar is keurig gestyled en zijn gezicht geschoren. Hij glimlacht, maar zijn groene ogen staan koel. Hij zegt: 'Peter heeft havermout op het fornuis laten staan voor je.'

'O, bedankt.' Mijn borst trekt in een ongemakkelijke vlaag van warmte samen als ik naar het fornuis loop en de havermout in een kom schep. Ik zou er inmiddels aan gewend moeten zijn, maar toch blijft het me verbazen dat Peter nooit vergeet om voor me te zorgen. Zeker deze ochtend moet hij toch veel belangrijkere dingen aan zijn hoofd gehad hebben... maar hij dacht wel aan me, met de Advil en dit ontbijt.

'Is er nieuws?' Ik ga aan de tafel zitten. 'Heb je iets van ze gehoord?'

De Rus schudt zijn hoofd. 'Ze landen pas over acht uur.' Zijn toon klinkt luchtig, maar ik hoor toch een bezorgde ondertoon.

Op zijn eigen, mogelijk psychopathische, manier is hij bezorgd.

Mijn angst keert terug en laat mijn eetlust verdwijnen; toch dwing ik mezelf om verder te eten. Yan richt zijn aandacht weer op het scherm van de laptop. Peter is nog een aantal dagen weg en ik kan mezelf niet uithongeren omdat ik me zo'n zorgen maak. Het slaat ook nergens op om me druk te maken om een man die ik zou moeten haten, maar die strijd heb ik al opgegeven.

Gestoord of niet, ik wil niet dat Peter gewoond raakt of doodgaat.

Ik ruim af, loop naar boven en houd mezelf bezig met lezen en de videoclips bekijken die Peter voor me op de iPad heeft gezet. Tussendoor doe ik wat huishoudelijke klusjes en tegen de lunch ga ik weer naar beneden.

Yan is nergens te zien, dus hij zal wel op zijn kamer of buiten aan het trainen zijn. Heel even kom ik in de verleiding mijn ontsnappingspoging te herhalen - het is nu veel warmer en voor zover ik weet, gaat het niet stormen - maar ik zie ervan af. Ik ben nog altijd niet bekend genoeg met de geografie van de berg en blind ronddwalen tussen kliffen lijkt me geen goed idee, vooral niet omdat ik me nog steeds niet goed voel door mijn menstruatie.

Dat is in ieder geval wat ik mezelf voorhoud als ik alle gedachten aan ontsnappen uit mijn hoofd zet en nog een Advil neem, voor ik een broodje smeer.

~

ALS IK WEER NAAR BENEDEN KOM OMDAT HET TIJD IS VOOR HET AVONDETEN, zit Yan in de keuken aan een kom met wat er van de havermout over is. Daarnaast is hij bezig met de audio van de laptop: hij draagt een grote over-ear koptelefoon met een microfoon, die in de computer ingeplugd zit.

'Heb je iets gehoord?' vraag ik. Na nog een Advil loop ik naar de koelkast. Yan schudt zijn hoofd.

'Binnenkort,' zegt hij, waarna hij de rest van de thee naar binnen giet. 'Ik laat het je weten als ze geland zijn.'

'Bedankt,' zeg ik. Dan ga ik aan de slag met mijn avondeten: een wokschotel met groenten. Ik voel de spanning tussen mijn schouderbladen toenemen terwijl ik de groenten fijnsnijd en ze royaal met sojasaus overgiet.

'Wil je ook?' vraag ik aan Yan als hij opkijkt om te zien wat ik aan het doen ben. Hij slaat het aanbod beleefd af en zet de koptelefoon voor iets dat zo te horen een audiotest is. Hij lijkt ongewoon gespannen: zijn uitdrukking is grimmig en geconcentreerd en zijn vingers vliegen over de toetsen.

Als ik klaar ben met koken, ga ik aan tafel zitten. Ik houd Yan in de gaten en bij elke hap neemt mijn onrust toe. Sinds het ontbijt zijn er al acht uur verstreken en het feit dat de normaal gesproken zo gladde Rus zoveel spanning uitstraalt, helpt ook niet.

'Hoe onderhoud je normaal gesproken contact met ze tijdens een missie?' vraag ik als ik de stilte niet langer kan verdragen. 'Of wacht je tot ze contact opnemen met jou?'

Yan kijkt op van het scherm en zet de koptelefoon af. 'Meestal ben ik bij ze,' zegt hij terwijl hij zich op de barkruk omdraait. Nu besef ik waarom hij zo gespannen is.

Hij is gewend om aan missies deel te nemen, niet om vanaf de zijlijn toe te kijken.

'Sorry dat je op mij moet passen,' zeg ik. Ik schuif mijn halflege bord opzij. Ik kan beter mijn overgebleven bewaker leren kennen dan stressen over Peters lot. 'Je maakt je vast zorgen om je broer.'

Yan haalt zijn schouders op en een koele, geamuseerde uitdrukking verhult de spanning op zijn gezicht. 'Ilya redt zich wel.'

'Dat geloof ik zeker.' Ik pak mijn eigen kop thee op en vraag: 'Is hij ouder of jonger dan jij?'

Die vraag lijkt hem nog meer te amuseren. 'Hij is drie minuten ouder.'

'O.' Ik knipper even. 'Is hij je tweelingbroer?'

Hij knikt. 'Eeneiig zelfs.'

'Wauw. Jullie lijken totaal niet op elkaar.' Ik neem een slokje thee en neem dan zijn duidelijk zichtbare, licht aristocratische trekken in me op. Nu ik beter kijk, zie ik een overeenkomst qua gezichtsbouw met Ilya, maar er zijn wel degelijk verschillen. Yans neus is rechter en zijn vierkante kaak is beter in verhouding: niet zo gebeeldhouwd als die van Peter, maar wel sterk en goedgevormd. Maar het grootste verschil zit hem in het haar.

Yan heeft een hoofd vol haar en zo te zien geen tatoeages op zijn schedel.

'Mijn broer had af en toe pech tijdens gevechten,' zegt hij als hij ziet dat ik hem bekijk. 'Hij heeft een aantal keer zijn neus gebroken en rake klappen gehad. Daarnaast heeft hij anabolen steroïden gebruikt toen we nog jong en dom waren.'

'Juist.' Steroïden kunnen heel goed die zichtbare verschillen veroorzaakt hebben, waaronder die in omvang. Niet dat de man tegenover me klein is. Zeker niet. Hij is even lang als Peter en even gespierd. Maar zijn tweelingbroer is simpelweg enorm, even omvangrijk als een echte bodybuilder.

'Is hij je enige broer?' Yan knikt.

'Ja, alleen wij tweeën.'

Ik zet mijn mok neer. 'Hebben jullie nog meer familie?'

'Nee.' Zijn uitdrukking blijft gelijk; er is geen verdriet of spijt te zien. Hij had evengoed een vraag over sokken kunnen beantwoorden.

Ik zou er dieper op in willen gaan, maar ik wil eerst iets anders weten. 'Wanneer heb je Peter leren kennen?' Ik leun op mijn ellebogen naar voren. 'Jullie hebben eerder al samengewerkt, toch?'

'Dat klopt.' Yan doet de laptop dicht en draait zijn barkruk nu helemaal naar me toe. 'Ilya en ik maakten drie jaar lang deel uit van zijn team voor het incident in Daryevo plaatsvond.'

De naam van het dorp doet me denken aan de afschuwelijke foto's op Peters telefoon en ik word prompt misselijk. 'Kende je hen?' vraag ik zo kalm mogelijk. 'Zijn vrouw en zoontje?'

'Nee.' De ogen van de Rus zijn even schitterend als smaragden en even kil. 'Anton is de enige die hen ontmoet heeft. De rest van ons wist niet eens dat Peter een gezin had voor ze werden gedood.'

'O.' Ik weet niet wat ik moet zeggen. Het is duidelijk dat de Peter de man tegenover me niet vertrouwde - in ieder geval niet voldoende om hem zijn meest gekoesterde geheim bloot te geven. Toch werken ze nu wel samen.

'Als ik hem was geweest, had ik het ook verborgen gehouden,' zegt Yan met een harde glimlach. Ik besef dat hij mijn ongemak heeft opgemerkt. 'In onze wereld doe je niet aan gezinnen en baby's.'

'Echt?' Het was dus niet zozeer een kwestie van vertrouwen, maar het feit dat Peter afweek van de gebruikelijke levensstijl in zijn veld. 'Ik neem aan dat niemand van jullie dan ooit getrouwd is geweest?'

'Alleen Peter,' bevestigt Yan. 'En je weet hoe dat afgelopen is.'

Ik slik de brok in mijn keel door en pak mijn mok weer. 'Ja. Dat weet ik.'

Yan kijkt toe terwijl ik de rest van mijn thee opdrink en zegt dan zacht: 'Dit gaat ook geen stand houden, weet je.'

Ik laat de mok zakken. 'Hoe bedoel je?'

'Dit.' Hij gebaart met zijn hand naar mij en onze omgeving. 'Wat dit ook is, het zal geen stand houden.'

Ik staar hem verward aan. 'Bedoel je dat hij me zal laten gaan?'

'Nee.' De blik van de Rus is kil en volkomen onleesbaar. 'Dat zal hij niet doen. Hij is een obsessief mens en jij bent zijn obsessie. Hij zal je nooit laten gaan, Sara. Niet tenzij een van jullie dood is of jullie allebei sterven.'

Ik snak naar adem, maar voor ik iets kan zeggen, klinkt er een geluidje en draait Yan zich weer naar de laptop.

'Ze zijn geland,' zegt hij, en hij zet de koptelefoon op. 'Nu wordt het leuk.'

26

HET EERSTE DEEL VAN DE MISSIE VERLOOPT SOEPEL. ZO soepel zelfs, dat ik er nerveus van word. Het is nooit een goed teken als alles volgens plan gaat. Er hoort een kink in de kabel te zitten, iets mis te gaan. Het is te verwachten dat er onvoorziene obstakels opduiken omdat niets honderd procent voorspelbaar is. Denken dat dat wel zo is - dat het plan, hoe flexibel ook, met alle potentiële uitkomsten rekening houdt - is de snelste manier om gedood te worden.

Dus als we het landgoed van de bankier binnendringen en stilletjes precies het geplande aantal bewakers uitschakelen, word ik onrustig. En als we alle camera's zonder problemen hacken, Yan toegang op afstand kunnen verlenen en tot de slaapkamer van de bankier kunnen doordringen zonder dat ook maar één lid van het personeel van zijn of haar routine afwijkt, gaan al mijn alarmbellen af. En niet alleen bij mij.

'Ruiken jullie dat ook?' mompelt Anton als we voor de slaapkamerdeur stoppen.

'Wat?' fluistert Ilya, die fronsend snuift.

'Stront aan de knikker,' zeg ik zacht. 'Het gaat te gemakkelijk. Dit lijkt te veel op wat we gepland hebben.'

Ilya's blik wordt begripvol. 'Verdomme.'

We zijn geen van allen bijgelovig, maar we hebben veel respect voor Vrouwe Fortuna en we weten allemaal dat te veel geluk hebben even dodelijk kan zijn als pech hebben. Als je kleine obstakels tegenkomt, blijven je geest en je reflexen scherp. Als alles soepel gaat, word je laks. Niet dat we ons ooit ontspannen tijdens een klus - adrenaline houdt ons alert - maar er is een verschil tussen gewoon alert zijn op problemen of de hyperfocus die een gevecht op leven en dood met zich meebrengt.

Tot dusver verloopt alles soepeltjes en als er straks iets misgaat - en dat gaat het, want Vrouwe Fortuna is wispelturig - komt dat extra hard aan.

Maar daar kunnen we behalve de missie opgeven niets aan doen, dus gebaar ik naar Anton om zich klaar te maken. Ilya gaat voor de deur staan.

Met een trap van zijn enorme voet vliegt de deur uit de sponning. Binnen klinkt paniekerig gegil en als we gedrieën de kamer binnenvallen, zien we ons doelwit op de vloer zitten, zijn vetkwabben deinend. Zijn naakte minnares heeft haar toevlucht achter het bed gezocht.

De kleine varkensoogjes van de bankier stralen doodsangst uit en zijn dikke lijf trilt. Snel bedekt hij zijn slapper wordende penis met een kussen. 'Stop! Alstublieft, ik kan u betalen. Dat zweer ik. Ik betaal. Wat ze u ook betalen, ik doe er geld bij. Wat wilt u? Honderdduizend euro? Een half miljoen dollar? Dat heb ik. Ik heb het geld, dat zweer ik!' Als hij ziet dat we van plan zijn ons plan door te zetten, gaat hij van Engels op een mengeling van Frans en Duits met een zwaar accent en dan een dialect van het Hausa. Hij blijft het aanbod wanhopig herhalen tot Anton hem een mes door de keel steekt om hem letterlijk en figuurlijk het zwijgen op te leggen.

'Met de groeten van Omuya's neef,' zeg ik in het Engels terwijl ik toekijk hoe de man spartelt en in zijn eigen bloed stikt. Het duurt maar een paar seconden voor hij dood is en dat is feitelijk een makkelijke manier van sterven.

Zijn minnares barst achter het bed in tranen uit. Ik negeer haar, maak een foto van het lichaam als bewijs voor onze cliënt en zeg dan in het Russisch tegen Ilya: 'Boei haar, dan gaan we.' Normaal gesproken zouden we de vrouw ook doden, maar ditmaal wil ik een getuige.

Ik wil dat de autoriteiten naar ons op zoek gaan in Afrika, ver van Japan en Sara.

Ilya slingert zijn M16 over zijn schouder, loopt om het bed heen en reikt naar de huilende vrouw. Ik ga ervanuit dat hij dit klusje wel kan klaren en wend me naar deur. Nog altijd staan mijn instincten op alarm.

Ineens klinkt er een schot.

Ik draai me om, mijn oren suizend van het lawaai, maar het is al te laat.

Ilya ligt op de grond, een donkere poel bloed onder zijn hoofd.

IK IJSBEER DE EERSTE VERDIEPING ROND EN GA VAN KAMER NAAR KAMER OM MIJN SPANNING TE VERLICHTEN. Toen het team geland was, droeg Yan me op hem alleen te laten zodat hij zich op zijn werk kon richten: het monitoren van het landgoed voor het geval er onverwachte problemen zouden opduiken. Het was niet alleen een poging om van me af te komen. Toen ik de keuken verliet, ving ik een glimp op van meerdere beelden van beveiligingscamera's en iets dat op het beeld van een drone leek.

Om mezelf af te leiden heb ik geprobeerd te lezen, videoclips bekeken en wat meegezongen met mijn favoriete artiesten. Ik ben zelfs naar de nog in aanbouw zijnde dansstudio gegaan om een paar balletroutines te doen die ik me nog herinner uit mijn jeugd, evenals een aantal rek- en strekoefeningen aan de barre om de pijn in mijn onderrug te verlichten. Maar ik kon me nergens langer dan vijftien minuten op concentreren en nu dwaal ik van raam naar raam, alsof ik door naar de duisternis te staren de helikopter hierheen kan toveren.

Na twee uur worden mijn krampen weer erger en word ik gek van de zenuwen, dus ga ik naar beneden voor nieuwe pijnstillers. Yan zit nog altijd achter de laptop aan het kookeiland met de koptelefoon op, maar er is niets koels aan hem. Hij ziet lijkbleek en de spanning rond zijn mond is zichtbaar als hij in het Russisch iets in de microfoon ratelt.

Mijn hart blijft even staan en zet het dan op een heftig bonzen.

Er is iets mis.

Een ijzige angst laat mijn huid tintelen en mijn maag trekt samen. Het lukt me nog net om niet meteen te vragen wat er gebeurd is. Dat zou niet helpen en ik wil Yan niet afleiden. In plaats daarvan hol ik door de keuken en ga achter hem staan zodat ik over zijn schouder naar het scherm kan kijken.

Hij besteedt geen aandacht aan me en houdt zijn volledige aandacht op de computer gericht. Zo te horen blaft hij nu instructies. In eerste instantie besef ik niet wat er aan de hand is, maar dan zie ik het op de camera's.

Twee lichamen naast een bed.

De ene is een dikke man met een donkere huid, die

naakt in een poel bloed ligt, en aan de andere kant van het bed ligt een naakte vrouw. Achter haar op de muur zitten bloedspetters.

Ze zijn allebei dood.

Misselijkheid welt in me op en ik sla mijn hand voor mijn mond om maar niets te zeggen. Yan spreekt de anderen nog steeds in die dringende toon toe en op een andere camera zie ik twee mannen in SWAT-uitrusting een gang in komen. Ze lopen snel en dragen een derde man bij zijn armen en benen mee.

Het zijn Peter en Anton die Ilya dragen, besef ik met een mengeling van opluchting en afschuw. Ilya's hoofd is verbonden met iets dat op een kussensloop lijkt, maar er sijpelt bloed doorheen.

Yans tweelingbroer is ernstig gewond en misschien zelfs dood.

Ik durf nauwelijks adem te halen en bijt op mijn knokkels als ze een hoek om gaan. Op een andere camera zie ik een stuk of tien gewapende mannen een andere gang doorhollen. De geschokte woede op hun gezichten als ze meer lichamen tegenkomen is duidelijk. De andere bewakers? Ze hergroeperen zich snel en gaan verder de gang door. Yan begint nog sneller te praten.

Peter en Anton verdwijnen uit het zicht van de camera en verschijnen een moment later op een ander beeld. Ze gaan een grote kamer door, richting een deur die zo te zien naar een garage leidt. Ze hebben het inmiddels zowat op een hollen gezet. Ilya's lichaam slingert tussen hen heen en weer. Mijn adem stokt als ik besef waarom ze zo'n haast hebben.

De gang met de gewapende bewakers leidt naar diezelfde kamer.

Het is een dodelijke race... en de bewakers lijken aan de winnende hand te zijn.

Ik moet iets van geluid gemaakt hebben, want Yan werpt een blik over zijn schouder en zijn kaak verstrakt als onze blikken elkaar kruisen. Maar hij zegt niets en richt zijn aandacht weer op het scherm. Ik blijf kijken, niet in staat mijn blik af te wenden van de gruwelen die een halve wereld verderop plaatsvinden.

Op de beelden van de drone zie ik twee explosies in een klein gebouw naast het grote huis. De bewakers blijven staan en splitsen zich op. De ene groep holt door naar de woonkamer, terwijl een aantal terug rent in de richting van de explosies - dat moeten de bommen zijn die Peter en zijn team als afleidingsmanoeuvre hebben geplaatst.

Maar het is niet voldoende. De bewakers zijn net iets eerder bij de woonkamer dan Peter en zijn team.

Maar de Russen lijken zich daarop voorbereid te hebben. Al rennende tillen ze Ilya op en Peter bukt zich. Ilya's buik belandt op zijn schouder; Anton laat de bewusteloze man los en pakt zijn geweer. Met een grimas recht Peter zijn rug en slaagt erin de enorme man op zijn schouders in balans te houden. Verbluft kijk ik toe als hij erin slaagt door te rennen, Ilya met één hand op zijn plek te houden en met de andere een granaat te pakken.

Ik kan het geluid van het geweervuur in Yans koptelefoon niet horen, maar ik zie de kogels in de muren inslaan als de Russen samen met de bewakers de woonkamer in vliegen. Anton weet twee bewakers neer te schieten, maar de rest duikt achter een pilaar. Ik slaak bijna een gil als Peter struikelt en Ilya bijna laat vallen. Maar hij herstelt zich en houdt zijn menselijke bepakking vast. Ik zie de bittere vastberadenheid op zijn gezicht als hij met zijn tanden de pin uit de granaat trekt.

Boem! Een heldere flits en dan wordt het beeld van twee camera's zwart. Ik raak Yan niet aan, maar ik voel hem schokken alsof hij door een kogel getroffen wordt. Een razendsnelle stroom woorden in het Russisch rolt over zijn lippen terwijl hij fanatiek op het toetsenbord zit te tikken en meer camerabeelden oproept. Pas als ik beweging zie op het beeld van de drone haal ik diep adem. Dan pas besef ik dat ik sta te huilen; de tranen laten een heet spoor achter op mijn ijskoude huid.

Yan moet het ook hebben gezien, want hij zoomt in op de beelden van de drone. Een grote SUV scheurt onder een langzaam openende garagedeur naar buiten en rijdt er een stuk vanaf.

Ik snik en bijt opnieuw op mijn knokkels als de SUV naar het hek van het landgoed raast.

In ieder geval is een van hen nog in leven en in staat om te rijden.

Bevend kijk ik toe hoe de SUV te midden van een kogelregen door het ijzeren hek heen raast en dan een smalle weg op schiet, met twee SUV's erachteraan. De drone volgt hen lang genoeg om te zien dat een van de SUV's van de weg vliegt als zijn banden kapot worden geschoten, maar na een paar seconden verdwijnen de wagens in de verte.

Yan mompelt iets dat zo te horen een Russische vloek is en begint opnieuw driftig te typen. Er verschijnt een nieuw venster met een audiosignaal. Ik besef dat hij een radiosignaal heeft opgeroepen. Ongeveer een minuut later begint hij weer in het Russisch te ratelen en laat ik beverig mijn adem ontsnappen.

Iemand in die SUV leeft nog.

Is het Peter? Zijn ze gewond? Hoe ver is het naar het vliegtuig? Leeft Ilya nog? Is Peter gewond?

Het kost me de grootste moeite die vragen binnen te houden, maar ik boor mijn nagels in mijn handpalmen en blijf zwijgen om Yan niet af te leiden terwijl hij een kaart tevoorschijn tovert en in razendsnel Russisch instructies geeft. Hij lijkt even gespannen als eerst en al zijn aandacht is op het scherm gericht. Ze moeten nog steeds in levensgevaar zijn.

Als ze überhaupt nog leven.

Ik haal diep adem om te kalmeren en de tranenvloed te stoppen, maar de angst wint. Ik voel me er letterlijk misselijk van, vergiftigd door de adrenaline. Deze verlammende angst voor een ander heb ik nog nooit ervaren. Mijn hart bonst hevig en iedere slag kondigt een nieuwe seconde van gruwelijk wachten aan.

Het moet goedkomen met Peter. Dat moet wel.

Eén minuut, twee, drie, tien... Ik staar naar de kleine klok onder in het scherm als ook Yan zwijgt en wacht.

Twaalf minuten.

Vijftien.

Achttien.

Ik beweeg me niet. Ik kan nauwelijks ademhalen.

Twintig.

Tweeëntwintig.

Yans houding verandert en wordt op een nieuwe manier alert. Hij spreekt een paar zinnen in het Russisch en zet de koptelefoon dan af. Hij draait zich op zijn kruk naar mij toe.

Ik zie nog altijd lijnen van stress op zijn gezicht, maar die spanning van eerder is verdwenen. 'Het is voorbij,' zegt hij. 'Ze zijn de lucht in en op weg naar Egypte. Ilya heeft een schampschot aan zijn schedel opgelopen, maar ze hebben het bloeden kunnen stelpen en hij is al even bij bewustzijn geweest. Met een beetje geluk komt het helemaal goed met hem.'

Ik grijp het aanrecht vast. 'En Peter?'

'Bont en blauw en een beetje geschaafd, maar niet gewond. Hetzelfde geldt voor Anton.'

Ik adem duizelig van opluchting diep uit en veeg met trillende handen de tranen van mijn wangen.

Peter leeft nog.

Hij heeft blauwe plekken en wat schaafwonden, maar hij leeft nog.

Ik zou het liefst op de grond ineen willen zakken als de adrenaline verdwijnt en me leeg achterlaat, maar ik leun tegen het aanrecht en dwing mijn overprikkelde brein tot nadenken. 'Waarom...' Ik schraap mijn keel om de heesheid te verdrijven. 'Waarom gaan ze naar Egypte?'

'Ilya heeft een arts nodig en daar is een kliniek,' legt Yan uit. Dan kijkt hij me strak aan.

'Wat?' Mijn polsslag schiet weer omhoog.

'Jij bent arts,' zegt hij met zijn hoofd schuin. 'Ja, toch?'

'Ik... Ja.' Wist hij dat niet? 'Ik ben een afgestudeerde gynaecoloog.'

'Kun je hechten?'

Ik begin te vermoeden waar dit heen gaat. 'Ja, natuurlijk. Ik heb ook coschappen gelopen op de SEH, maar...'

'Wacht even.' Hij draait zich weer naar de laptop en zet de koptelefoon op.

'Wacht, Yan. Hij moet naar een ziekenhuis,' protesteer ik, maar hij is al in het Russisch aan het praten.

Gefrustreerd wacht ik tot hij uitgesproken is. Als hij me weer aankijkt, zeg ik ferm: 'Dit is een slecht idee. Je broer kan wel een hersenschudding of interne bloedingen hebben. Hij hoort een CT-scan, antibiotica en goede medische verzorging te krijgen. Hij...'

'Heeft wel ergere dingen overleefd, geloof me,' zegt Yan vastbesloten. 'Wat hij nodig heeft, is rust en tijd om te herstellen. Dat kunnen ze hem in de kliniek niet bieden, niet als de autoriteiten in heel Afrika naar ons op zoek zijn. We hebben hier antibiotica en een aantal medische voorraden, zoals in al onze onderduikwoningen. En nu hebben we ook een arts.'

Ik frons. 'Nee, luister nou. Het is toch geen...'

'Tijd voor jou om te gaan slapen, Sara,' raadt Yan me aan als hij zijn koptelefoon weer pakt. 'Je ziet er moe uit en we hebben je scherp en alert nodig als ze hier zijn.'

Sara staat bij het heliplatform als we landen, klein en fragiel naast Yans solide omvang. Mijn hart knijpt samen en mijn verlangen naar haar is pijnlijk scherp. Het kost me de grootste moeite om haar niet meteen in mijn armen te nemen als de helikopter geland is. Maar het eerste wat ik doe, is Ilya helpen. De wond waar de kogel hem raakte, is gestopt met bloeden, maar het bloedverlies en de hersenschudding hebben hem behoorlijk verzwakt.

Als de minnares van de bankier iets anders dan een .22-revolver met een parelmoeren handvat had gehad en beter had kunnen mikken, hadden we hem in een lijkenzak thuis kunnen brengen.

Mijn overbelaste schouder brandt en mijn

gekneusde ribben doen pijn als Ilya op me leunt - mijn kogelvrije vest heeft tijdens onze ontsnapping twee kogels afgeweerd - maar ik klaag niet. Ik heb geluk gehad. Verdomme, we hebben allemaal geluk gehad. Er was inderdaad stront aan de knikker en niet zo'n beetje ook. Omdat de minnares van de bankier het wapen tussen de matras vond en een of andere alerte bewaker het schot hoorde, was onze weg van het landgoed af even zwaar als het eerste deel van de missie soepel was.

Op een schaal van één tot tien is deze klus een zeven: niet zo erg als sommige klussen, maar zeker erger dan andere.

'Ik heb hem,' zegt Yan. Hij neemt zijn broer van me over en ik stap opzij. Anton stapt achter uit de helikopter, maar ik schenk hem geen aandacht. Hij heeft wat splinters van de granaat in zijn arm en schouder, maar dat komt wel goed. In plaats daarvan richt ik me op de enige mens zonder wie ik niet zou kunnen leven.

Sara.

Mijn beeldschone zangvogeltje.

De wind laat haar kastanjekleurige krullen om haar gezicht wapperen. De zon laat het rood tussen het bruin oplichten. Haar blik is ernstig en haar gezicht onleesbaar. Desondanks voel ik haar verlangen diep in mijn botten.

Ze wil het niet toegeven, maar ze heeft me nodig.

Zij voelt die connectie tussen ons.

Ik zet vijf grote stappen en dan til ik haar op, mijn lippen op de hare persend. Achter ons laat Anton een laag gejoel horen, maar dat negeer ik. Het interesseert me niet wat de jongens denken of dat ze mijn zwakte zien. Niets doet er nog toe behalve haar slanke armen om me heen en die zoete hitte die haar lippen in me oproepen. De mintsmaak van haar adem, haar gladde tong, haar typische Sara-geur... Ik neem het allemaal in me op en laat het de leegte in me vullen en duisternis van mijn wereld verdrijven.

Ik verdien haar niet, maar ik heb haar wel.

Ze is de mijne, om te koesteren en lief te hebben, de mijne om vast te houden.

Ik weet niet hoelang ik haar kus, maar tegen de tijd dat ik mijn hoofd optil, zijn de anderen al binnen. Met tegenzin zet ik Sara weer neer, maar ik kan haar nog niet loslaten.

'Heb je me gemist, *ptichka*?' vraag ik zachtjes, mijn handen om haar soepele middel geslagen. 'Heb je je zorgen om me gemaakt?'

De zon licht de groene vlekjes in haar bruine ogen op en laat de gekwelde uitdrukking erin zien. 'Ik...' Ze likt over haar gezwollen lippen. 'Ik wilde niet dat je zou sterven.'

'Dat heb ik je eerder horen zeggen. Maar heb je me gemist?'

Ze werpt me weer zo'n gekwelde blik toe en duwt dan tegen mijn borst om zich uit mijn greep te bevrijden. 'Ik moet gaan,' zegt ze gespannen. 'Ilya's hoofd hecht zichzelf niet.'

Ze draait zich om en holt het huis binnen. Ik volg haar, zowel teleurgesteld als bemoedigd.

Ze is er nog niet klaar voor om het toe te geven, maar op een dag breek ik haar.

Ik zal ervoor zorgen dat ze van me houdt, wat er ook voor nodig is.

Sara volgt de Ivanov-tweeling Ilya's slaapkamer in en ik loop naar de onze om eerst te gaan douchen voor ik naar bed ga. Ik heb me in het vliegtuig al gewassen, maar toch voel ik de neiging alle dood en verderf van me af te boenen.

Ik wil niet dat de narigheid van mijn wereld Sara besmet.

Het duurt meer dan twintig minuten voor ik gedoucht en omgekleed ben, want nu de adrenaline verdwenen is, doen mijn stramme spieren en gekneusde ribben bij elke beweging pijn. Tegen de tijd dat ik weer in Ilya's kamer ben, is Sara al halverwege met hechten. Ik blijf in de deuropening staan en kijk hoe ze werkt, intussen genietend van die kleine geconcentreerde frons op haar gezicht. Ik heb camera's laten installeren in haar kantoor in het hospitaal, dus ik ken die uitdrukking op haar gezicht goed. Ze had die ook als ze aantekeningen maakte over haar patiënten of een nieuwe studie aan het lezen was.

'Geef me dat gaas,' zegt ze tegen Yan als ze klaar is. Ik moet lachen als ik haar autoritaire toon hoor. Mijn vogeltje is in haar element en voor het eerst in weken zie ik iets van haar eerdere pit terug. Dit was een goed idee van Yan: niet alleen is het ontzettend veel veiliger voor ons als Sara Ilya verzorgt, het is ook goed voor haar.

Snel en vaardig verbindt ze Ilya's hoofd. Mijn teamgenoot sluit zijn ogen, een gelukzalige uitdrukking op zijn gezicht als de pijnstillers die we hem eerder gaven eindelijk beginnen te werken.

'Nog meer verwondingen?' vraagt Sara met een blik over haar schouder.

'Volgens mij niet, maar ik zal even kijken,' zegt Yan. 'Ik weet dat Anton wat granaatsplinters heeft opgelopen, dus misschien moet je daar nog even naar kijken. Volgens mij is hij op zijn kamer.'

Ze knikt en staat op. 'En jij, Peter?'

Ik wil haar handen graag op mijn lichaam voelen, dus haal ik mijn schouders op en krimp prompt ineen. 'Alleen wat schrammen en blauwe plekken,' zeg ik op een toon die zowel stoïcijns als gekweld klinkt.

Yan, die weet dat ik zonder een kik te geven op gebroken botten heb rondgelopen, werpt me een ongelovige blik toe, maar hij is slim genoeg om niets te zeggen als Sara met een frons op me afloopt.

'Laat zien,' beveelt ze. Ze steekt haar handen uit, maar ik pak haar polsen vast voor ze ter plekke aan een onderzoek begint.

'Kunnen we niet beter naar onze kamer gaan, zodat ik kan gaan zitten,' stel ik voor. Yan rolt met zijn ogen, maar dat negeer ik. 'Dat is comfortabeler.'

Sara fronst opnieuw als ze mijn bedoelingen in de gaten krijgt. 'Ik moet Anton ook nog nakijken. Ga zitten.' Ze wringt zich los, pakt mijn hand en trekt me mee naar een stoel in de hoek. Yan grinnikt zachtjes.

'Laat zien,' zegt Sara. Ze trekt mijn shirt over mijn hoofd en ik krimp daadwerkelijk ineen als een pijnscheut door mijn schouder gaat.

Maar het is het waard, want het volgende moment voel ik Sara's koele, zachte handen op mijn borst als ze op zoek gaat naar gebroken ribben. Haar aanraking zou pijn moeten doen, maar ik voel alleen warmte en toenemende spanning in mijn kruis als ze met haar delicate vingers over de blauwe plekken gaat.

'Doet dit pijn?' prevelt ze als haar handen in de richting van mijn schouder gaan. Ik schud mijn hoofd, betoverd door de groene tinten in haar zachte bruine ogen.

'Alleen...' Ik schraap mijn keel. 'Alleen spierpijn, denk ik.'

'Hmm.' Voorzichtig tilt ze mijn arm op en draait hem rond. 'Doet het pijn als ik dit doe?'

'Nee.' Ik snuif haar zoete geur diep op. 'Het voelt alleen een beetje beurs.'

'Oké.' Ze laat mijn arm zachtjes zakken en stapt dan, tot mijn teleurstelling, achteruit. 'Ik denk dat je gelijk hebt en dat het alleen beurs is.'

'Daarnaast is mijn rug geschaafd,' zeg ik, en draai hem haar toe. 'Misschien moet je het verbinden.'

Sara leunt naar me toe; haar handen glijden van mijn schouders naar halverwege mijn rug, waar het prikt.

'Dit gebied?' vraagt ze terwijl ze de schaafplekken

zachtjes bevoelt. Ik knik, hoewel ik er nauwelijks iets van voel.

'Het ziet eruit alsof het al aan het genezen is. Dat hoeft niet verbonden te worden,' zegt Sara als ik me weer terugdraai. 'Iemand heeft het al schoongemaakt, denk ik?'

'Anton, tijdens de vlucht,' geef ik met tegenzin toe. Voor het eerst wens ik dat mijn team en ik niet zo goed waren in eerste hulp. 'Weet je zeker dat het niet verbonden hoeft te worden?'

'Nee, zo geneest het beter. Wat nog meer?'

Ik laat haar mijn geschaafde handpalmen zien en Yan barst in lachen uit.

'Wat moet ze daarmee? Een kusje erop geven?' vraagt hij in het Russisch, mijn woedende blik negerend. 'Ik meen het, man. Als je doktertje wilt spelen, doe dat dan later. Laat haar eerst de echte gewonden helpen.'

Sara fronst en vraagt dan: 'Wat zei je?'

'Ik zei dat Anton je nodig heeft,' zegt Yan, nog altijd grijnzend. 'En dat hij je niet moet ophouden met die kinky seksspelletjes.'

Sara bloost en draait zich om. Snel begint ze de gazen weer in de EHBO-doos te leggen. 'Ik zal meteen naar Anton kijken,' zegt ze stijfjes. Ze snelt de kamer uit zonder ons nog maar een blik waardig te keuren.

Ik sta op en trek mijn shirt aan. 'Jij krijgt morgen klappen bij de training,' grom ik naar Yan. 'Als ik uitgerust ben, kun je dat mooie gebit van je vaarwel zeggen.'

Die eikel lacht gewoon terwijl ik de kamer uitloop, achter Sara aan. Zelfs Ilya lijkt geamuseerd te kijken, en ik smijt de deur achter me dicht.

Anton kan maar beter niet zo van Sara's aanrakingen genieten als ik zojuist deed.

Als dat wel zo is, dan gaat hij eraan.

29

Sara

ANTON HEEFT EEN PAAR SCHRAMMEN EN WAT oppervlakkige wonden waar de granaatsplinters zijn armen hebben geraakt, maar afgezien daarvan is hij in orde. Terwijl Peter ons vanaf de andere kant van de kamer grimmig zit op te nemen, vervang ik zijn verband en leg hem dan uit hoe hij het best voor zijn verwondingen kan zorgen. Niet dat het nodig is; voor zover ik kan zien, zijn de mannen alle vier uitstekend in staat om eenvoudige verwondingen te behandelen.

'Bedankt, dokter Cobakis,' zegt hij als ik klaar ben. Ik glimlach naar hem.

Zelfs angstaanjagend-uitziende bebaarde moordenaars lijken respect te hebben voor artsen - in ieder geval wanneer ze gewond zijn.

Peter zegt iets in afgemeten Russisch en komt dan naast me staan. 'Klaar?' vraagt hij geërgerd, en ik frons naar hem terug.

'Voorlopig wel.' Ik heb geen idee wat het probleem is, maar hij gedraagt zich al sinds hij de kamer binnenkwam als een leeuw met kiespijn.

Als het niet zo absurd was, zou ik denken dat hij jaloers is omdat ik aandacht besteed aan zijn gewonde vriend.

'Laten we gaan.' Hij pakt mijn hand en trekt me mee. Mijn polsslag schiet omhoog als ik besef dat hij richting onze slaapkamer loopt.

'Peter...' Ademloos probeer ik zijn lange passen bij te houden. 'Wat doe je? Je moet rusten.'

Hij werpt me vanuit zijn ooghoek een blik toe, maar loopt gewoon door. Zijn kaak is gespannen en zijn greep op mijn pols zo strak dat het haast pijnlijk is. Hij trekt me onze slaapkamer in en sluit de deur achter ons.

'Peter...' Zodra hij me loslaat, deins ik naar achteren. 'Je bent gewond. Ik weet niet wat je denkt, maar je moet...'

Maar mijn woorden worden afgekapt als Peter de afstand tussen ons met een paar vastberaden stappen overbrugt en me tegen zijn borst drukt. Drie seconden later lig ik op het bed, met honderdtien kilo woeste, opgewonden man op me.

'Wat doe...'

Zijn mond sluit zich hard over de mijne en zijn handen scheuren mijn kleding letterlijk van mijn lijf. Ik verstijf, geschokt door die gewelddadige manier van uitkleden, maar hij rukt mijn jeans met stijve, schokkerige bewegingen van mijn benen terwijl hij doorgaat met mijn mond plunderen. Als hij mijn ondergoed uittrekt, denk ik heel even aan de lakens en het maandverband dat ik in mijn slipje draag, maar dan vervlecht hij zijn vingers met de mijne en word ik meezogen door de tornado van zijn opwinding.

Het is overweldigend en zelfs beangstigend, maar onder de angst voel ik opwinding. Mijn spieren verstijven maar mijn kutje wordt nat; de spanning verhoogt mijn geilheid. Ik sta in vuur en vlam en snak naar het gevaar, naar zijn ruwe behandeling. Als hij in me stoot, schreeuw ik het uit van de schok, het duistere genot en de brandende pijn.

Hij stopt en vangt mijn blik met de zijne. Ik herinner me onze eerste keer, toen hij me zonder enige zelfbeheersing nam. Toen deed hij me ook pijn, maar in tegenstelling tot die keer voel ik vandaag geen haat, geen bitterheid en geen smorende schaamte. De pijn voelt goed en laat de laatste restjes van mijn bezorgdheid verdwijnen, herinnert me eraan dat hij nog leeft.

Dit herinnert me eraan dat we allebei leven.

'Sara...' Het klinkt als een hese zucht. Zijn zilveren blik houdt me gevangen en ik voel zijn penis in me bonzen. Hij is zo groot dat hij me uitrekt en me vult tot het pijn doet. '*Ptichka*, ik heb je zo nodig...'

'En ik jou.' De woorden komen uit de kern van mijn wezen, aan mij ontworsteld door het onmogelijk hoog oplaaiende vuur in mijn aderen. Ik kan er niet langer tegen vechten, kan niet langer doen alsof ik deze mooie, dodelijke man haat. Wat er tussen ons is, is geen liefde en zelfs geen vriendschap, maar toch is er een onmiskenbare band tussen ons, een intense aantrekkingskracht die ons bindt met een touw van duisternis en geweld. Dit is wat ik van hem wil: ruw en teder, angst en allesverzengende hitte.

Hij is alles wat ik nooit besefte nodig te hebben en als zijn ogen duister worden bij het horen van mijn woorden, besef ik wat dit betekent.

Ik ben de zijne, angstaanjagend als dat ook moge zijn.

Ik sluit mijn ogen en sla mijn benen om zijn heupen om hem dieper in me te ontvangen. Als hij begint te stoten en ik zijn gespierde achterste onder mijn kuiten voel bewegen, geef ik me aan het onvermijdelijke over.

Ik geef me aan hem over.

DEEL III

30

Sara

Tegen de tijd dat de tweede maand van mijn gevangenschap overgaat in de derde neemt mijn rancune langzaam af. Mijn wanhopige verlangen naar mijn oude leven gaat over in een soort bitterzoete pijn. Ik houd mijn ogen open voor mogelijkheden om te ontsnappen, maar er is altijd iemand in het huis om me in de gaten te houden. Naarmate er meer dagen verstrijken, houd ik op met me zorgen maken omdat ik niet aan hen kan ontkomen en begin ik van sommige onderdelen van mijn ontspannen routine te genieten. Het warme weer helpt ook mee: we zijn nu in de warmste maanden van het jaar en er is veel meer buiten te doen. Daarnaast helpt het ook dat Peter bijna al zijn tijd met mij doorbrengt, op een paar bevoorradingsvluchten na.

'Jullie hebben al een tijd geen klus gehad,' merk ik op als we naar een bergkreek lopen waar we op heel warme dagen in zwemmen. 'Komt dat door wat Ilya vorige keer is overkomen of hebben jullie niet zo veel cliënten?'

'We krijgen heel veel aanvragen, maar we zijn heel selectief in wat we aannemen,' zegt Peter, terwijl hij een lage tak voor me opzij houdt. 'De verhouding risico-beloning moet kloppen, vooral nu.'

Hij licht zijn woorden niet toe, maar dat hoeft ook niet. Uit zijn woorden en de korte gesprekken met mijn ouders heb ik opgemaakt dat de autoriteiten hun zoektocht naar Peter verhevigd hebben en er een groot deel van hun mensen op hebben zitten. Deels komt dat door mijn verdwijning; mijn ouders zijn er ondanks mijn regelmatige telefoontjes van overtuigd dat ik in gevaar ben en vallen de FBI haast elke dag lastig met verzoeken om updates. Maar het voornaamste probleem is het laatste doelwit op Peters lijst, een Amerikaanse ex-generaal die op zijn eigen manier even onvindbaar is als Peter en zijn team.

'Wally Henderson heeft heel veel connecties,' vertelde Peter me een paar weken geleden. 'Hij wist al wat er gaande was voor iemand anders van mijn lijst dat deed en hij heeft een verdwijning op stapel gezet waar Houdini trots op zou zijn. Tot dusver hebben onze hackers nog niets kunnen vinden. Voor zover we weten, heeft hij met niemand uit zijn vorige leven contact gehad: geen vrienden, geen collega's en geen verre familie. Hij heeft geen enkele fout gemaakt. Zijn tieners posten niets op sociale media, ze gebruiken geen creditcards, niets. Zijn achtergrond wordt grotendeels geheimgehouden, maar het schijnt dat hij voor de CIA heeft gewerkt en mogelijk een undercoveragent is geweest. We zijn er nog niet achter hoe hij het doet, maar het lijkt erop dat hij de autoriteiten ertoe heeft kunnen bewegen om te helpen hem verborgen te houden.'

'Denk je dat hij weet dat hij de laatste op je lijst is?' vroeg ik toen.

'Dat weet ik wel zeker,' antwoordde Peter. 'Zoals ik al zei, heeft hij connecties en niet alleen in Washington. Hij kent iedereen binnen de wereldwijde geheime diensten en gebruikt dat om mij even gezocht te maken als de leiders van IS.'

Ik heb geprobeerd niet aan de gevolgen daarvan te denken, maar dat is onmogelijk gebleken. Ik kan mijn zorgen om Peter niet van me af zetten. Ik zou de generaal moeten toejuichen en moeten hopen dat de autoriteiten mijn cipier vinden en mij bevrijden, maar ik lijk tegenwoordig niet meer rationeel te kunnen denken.

'Waarom stop je niet gewoon met dit werk?' vraag ik als we bij de kreek zijn. 'Je hebt vast genoeg geld.'

Peter kijkt me aan. 'Genoeg geld bestaat niet als je op de vlucht bent.' Hij trekt zijn T-shirt uit en onthult zijn gespierde bovenlichaam. 'Privévliegtuigen en helikopters zijn niet goedkoop.'

Ik kijk weg om niet te blozen als hij zijn korte broek uittrekt, want hij draagt er niets onder. Nadat hij zijn laarzen uit heeft gedaan, loopt hij de stroom in. Ik zie hem vaak naakt, maar toch doet dat niets af aan de invloed die zijn strakke, gespierde lichaam op me heeft. Mijn ontvoerder is van nature gezegend met een perfect gevormd lichaam: brede schouders, slanke heupen, lange, sterke ledematen. Zijn intensieve militaire training heeft hem echter gebeeldhouwd tot het punt waarop menig Olympisch sporter jaloers zou zijn. Maar het is niet zijn uiterlijk dat me vanbinnen laat smelten, het is de wetenschap dat als ik op een bepaalde manier naar hem kijk, iets tussen ons ontwaakt en ik onherroepelijk in zijn armen eindig, zijn naam schreeuwend terwijl hij me tegen de gladde rotsen neemt.

'Je zou al die helikopters en vliegtuigen niet nodig hebben als jullie dat werk niet deden,' wijs ik hem erop als hij voldoende bedekt is door het water. Mijn stem klinkt zwoeler dan ik zou willen, maar in elk geval bloos ik niet. 'Dat zou veiliger zijn en je zou geen mensen... je weet wel.'

'Doden?' stelt hij droog voor.

'Juist.' Ik houd mezelf bezig met me uitkleden terwijl Peter zich lui op zijn rug draait en zich met zijn armen tegen de stroom in drijvende houdt. Ik vind het niet fijn om aan de gruwelijke realiteit van Peters werk te denken. Niet echt, in elk geval. Ik weet uiteraard dat hij een moordenaar is, maar zolang ik daar niet bewust over nadenk, is dat meer een abstract idee dan iets waar ik echt mee bezig ben.

Maar op dit moment lukt het me niet om dat uit mijn hoofd te zetten. Terwijl ik dieper de kreek in waad, naar Peter toe, vraag ik: 'Vind je het leuk? Doe je daarom wat je doet?'

Ik verwacht dat hij het zal ontkennen, dat hij het gooit op noodzaak of zijn opvoeding, maar hij kijkt me recht aan en met een duistere glimlach antwoordt hij: 'Natuurlijk, *ptichka*. Had je iets anders gedacht?'

Ik staar hem aan en kippenvel breekt me uit. Ik bevind me tot aan mijn borsten in het water en de stroom die net nog verfrissend aanvoelde, lijkt nu op vloeibaar ijs, even kil als de storm waar we ons een paar maanden geleden in bevonden. 'Je vindt moorden leuk?'

Hij knikt en zijn ogen lijken zilver in het zonlicht. 'De dood bezit net als het leven een zekere allure,' zegt hij zacht. Dan trekt hij me tegen zijn grote, warme lichaam aan. 'Het is een duistere allure, maar hij is er en iedere soldaat weet dat. Als arts moet je het soms ook ervaren hebben: de manier waarop pijn overgaat in het gelukzalige niets, waarop lijden oplost in het vredige niets. De dood beëindigt ieder gevecht en maakt een einde aan ieder lijden. En beslissen wie sterft is een ervaring als geen andere. Je voelt de kwetsbaarheid van jezelf, van alles om je heen, maar ook de macht. De controle. Eenmaal ervaren is het verslavend... een begeerte die ontstaat zodra je iemands leven in handen hebt gehad en opzettelijk hebt uitgedoofd.'

Zijn woorden overspoelen me als een duistere golf, angstaanjagend en fascinerend tegelijk. Ik heb ervaren wat hij bedoelt, heb ook de macht gevoeld die hij beschreef. Maar ik ervoer die alleen als ik een leven redde, niet als ik er een nam. Ik kan me niet voorstellen hoe groot je gebrek aan empathie moet zijn om die macht te gebruiken om te vernietigen in plaats van te genezen - om iemands bestaan te beëindigen.

Ik had gelijk: hij is een monster. Alleen voel ik lang niet zoveel weerzin bij die gedachte als ik zou moeten. Zijn woorden, afschuwelijk als ze zijn, doen niets af aan de hitte in mijn binnenste als hij mijn onderlichaam tegen het zijne duwt, zijn ene hand om mijn heup en de andere tegen mijn gezicht. Hij is opgewonden; zijn erectie duwt tegen mijn buik en hij perst zijn lippen hongerig op de mijne. Ik sluit mijn ogen en sla mijn armen om zijn gespierde hals om zijn aanraking de kille wetenschap van wat hij is weg te laten branden.

Ik deel een bed met de duivel en ik zou nergens liever zijn.

Die avond dineren we met zijn vijven en zoals ze sinds de klus in Nigeria doen, vermaken Peters mannen me tijdens de maaltijd met verhalen over Rusland en delen van de voormalige Sovjet-Unie. Ik voel me nog steeds niet helemaal op mijn gemak bij de huurlingen - ik ben me er absoluut bewust van dat ze mij of iemand anders zonder aarzeling zouden doden als Peter dat zou bevelen - maar ze zijn heel vriendelijk tegen me sinds ik Ilya's en Antons wonden heb behandeld. Tijdens deze maaltijden kom ik meer te weten over de gebruiken in het thuisland van mijn cipier, zoals dat ze het beleefd vinden om je schoenen uit te trekken als je ergens bij iemand het huis in gaat. Daarnaast leer ik een paar woorden Russisch.

'*Vkusno. V-koos-na.*' Ilya herhaalt het woord langzaam. De 'v' klinkt zachter, als een 'f'. 'Het betekent heerlijk of smakelijk. Als je Peter wilt vertellen dat iets lekker is, kun je naar het gerecht wijzen en zeggen: "*Vkusno*".'

'Vikusno,' zeg ik terwijl ik naar kip wijs die Peter geroosterd heeft. 'Fi-koos-na.'

'Er zit geen "i" in,' zegt Yan geamuseerd. 'En je hoeft niet zoveel nadruk te leggen op de eerste lettergreep. Zeg het snel, zonder er drie lettergrepen van te maken. *Vkusno*. Probeer maar.'

'Vkusno,' papegaai ik hem zo goed mogelijk. Iedereen, inclusief Peter, schiet in de lach.

'Dat is best goed, *ptichka*,' zegt hij terwijl hij meer kip voor me afsnijdt. 'Ze leren je nog wel eens Russisch.'

Ik grijns met een absurd tevreden gevoel naar hem. Als hij me na het eten vraagt voor hen te zingen, wat ik eigenlijk altijd afsla, geef ik een keer toe en laat een van mijn lievelingsliedjes van Beyoncé horen dat ik in de opnamestudio geoefend heb. Peters mannen luisteren met open mond en als ik klaar ben, klappen ze zo hard dat de glazen op tafel rinkelen.

Het is de leukste avond in maanden en als we naar boven gaan, verwelkom ik Peter met graagte in mijn armen. We bedrijven de liefde en daarna denk ik een keer niet aan George of dat ik met zijn moordenaar naar bed ben geweest. Ik denk zelfs niet aan mijn ouders.

Die avond behoor ik aan Peter toe en aan niemand anders.

31

S*ara*

DE VOLGENDE OCHTEND REALISEER IK ME DAT IK NOG ALTIJD TEGEN MIJN GEVOELENS VOOR MIJN CIPIER VECHT, maar naarmate de dagen verstrijken, begin ik dat gevecht te verliezen. Hij put me uit en laat me vergeten waarom ik hem probeer te weerstaan. Hij heeft sinds we hier zijn niet meer gezegd dat hij van me houdt, waarschijnlijk omdat ik hem de woorden in het gezicht smeet, maar ik kan niet ontkennen dat Peter op zijn eigen, verwrongen manier om me geeft.

Ik zie het in zijn blik, voel het in de manier waarop hij me aanraakt of vasthoudt. Hoewel tijdens ruwe seks dat duistere tintje me soms bang maakt, is hij naderhand lief voor me. Hij streelt en knuffelt me dan tot ik me warm, veilig, gekoesterd en bemind voel. Hij heeft me volledig in zijn macht en daar is pervers genoeg iets troostends aan. Iets in mij reageert erop, iets waarvan ik het bestaan niet kon vermoeden.

Ik was niet ontevreden met ons seksleven toen George en ik nog samen waren. Door de jaren heen leerden we elkaars lichaam en wat we lekker vonden kennen. Voor hij begon te drinken, vreeën we regelmatig, zeker één of twee keer per week. Hoewel we na het eerste jaar niet bijzonder avontuurlijk waren, speelden we af en toe wel een spelletje en gebruikten we ook wel wat speeltjes. Het leek me voldoende; ik dacht dat dat was hoe het hoorde te zijn. Ik heb me nooit de seksuele aantrekkingskracht die er tussen Peter en mij is, kunnen voorstellen; ik had nooit gedacht dat zo'n sterke fysieke connectie kon bestaan.

Hij neukt me zo vaak dat ik de meeste dagen beurs vanbinnen ben. Zijn verlangen naar mij neemt nooit af. En ik reageer altijd op hem, hoewel hij me vaak uitput met al zijn seksuele wensen. Ik heb nog nooit iemand gekend met zoveel energie. De afgelopen weken hebben Peter en zijn mannen iedere dag hard getraind: oefeningen met lichaamsgewicht, door het bos rennen met rugzakken vol stenen, gevechten van man tegen man die er dodelijk uitzien. En toch heeft hij de kracht om met me te gaan trekken, te gaan zwemmen, voor iedereen te koken en twee of drie keer per dag seks te hebben.

'Word jij nooit moe?' prevel ik op een avond als ik op zijn borst lig, mijn hart nog bonzend van mijn laatste orgasme. Normaal gesproken val ik meteen na de seks 's avonds in slaap, maar ik heb vanmiddag een middagdutje gedaan en kan dus wel even wakker blijven.

'Moe?' Hij verschuift een beetje en verplaatst mijn hoofd iets zodat het beter ligt. Zijn vingers strelen door mijn haar en zijn hartslag klinkt sterk en krachtig. 'Waarvan?'

'Gewoon, fysiek moe,' leg ik uit. 'Je lijkt soms onuitputtelijk, alsof je een cyborg bent of zo. Wil je nooit gewoon eens lekker niks doen? Een dag niet trainen?'

'Ik doe nu niks,' zegt hij geamuseerd. 'En we moeten wel trainen, anders lopen we het risico dat we gedood worden.'

Ik begraaf mijn gezicht in zijn hals en snuif zijn warme, schone geur op. Dutje of niet, ik begin in slaap te vallen. Zijn vingers in mijn haar zorgen ervoor dat ik haast hypnotisch ontspannen ben. Ik onderdruk een gaap en mompel: 'Dat bedoelde ik niet. Word je nooit gewoon moe? Zoals ieder ander normaal mens? Je weet wel: zware ledematen, pijnlijke spieren, niet willen bewegen?'

Zijn krachtige borst rommelt als hij lacht. 'Natuurlijk wel. Ik heb alleen een hogere tolerantie voor pijn dan de meeste mensen. Anders had ik mijn jeugd nooit overleefd.'

Het klinkt luchtig en zijn stem is nog altijd geamuseerd, maar mijn Peter-onthullingenalarm gaat af. Hij praat zelden tot nooit over zijn jeugd, dus ik grijp iedere kans om iets nieuws te leren aan, zelfs al is het meeste afschuwelijk.

'Hoe was het?' Mijn slaperigheid is verdwenen. Ik til mijn hoofd op en ontmoet zijn blik, die verlicht wordt door het lampje naast het bed. 'Dat gevangenkamp voor jongeren, bedoel ik.'

Peters gezicht verstrakt en alle geamuseerdheid verdwijnt. Hij schuift me van zijn borst op mijn zij en komt tegenover me liggen. 'Een hel,' antwoordt hij bot als ik een kussen onder mijn hoofd schuif. 'Een koude, smerige hel vol duivels in menselijke vorm. Ongeveer zoals je je een werkkamp in Siberië voorstelt.'

Er gaat een rilling door me heen als ik terugdenk aan een boek dat ik een keer heb gelezen over gevangenkampen in de Sovjet-era. Ik trek de dekens op tegen de kou die me overspoelt. 'Was het een soort goelag?'

'Niet een soort.' Hij glimlacht grimmig. 'Het wás op een zeker punt een goelag, gebruikt om dissidenten en andere ongewenste individuen te straffen en stilletjes te vermoorden. Toen de Sovjet-Unie uiteenviel, raakte het kamp een tijdje in onbruik. Maar toen kreeg iemand het geweldige idee om de faciliteiten voor een heropvoedingskamp voor jeugdige delinquenten te gebruiken. Zo ontstond Kamp Larko.'

Het kost me moeite mijn blik niet af te wenden van de duisternis in zijn blik. 'Hoelang was je daar?'

'Tot ik zeventien was. Bijna zes jaar dus.'

Zes jaar, en hij was nog een kind toen hij er kwam. Hij zat er bijna zijn hele tienertijd. Mijn hand balt zich tot een vuist en mijn nagels drukken in mijn palm. 'Waarom stuurden ze je daarheen? Was er geen alternatief?'

Zijn mond vertrekt in een bittere glimlach. 'Niet in Rusland. Niet voor een criminele wees zoals ik.'

'Maar je was nog geen twaalf jaar oud.' Ik kan me niet voorstellen dat iemand zo wreed zou zijn om een kind naar de bevroren hel waar ik in dat boek over gelezen heb te sturen. 'En school dan? Wat...'

'We kregen wel degelijk les.' Opnieuw zo'n humorloze lach. 'Iedere dag kregen we twee uur onderricht. De andere veertien uren werden gebruikt voor werk, want dat was waar we daar voor waren.'

Veertien uur? Voor kinderen? Ik slik de brok in mijn keel weg en vraag: 'Wat voor werk?'

'Voornamelijk mijnwerk. Ook repareerden we wegen en legden we pijpleidingen aan. Soms werkten we in de bouw, maar alleen rond het kamp en om de Sovjet-rotzooi die instortte te repareren.'

Ik staar hem aan. Ik weet niet wat te zeggen. Ik wist dat hij geen makkelijk leven heeft gehad, maar op de een of andere manier kon ik me dit toch niet voorstellen: dat het merendeel van zijn vormende jaren - een tijd waarin andere jongens van zijn leeftijd videogames speelden en ruzie maakten met hun ouders over de tijd waarop ze thuis moesten zijn - bestond uit het verrichten van zwaar werk onder helse omstandigheden.

Ik negeer de pijn in mijn hart en laat mijn vingers van onder de dekens naar de tatoeages op zijn linkerarm en schouder glijden. 'Heb je deze daar ook laten zetten?'

Peter kijkt naar mijn hand of hij zich nu pas de tatoeages herinnert. 'Het merendeel wel,' zegt hij. Hij legt zijn andere arm onder zijn hoofd. 'Een paar heb ik later laten zetten, toen ik in het leger ging.'

'Wat betekenen ze?' vraag ik zacht terwijl ik de ontwerpen met mijn vingers volg. Degene op zijn schouder doet me denken aan de vleugel van een vogel en een aantal lijken op demonische schedels, maar verder zijn het abstracte lijnen en vormen.

Peters blik wordt gesloten. 'Niets. Het was iets om me mee bezig te houden, meer niet.'

'Dat is een boel inkt om maar iets te doen te hebben.'

Hij zwijgt even. Dan zegt hij zacht: 'Ik maakte een vriend toen ik in het kamp zat. Andrey. Hij hield hiervan. Hij was een echte kunstenaar. Na een aantal jaar had hij op zijn eigen huid geen plek meer, dus liet ik hem op mij oefenen. Iedere keer als er iets gebeurde, goed of slecht, wilde hij dat eren door een tatoeage te zetten en omdat hij zo goed was, gaf ik hem de vrije hand met de ontwerpen.'

'O.' Geïntrigeerd kom ik op een elleboog omhoog. 'Wat is er met die vriend gebeurd?'

'Hij stierf.' Peter zegt het heel nonchalant, alsof het er niet toe doet, maar ik hoor het verdriet dat eronder zit, de woede die het verstrijken der tijd niet heeft kunnen bekoelen. Wat er ook met zijn vriend is gebeurd, het was erg genoeg om een litteken achter te laten... erg genoeg dat de herinnering hem nog steeds pijn doet.

'Wat afschuwelijk voor je,' prevel ik, maar Peter geeft geen antwoord. In plaats daarvan doet hij het bedlampje uit en trekt me tegen zich aan zoals hij altijd doet als we gaan slapen.

Ik sluit mijn ogen en concentreer me op mijn ademhaling om me voldoende te ontspannen zodat ik in slaap kan vallen, maar het lukt me niet. Zelfs de hitte van Peters lichaam verjaagt de kilte van zijn onthullingen niet. Mijn hoofd blijft malen en de vragen laten me niet met rust. Er is nog zoveel dat ik niet weet over de man die me elke nacht in zijn armen houdt... zoveel dat ik niet begrijp. Alles aan zijn leven is Rusland is me vreemd, even ongewoon en mysterieus alsof het een andere planeet betreft.

Uiteindelijk kan ik het niet meer aan. Ik wring me uit Peters armen, doe de lamp weer aan en kijk hem aan. Zoals ik al verwachtte, slaapt hij ook niet. Zijn zilveren ogen staan vol herinneringen.

'Je zei dat je direct vanuit dat kamp gerekruteerd werd,' zeg ik terwijl ik op een elleboog omhoog kom. 'Waarom? Is dat gebruikelijk in Rusland?'

Hij kijkt me even zwijgend aan en draait zich dan op zijn rug. Hij vouwt zijn armen onder zijn hoofd en staart naar het plafond. 'Nee,' zegt hij dan. 'Normaalgesproken rekruteert het leger uit zijn eigen rangen nieuwe leden voor de Spetsnaz. Maar in dit geval waren ze op zoek naar iemand met een specifiek psychologisch profiel.'

Ik ga zitten, de dekens tegen me aan geklemd. 'Wat voor profiel?'

Zijn blik zoekt de mijne. 'Geen onhandige familiebanden of verbintenissen, geen scrupules en een minimaal aanwezig geweten. Jong genoeg om getraind en gevormd te kunnen worden.'

'Waarvoor?' Ik vermoed echter dat ik het al weet.

Peter gaat tegen het hoofdeinde zitten, zijn uitdrukking zorgvuldig neutraal. 'Om een wapen te worden,' antwoordt hij. 'Iemand die nergens voor zou terugdeinzen. Ieder jaar werden de onrusten erger en de rebellen brutaler. De aanslag op de metro in Moskou was de laatste druppel. De Russische overheid besefte dat zich houden aan de beschaafde, door de VN goedgekeurde methoden van terrorismebestrijding niet zou helpen. Ze wilden hen op hun eigen niveau tegemoet treden en alles gebruiken om de terroristen te bevechten. Daarom vormde de overheid een niet-officiële Spetsnaz-eenheid. Toen ze niet genoeg gewone soldaten konden vinden die aan het profiel voldeden, besloten ze elders te gaan zoeken.'

'In Kamp Larko,' zeg ik. Peter knikt, zijn ogen glinsterend als gepolijst staal.

'Degenen die het langere tijd volhielden, waren sterk en in staat langdurige fysieke inspanning onder extreme omstandigheden te verdragen. Honger, dorst, koude, we konden het allemaal aan. En je kunt je vast wel voorstellen dat velen van ons aan het gevraagde profiel beantwoordden.'

Er gaat een rilling door me heen en ik trek de

dekens strakker tegen me aan. 'Waarom kozen ze jou?' Ik probeer mijn stem niet te laten trillen.

Zijn lippen vormen zich tot een duistere glimlach. 'Omdat ik toevallig vlak voor hun komst een bewaker had gedood,' zegt hij zacht. 'Ik bond hem vast in de sneeuw en liet hem zijn misdaden bekennen. Daarna slachtte ik hem als een konijn af, voor het oog van het hele kamp. Mijn methodes waren... nou, precies wat ze zochten. In plaats van gestraft te worden voor de dood van de bewaker kreeg ik een nieuwe carrière, een die bij mijn aard en vaardigheden paste.'

Mijn handpalmen worden vochtig. 'Wat had die bewaker gedaan?' Ik weet eigenlijk niet of ik dat wel wil weten.

De duisternis in Peters blik wordt dieper en even ben ik bang dat ik te ver ben gegaan, dat ik te veel slechte herinneringen naar boven heb gehaald. Maar dan leunt hij naar achteren tegen het hoofdeind en zegt kalm: 'Hij kookte jongens graag levend.'

Mijn adem stokt en ik proef gal. 'Wat?' hijg ik als ik weer kan praten.

'De douches waren ijskoud of gloeiendheet, er was geen middenweg,' zegt Peter. Zijn gezicht verstrakt en zijn blik wordt afwezig. 'De leidingen werkten slecht, dus gebruikten we emmers om het water te mengen en ons daarmee te wassen. Sommige bewakers gebruikten de douches als strafmethode: ijskoud water voor kleine vergrijpen en gloeiendheet als we echt iets misdaan hadden. Eén bewaker in het bijzonder had een voorliefde voor het hete water. Volgens mij vond hij het opwindend. De anderen lieten je er een paar seconden onder staan, hoogstens een halve minuut, wat tot oppervlakkige brandwonden leidde. Maar deze man ging veel verder. Eén minuut, twee, vijf... Tegen de tijd dat Andrey op zijn lijstje belandde, had hij al twee vijftienjarigen vermoord door ze zo lang eronder te houden dat het vlees van hun botten was gekookt.'

Nu ben ik echt kotsmisselijk. 'Andrey, je vriend?' Mijn lippen voelen gevoelloos aan.

'Ja.' Peters gebeeldhouwde gezicht is nu haast demonisch te noemen. 'Andrey, die nooit in dat hellegat had moeten zijn. Mijn vriend, die weigerde zich te laten neuken door die klootzak en daarom een gruwelijke dood stierf.'

'O, God, Peter...' Ik breng een trillende hand naar mijn mond en pak dan zijn hand. Zijn vingers beven van een nauwelijks onderdrukte woede. 'Wat ontzettend afschuwelijk.'

Hij grijpt mijn hand vast alsof het een reddingsboei is en sluit zijn ogen, diep ademhalend. Als hij ze weer opent, is zijn uitdrukking kalm, maar ik weet nu hoe diep de woede en pijn onder dat beheerste masker gaan.

Ik had het mis; het was niet de dood van zijn gezin dat hem een monster maakte. Hij was er al een voor Daryevo, want de gruwelen die hij gedurende zijn hele jonge leven tegenkwam, hadden alles dat goed aan hem was al lang voor die tijd uitgedoofd. Zijn eerste slachtoffers waren niet onschuldig, maar toen hij het duistere pad der wraak op ging, werd hij net als zij en maakte het niet meer uit of zijn slachtoffers onschuldig waren of niet.

Ik maak mijn hand voorzichtig los uit zijn greep en ga midden op het bed zitten. 'En het hoofd van het weeshuis?' vraag ik terwijl ik de blik van mijn cipier vang. Ik voel me vreselijk, maar ik wil weten tot waar de schade zich uitstrekt. 'Wat had hij gedaan zodat je hem doodde?'

Peter werpt me een grimmige glimlach toe. 'Heb je nog niet genoeg gehoord? Nee? Goed, als je het wilt weten: hij hield van kleine jongetjes. Hoe jonger, hoe beter. Ik had geluk, want op mijn elfde was ik lang en al bijna een tiener. Dat was het jaar waarin hij begon en ik was dus veel te oud voor hem. Maar de kleintjes... Elke nacht hoorde ik ze schreeuwen en huilen als hij naar hun kamer kwam. En elke nacht stierf ik een beetje vanbinnen, want ik kon niets doen en niemand luisterde naar me. De leraren, de politie? Ze gaven er niets om of wilden geen problemen. Die hufter had namelijk connecties; hij kwam uit een invloedrijke familie. Niemand deed iets. Op een dag kwam er een nieuw jongetje, net twee. Toen ik hem dat knulletje hoorde benaderen, trok ik het niet meer. Ik pakte een keukenmes, sloop naar hem toe en sneed hem van achteren de strot door toen hij aan het kind zat.'

Natuurlijk. Mijn duistere ridder op een wraakmissie. Ik sluit mijn ogen tegen de tranen die ik voel branden. Mijn hart breekt, zowel voor Peter als dat jongetje. Ik vermoedde al zoiets, al was ik bang dat Peter zelf het slachtoffer was geweest. Niet dat dat niet zou kunnen. Ik open mijn ogen en kijk hem aan. 'En jij?' vraag ik met trillende stem. 'Ben jij ooit...'

'Nee.' Zijn mond vertrekt. 'Voor zover ik weet niet. Ik was zelfs als klein kind al goed in mezelf verdedigen. Maar ik herinner me weinig van voor mijn derde, dus het zou kunnen. Op oude foto's is te zien dat ik een mooi kind was. Maar goed, tegen de tijd dat ik op de kleuterschool zat, wist ik hoe ik mijn vuisten, tanden en stenen moest gebruiken. Welk wapen dan ook. De enige hufter die ooit iets geprobeerd heeft, werd tot op het bot in zijn vinger gebeten door me. Ik was toen vijf. Daarna lieten ze me wel met rust.'

Ik staar hem aan; opluchting strijdt met medelijden. En woede. Ik voel zoveel woede bij de gedachte aan de wreedheid van de wereld die hem tot de duistere, gekwelde man vormde die hij nu is, die meedogenloze, immorele moordenaar die ondanks alles naar liefde en familie snakt. Boden Tamila en zijn zoontje verlichting van zijn pijn? Is dat de reden dat hij haar zwangerschap zo makkelijk accepteerde en een echtgenoot en vader werd terwijl hij ook weg had kunnen lopen? Gaven ze hem een stukje van zijn ziel terug, dat hem weer ontnomen werd toen ze op die gruwelijke manier aan hun einde kwamen?

Als dat zo is, is het geen wonder dat hij de weg kwijtraakte na dat verlies - en dat wraak zijn enige manier van ermee omgaan was.

Peters gezicht verstrakt als ik blijf zwijgen; dan vormt zich een spottende glimlach om zijn lippen. 'Is het je te veel, *ptichka*? Ik had vast beter een mooi verhaal vol regenbogen, puppy's en taart moeten verzinnen.'

'Nee, ik...' Mijn keel knijpt dicht van de emoties. Ik haal diep adem en probeer het nogmaals. 'Ik zou alleen zo graag willen dat er iemand voor jou was opgekomen zoals jij voor dat jongetje opkwam.'

Hij knippert langzaam en gaat dan overeind zitten. 'Maar ik vertel je net dat ik het wel redde. Ik kon voor mezelf zorgen.'

'Dat weet ik,' fluister ik. Hij reikt naar me en trekt me naast zich tegen zich aan. Dan doet hij het licht weer uit. 'Maar dat zou niet zo moeten zijn, Peter. Geen enkel kind zou dat op die manier moeten leren.'

Hij geeft geen antwoord, maar ik weet dat hij me hoort. De arm om mijn middel verstrakt en trekt me dichter tegen hem aan. Zo blijven we in de duisternis liggen, troost vindend in elkaars warmte en het rustige kloppen van onze harten.

ara

NA DIE AVOND WORDT HET ALLEEN NOG MAAR moeilijker om Peters pogingen om mijn hart te winnen te weerstaan. Ik weet niet of hij denkt dat zijn onthullingen me angst hebben aangejaagd en dat goed probeert te maken of dat hij voelt dat mijn vastberadenheid wankelt, maar hij wordt onwaarschijnlijk genoeg nog attenter. Ik word ongelofelijk verwend en vertroeteld.

Iedereen krijgt klusjes toebedeeld, behalve ik. Peter kookt en de anderen doen de was of houden het huis schoon. Ik help wel met de was, anders voel ik me echt een slons, maar Peter verwacht het niet van me. En op die keer na dat ik hem dat bord naar zijn hoofd smeet, heb ik niet hoeven stofzuigen en ook niets anders hoeven doen waar ik geen zin in had.

En daar komt nog bij dat ik alles krijg wat mijn hartje begeert - binnen de beperkingen van mijn gevangenschap. Als ik iets zeg over zijden kussenslopen, laat Peter die binnen een paar dagen bezorgen. Als ik zeg dat ik wil gaan wandelen, laat hij alles uit zijn handen vallen en gaat met me mee. Niet langer stuurt hij een van zijn mannen achter me aan. Maar het belangrijkste is dat hij doet wat hij kan om ervoor te zorgen dat ik me niet verveel.

De dansstudio is tot dusver geen succes - ik gebruik hem alleen voor yoga en wat rek- en strekoefeningen - maar ik ben heel blij met de opnameapparatuur. Hij is van professionele kwaliteit. Ik kan alles opnemen en editen wat ik maar wil. Hoewel ik begin met mijn favoriete popliedjes, ga ik snel aan de slag met experimentele variaties en probeer ik zelf ook wat liedjes te maken door mijn eigen teksten op muziekmixen die ik zelf maak te zetten. Het is een uitdaging om het werken met de software en de apparatuur onder de knie te krijgen, maar ik ben er blij mee. Niet alleen is het leuk, het neemt ook veel tijd in beslag. Als ik bezig ben met woorden te vinden om het lied dat zich langzaam in mijn hoofd vormt gestalte te geven, denk ik ook even niet na over het feit dat ik alles kwijt ben of dat ik de gevangene van een moordenaar ben.

Dan concentreer ik me gewoon op de muziek.

Ik ben ook begonnen met optreden voor de

jongens. Het is een vast ritueel geworden na het avondeten: Peter vraagt me om iets te zingen en ik stem er al protesterend (hoewel ik het eigenlijk heel leuk vind) mee in om één liedje te doen. Uiteraard gaat aan elk liedje een heel scala aan excuses vooraf: misschien ken ik de tekst niet, ik heb niet goed voorbereid, dat soort dingen. Maar uiteraard heb ik van tevoren geoefend. Meestal laat ik een variatie op een bekend popliedje horen waar ik die dag in de studio mee aan de slag ben geweest. Ik durf mijn eigen nummers nog niet te laten horen, maar de jongens zijn zo enthousiast dat ik vermoed dat ik het er op een dag wel eens op zal wagen.

'Je hebt echt een goede stem,' zegt Yan na een week. Zijn groene ogen nemen me verrast op. 'Daar had Peter gelijk in.'

Ik grijns naar hem, want lof van onze huispsychopaat is zeer zeldzaam. De volgende keer zing ik zelfs twee nummers voor ze.

De jongens vinden het leuk en ik ook, dus waarom niet?

De muziek en mijn gebruikelijke activiteiten met Peter vullen mijn dagen, maar toch mis ik mijn werk. Als een van de jongens gewond raakt - wat griezelig vaak gebeurt tijdens hun sparsessies - kan ik mijn medische vaardigheden wel inzetten, maar het is niet genoeg. Ik verlang naar de intellectuele stimulans van mijn beroep, naar alles wat ik geleerd heb door al die verschillende patiënten te behandelen en de nieuwste studies te volgen. Ik heb het gevoel dat ik achterloop, dat ik de nieuwste inzichten in mijn veld niet meer meekrijg. Als ik dat aan Peter vertel, belooft hij me daar iets aan te doen.

En ja hoor, niet lang daarna krijg ik van zijn hackers tweewekelijks de nieuwste onderzoeksverslagen van over de hele wereld toegestuurd. Een deel van het materiaal is openbaar, waaronder peer-reviewed studies uit de wetenschappelijke tijdschriften waar ik een abonnement op had, maar veel van de artikelen en stukken lijken rechtstreeks uit de privéarchieven te komen van de bedrijven die het onderzoek lieten uitvoeren.

'Peter, dit is bizar,' zeg ik nadat ik een stuk heb gelezen voor gentherapie die veelbelovend lijkt te zijn voor de behandeling van borstkanker in fase III en IV. 'Hoe komen jouw mensen hieraan? Dit is baanbrekend.'

'O, ja?' Hij kijkt met een glimlach op van zijn laptop.

Ik knik heftig. 'Als deze therapie zo effectief is als de onderzoekers beschrijven, kunnen de levens van miljoenen vrouwen gered worden. Hoe zijn je hackers hieraan gekomen? Ik had hier toch op z'n minst geruchten over moeten horen. Dit is baanbrekend binnen het gebied van de behandeling van kanker. Dat besef je toch wel?'

Zijn glimlach verdiept zich. 'Wat moet ik zeggen? Die gasten zijn goed.'

Hoofdschuddend duik ik weer in het gedetailleerde analysestuk. Ik zou me schuldig moeten voelen dat ik in feite het intellectueel eigendom van een beginnend bedrijf gejat heb, maar ik ben te gefascineerd om te kunnen stoppen met lezen. Het is ook niet alsof ik deze kennis ga gebruiken om er financieel beter van te worden... of dat ik hem zal delen. Mijn toegang tot de buitenwereld is volledig afgesloten, op de telefoontjes met mijn ouders na.

Dat is het enige waar Peter niet in toegeeft, hoe vaak ik ook smeek.

'Kom op, wat maakt het nou uit of ik af en toe het nieuws lees?' protesteer ik als hij me betrapt op een poging in te loggen in zijn laptop - een zinloze poging, uiteraard, gezien alle beveiliging die hij erop heeft staan. 'Je kunt toch websites blokkeren zodat ik geen e-mail en social media kan gebruiken? Daar zijn heel veel programma's voor en...'

'Nee, *ptichka*.' Met een vastberaden uitdrukking op zijn gezicht neemt hij me de laptop af. 'We kunnen het risico niet nemen dat je met een zoekterm ons IP-adres aan de FBI prijsgeeft... en ook niet dat je op de een of andere slimme manier toch met hen in contact weet te komen. Jij bent veel te slim om niet te weten dat je tegenwoordig op elke website commentaren kunt achterlaten.'

Gefrustreerd geef ik mijn pogingen om het internet op te gaan op. Ik probeer andere wegen te bedenken om te ontsnappen, maar er schiet me niets te binnen. Het enige dat ik zou kunnen doen, mijn ouders een gecodeerd bericht doorgeven tijdens een telefoontje, is veel te riskant. Peter luistert altijd mee en ik weet dat als ik het zou wagen om maar de kleinste hint over onze locatie prijs te geven hij me ogenblikkelijk alle contact met mijn familie zou ontzeggen. Dat heeft hij gezegd en ik weet dat hij het meent.

Hoezeer hij me ook verwent, ik vergeet nooit dat zijn obsessie een duister randje heeft en dat hij zal doen wat hij nodig acht om me de zijne te laten blijven.

33

ALS DE WARME ZOMERDAGEN OVERGAAN IN DE HERFST EN HET BOS OM ONS HEEN ROOD EN GEEL KLEURT, raak ik er steeds meer van overtuigd dat Sara ontvoeren de juiste beslissing was. Ondanks onze hobbelige start begint ze zich hier langzaam thuis te voelen. Ik ben ervan overtuigd dat ze zich op een dag volledig aangepast zal hebben en haar nieuwe leven met mij niet alleen zal accepteren, maar zelfs omarmen.

Ik houd zoveel van haar dat het als een constante, bonzende pijn in mijn borst aanvoelt. Hoewel ik weet dat zij mijn gevoelens niet beantwoordt, zie ik toch soms een zekere warmte in haar blik die mij raakt en me hoop geeft. Naarmate haar woede over de ontvoering afneemt, worden onze ruzies minder. En hoewel we geen van beiden kunnen vergeten hoe deze relatie ooit beginnen is, begint het verleden te vervagen en houdt het ons heden steeds minder in zijn wurgende greep.

Ik denk nog altijd aan Pasha en Tamila en ik schrik nog altijd wakker, bedekt met koud zweet, als ik over hun gruwelijke dood droom. Maar die nachtmerries komen minder voor, en als het wel gebeurt, is Sara er voor me. Ik kan naar haar reiken en haar vasthouden, naar haar kalme ademhaling luisteren tot de afschuwelijke herinneringen vervagen.

Daarnaast kan ik haar neuken. Dat is het enige dat me altijd weet te kalmeren, de beste manier om de duisternis in mijn binnenste te bezweren.

'Waarom vind je het fijn om me soms pijn te doen?' prevelt ze op een nacht nadat ik haar heb wakker gemaakt en zo hard geneukt dat we allebei beurs zijn. 'Heb je sadistische neigingen?'

Daar denk ik over na; dan schud ik mijn hoofd, hoewel ze dat waarschijnlijk niet kan zien in het donker. 'Niet in seksuele zin. Tenminste, niet tot ik jou kende.' Ik heb ervan genoten mijn vijanden te martelen en vermoorden, maar dat was geestelijk genot, een manier om die gewelddadige roes van macht te voelen en mijn verlangen naar gerechtigheid te bevredigen. Dat was in elk geval wel het geval met die bewaker die Andrey verbrandde tot hij stierf en in mindere mate ook zo met de terroristen die ik voor mijn werk doodde. Ik voelde geen medelijden; hun lijden bezorgde me plezier. Maar ik kreeg nooit een stijve van iemand pijnigen en ik ben altijd zacht en voorzichtig met vrouwen omgegaan tijdens de seks. Daarbij gebruikte ik mijn kennis van het menselijk lichaam om hen genot te bezorgen, geen pijn toe te brengen.

Alleen bij Sara komen die conflicterende behoeften - straf en genot, geweld en tederheid - op de een of andere manier samen. Ik koester haar en houd zoveel van haar dat het pijn doet, maar soms heb ik mezelf niet onder controle als ik haar aanraak. Dan kan ik de behoefte om haar te straffen voor wie ze is niet weerstaan.

Voor ze mijn hart stal, behoorde ze aan mijn vijand toe.

'Dus met haar heb je nooit...'

De nauwelijks verhulde nieuwsgierigheid in Sara's gefluisterde vraag laat een glimlach om mijn lippen verschijnen, hoewel mijn hart samentrekt in een bekende pijn. 'Bedoel je Tamila?'

'Ja.' Haar hand streelt mijn borst alsof ze de pijn daar voelt. 'Je was nooit zo ruw met haar?'

'Nee.' Ik leg mijn hand over haar slanke vingers en duw ze steviger tegen me aan. 'Met haar was het niet zoals dit.'

Wat ik voor Tamila voelde, leek in niets op de intense, haast onbeheerste connectie die ik met Sara ervaar. Voor mijn vrouw voelde ik een mengeling van fysieke aantrekkingskracht en sympathie, een soort vriendschap. Ik bewonderde haar om haar moed, ondanks haar opvoeding, en omdat ze een goede moeder voor Pasha was. Haar schoonheid hielp uiteraard mee en hoewel we weinig gemeen hadden, raakte ik op haar gesteld... Ik dacht dat ik misschien van haar hield. Maar ik zie nu in dat ik me daarin vergiste.

Mijn gevoelens voor Tamila waren slechts een vage echo van de rauwe emoties die Sara in me oproept.

Haar hand trilt even en ik hoor haar slikken. 'Juist.' Sara's stem heeft een vreemde ondertoon aangenomen, alsof ze gekwetst is. 'Je moet heel veel van haar gehouden hebben,' gaat ze op dezelfde toon verder. Ik glimlach opnieuw als ik besef wat het probleem is.

'Ben je jaloers?' Ik doe het lampje naast het bed aan. Sara knippert tegen het plotse licht, maar aan haar gespannen lippen kan ik zien dat ik gelijk had.

Ze heeft mijn woorden verkeerd begrepen en denkt dat mijn zachtaardige omgang met Tamila betekent dat ik meer om mijn vrouw gaf dan ik om haar geef.

Sara geeft geen antwoord; ze trekt alleen haar hand terug. Ik schiet in de lach, opgetogen hoewel de duistere herinneringen een poging doen om los te breken. Mijn *ptichka* is jaloers, nota bene op een dode vrouw, en ik ben daar zielsgelukkig mee.

Sara's gezicht betrekt nog verder als ze me ziet lachen en op haar mooie voorhoofd verschijnt een diepe frons. Met een nauwelijks hoorbaar gesnuif doet ze het lampje uit en keert me letterlijk haar rug toe.

Mijn humor verdwijnt, weggevaagd door de complexe emoties die Sara altijd in me oproept. Lust en tederheid, woede en bezitterigheid: allemaal maken ze deel uit van de waanzin die mijn liefde voor Sara werkelijk is, die obsessie die ik nooit van me af zal kunnen zetten.

'Kom hier, liefste.' Ik negeer haar stijve houding en trek haar ruggelings tegen me aan. Dan begraaf ik mijn gezicht in haar haren, snuif haar zoete geur op - mijn lievelingsgeur - en verstrak mijn omarming als ze probeert zich los te wurmen.

'Soms wil ik je inderdaad pijn doen,' prevel ik als ze stil blijft liggen, hijgend van de inspanning. 'Ik wil dingen met je doen die ik met mijn vrouw nooit heb willen doen. Er zijn nachten waarop ik je wil verslinden, *ptichka*, je wil bezitten tot er niets van je overblijft... tot deze verslaving verdwijnt en ik weer kan ademhalen zonder je te willen, zonder het gevoel te hebben dat jij belangrijker bent dan het leven zelf.'

Haar adem stokt. 'Wat bedoel je daarmee?'

'Wat ik bedoel, is dat ik van je houd, *ptichka*... en dat ik je haat. Het doet namelijk pijn om te weten dat jij nog steeds van hem houdt, dat je nog steeds aan hem denkt als je met mij samen bent.' Mijn stem wordt hees en mijn greep verstrakt opnieuw als ze weer begint te worstelen. 'Jij ziet me als de moordenaar van je echtgenoot en soms is dat het enige wat je ziet. Als ik hem uit je geheugen zou kunnen wissen, zou ik dat zonder aarzelen doen. Ik zou zijn hele bestaan wegvagen en zorgen dat hij het niets blijft dat hij nu is. In een andere wereld zou je vanaf het begin de mijne zijn geweest, maar in deze wereld moest ik voor je vechten... voor je doden.'

Haar hele lichaam verstijft. 'Voor mij? Waar heb je het over? Het ging je om wraak, om je lijst die...'

'Dat klopt. Tot ik jou ontmoette. Toen veranderde dat.' Tot op dit moment had ik dat zelfs nog niet tegenover mezelf toegegeven; deze bekentenis komt uit de diepste hoekjes van mijn ziel.

Toen ik naast George Cobakis' bed stond, aarzelde ik bij de gedachte aan Sara, maar niet omdat ik hem voor haar wilde sparen. Ik aarzelde omdat de moord zo zinloos was; in zijn staat was hij levend even dood als dood.

Uiteindelijk haalde ik de trekker niet ondanks mijn interesse in Sara over, maar juist daardoor.

Ik wilde dat ze vrij van hem zou zijn.

Zelfs toen al wist ik dat ik haar de mijne zou maken.

'Nee.' Sara's stem trilt. 'Dat zeg je maar. Je kunt George niet gedood hebben omdat je op een gestoorde manier geïnteresseerd in me was. Dat is erger dan gestoord.'

'Misschien.' Dat wil ik wel toegeven. 'In sommige culturen zou mijn daad je de mijne maken: mijn trofee, mijn oorlogsbuit.'

'Oorlog? Hij lag in coma. Je hebt een man gedood die zich niet eens kon verdedigen. Hij was op geen enkele manier aan je gewaagd...'

Ik grinnik duister. 'Denk je dat ik een nobele held ben? Dat ik ook maar iets om een eerlijke strijd geef?'

Ze verstijft opnieuw en haar huid wordt klam op de plaatsen waar onze lichamen elkaar raken. 'Dat doe ik namelijk niet, Sara,' leg ik haar uit. 'Ik geef geen donder om eerlijkheid, want dat doet niemand. De wereld is oneerlijk. Als je iets wilt, dan vecht je ervoor en dan neem je het. En ik wilde jou, *ptichka*. Ik wilde je vanaf het moment dat ik je vasthad, toen je zo lieflijk huilde in mijn armen. En jij wilde mij ook - je wilt me nog altijd - omdat dit echt is, wat je ook zegt. Dit is veel echter dan jouw illusie van je huwelijk. Jullie hadden geen sprookjeshuwelijk en George Cobakis was je droomprins niet. Hij was een leugenaar en zwakkeling, die zich tot de drank wendde omdat hij het schuldgevoel over de massamoord die hij veroorzaakt had niet aankon. Zelfs als hij niet op mijn lijst had gestaan, had ik hem gedood als ik jou had ontmoet. Want ik wilde jou. Als onze paden elkaar gekruist hadden, had ik je de mijne gemaakt.'

Ze beeft en ik besef dat ik te eerlijk ben geweest, te veel van het monster in mij heb laten doorschemeren. Maar ik zal nooit tegen haar liegen.

Sara zal altijd weten waar ze aan toe is, hoe lelijk die waarheid ook mag zijn.

Ik trek de deken over ons heen, streel haar arm, heup en dij tot ze stopt met beven. Als ik haar ademhaling traag en kalm hoor worden, sluit ik ook mijn ogen.

Anderen zouden dit verkeerd vinden, maar ik ben gelukkig als ik Sara bij me heb en ik zal doen wat nodig is om haar gelukkig te maken.

34

Naarmate de herfst verstrijkt en het weer steeds kouder wordt, begint mijn leven met Peter me te doen denken aan een lange huwelijksreis, zij het wel eentje waarin we ons berghutje met anderen delen. Hij blijft even attent als eerst en hoewel ik mezelf er steeds aan blijf herinneren dat ik hier niet uit vrije wil ben, moet ik toegeven dat Peter zijn uiterste best doet het me gemakkelijk te maken en me te laten genieten. Afgezien van zijn werk en het feit dat hij me ontvoerd heeft, is Peter Sokolov alles dat iemand van een echtgenoot zou willen: zo huiselijk en zorgzaam dat ik me meestal een prinsesje voel.

Elke ochtend krijg ik ontbijt op bed. Peter heeft zijn ervaring als ondervrager ingezet om mij me te ontlokken wat ik wel en niet lekker vind. Elke dag krijg ik mijn lievelingskostjes voorgezet. Russische pannenkoeken met rozijnen en roomkaas, luchtige omeletten, quiches, exotisch fruit... alles, evenals versgeperst sinaasappelsap en koffie. Bij de lunch en het avondeten word ik al net zo verwend. Het is zelfs zo erg dat de jongens me smeken hun favorieten als mijn eigen lievelingseten te adopteren.

'Je vond die *shashlik* toen toch lekker? Die lamskebabs die Peter voor Nigeria maakte?' Ilya doet een angstaanjagende poging om smekende ogen op te zetten.

Als ik knik, grijnst hij en zegt: 'Wil je hem dan vragen ze snel weer te maken? Gewoon zeggen dat je van lam in pittige saus houdt. Alsjeblieft?'

Ik schiet in de lach en beloof dat te doen, net als ik Anton al heb beloofd dat ik om appeltaart zou vragen. Ondanks hun rol bij mijn ontvoering begin ik Peters mannen aardig te vinden, en volgens mij is het wederzijds. Dat lijkt mij iets om blij mee te zijn, maar Peter lijkt een andere mening toegedaan. Ik heb hem al meermaals naar de jongens zien staren als ze aardig tegen me zijn, alsof hij bang is dat ze me van hem af zullen pakken.

Zijn bezitterigheid is een van de grootste problemen die we nu hebben, en op een avond loopt het mis.

'Houd je ogen verdomme op haar gezicht gericht!' brult hij tegen Anton als ik klaar ben met Lady Gaga's laatste hit zingen. Ik heb me speciaal op het optreden gekleed en draag een van de laag uitgesneden feestjurkjes die Yan voor me gekocht heeft. Maar nu Peter en Anton allebei opstaan en elkaar woedend aankijken, besef ik dat dat misschien een vergissing was.

'Peter, er was niets aan de hand,' zeg ik in een wanhopige poging de stijgende spanning tot bedaren te brengen. 'Ik zong en hij luisterde, meer niet.'

'Hij zat verdomme te kwijlen.' Peter schuift de stoel tussen hen in ruw opzij. 'En dat was niet de eerste keer.'

'Krijg de kolere, man.' Antons donkere baard trilt als de twee dodelijke mannen een dreigende houding tegenover elkaar innemen. 'Niemand doet iets wat hij niet mag doen. Jij bent alleen veel te geobsedeerd om helder na te kunnen denken.'

Peter gromt iets in het Russisch terug en ook Yan mengt zich er met een koele, geamuseerde opmerking in. Ilya schudt grijnzend zijn hoofd. Een ogenblik later stampen Anton en Peter naar buiten.

Gefrustreerd kijk ik de tweeling aan. 'Waar gaan ze heen?' Ik haat het als ze overschakelen op Russisch om iets voor me te verbergen. 'Wat zeiden jullie?'

'Peter wil ieder bot in Antons gezicht breken en ik stelde voor dat hij dat buiten zou doen, zodat we niets hoeven te repareren binnen,' zegt Yan met net zo'n brede grijns als zijn broer. 'Volgens mij hebben ze geluisterd.'

'Wat? Gaan ze vechten?'

Vol afschuw hol ik naar buiten, waar ik begroet word door de geluiden van vuisten op vlees. Peter en

Anton rollen over de grond; hun armen en ellebogen delen rake klappen uit. Bloed vliegt door de lucht als Peter zijn vriend hard raakt en ik snak naar adem als ik de wilde razernij op zijn gezicht zie.

Ze zijn niet aan het sparren; dit is een echt gevecht.

'Houd ze alsjeblieft tegen,' smeek ik Ilya en Yan, die naast me zijn komen staan. 'Ze vermoorden elkaar nog.'

'Nee, joh.' Yan maakt een nonchalant handgebaar. 'Ze breken hooguit wat botten. We hebben pas volgende maand weer een grote klus, dus dat is niet erg.'

'Dat is het wel!' Tandenknarsend wend ik me tot Ilya. 'Als je ooit nog shas-weet ik niet wil eten, haal je ze nu uit elkaar. Anders ontwikkel ik prompt een allergie voor lamsvlees.' Ik por in zijn enorme borstkas. 'Heb je me gehoord?'

Yan schiet in de lach, maar Ilya kijkt lichtelijk bezorgd. 'Oké, goed dan,' mompelt hij. Hij loopt naar de vechtende mannen.

Ik laat opgelucht mijn adem ontsnappen als hij zich er dapper in stort, maar zowel Peter als Anton stelt de verstoring niet op prijs. Het duurt dan ook niet lang voor ze alledrie over de grond rollen. Als ik naar Yan kijk, steekt hij beide handen verontschuldigend omhoog.

'Ik denk er niet aan,' zegt hij. Ik weet dat hij het meent.

Ik sta er in mijn eentje voor.

Wanhopig overweeg ik een emmer koud water over

ze heen te gooien, maar dan besluit ik een snellere oplossing toe te passen.

'Help!' krijs ik uit alle macht, en ik klap dubbel alsof ik pijn heb. 'Auw! Peter, help!'

Het werkt nog beter dan gedacht. De mannen laten elkaar meteen los en Peter springt overeind. De woede op zijn gezicht verdwijnt en wordt vervangen door een paniekerige angst als hij naar me toe snelt. 'Wat is er gebeurd?' vraagt hij. Hij pakt mijn handen en neemt me van top tot teen op. 'Heb je pijn?'

'Ja, omdat jij je als een barbaar gedraagt,' snauw ik, terwijl ik probeer me los te trekken als hij zijn handen over mijn lichaam laat gaan. 'Laat me los, dan kan ik zien wat jullie elkaar hebben aangedaan.'

Hij fronst en zijn handen verstillen. 'Je hebt niets? Je wilde alleen dat we zouden stoppen met vechten?'

'Natuurlijk. Hoe zou ik gewond geraakt kunnen zijn?' Ik negeer Yan, die letterlijk dubbel gebogen staat van het lachen, en loop naar Anton en Ilya, die er allebei een stuk erger toegetakeld uitzien dan Peter. Ilya heeft een kapotte lip en Antons gezicht zwelt nu al op. Zijn bloedende neus staat uit het lood.

'Hé.' Peter pakt me bij mijn pols voor ik twee stappen heb kunnen zetten. 'Ga je hen eerst behandelen?' Hij klinkt zo kwaad dat ik het wil ontkennen - het laatste wat ik wil is nog een ruzie of gevecht veroorzaken - maar een duiveltje in mij laat me toch knikken.

'Zij hebben zichzelf niet aangevallen, hè?' Ik

probeer me los te trekken. 'En zo gewond zie jij er niet uit.'

Als Peter denkt dat ik dat Neanderthaler-gedrag ga belonen door hem teder te verzorgen, heeft hij het mis.

Zijn frons wordt dieper en hij heeft zelfs het lef om gekwetst te kijken als hij mijn pols loslaat. 'Ik ben wel gewond. Zie je?' Hij trekt zijn shirt op en laat me een rode plek op zijn ribbenkast zien. 'En hier.' Hij laat de achterkant van zijn rechterhand zien: de knokkels zijn rood en zwellen op.

Ondanks mijn woede wil de dokter in mij ernaar kijken. 'Kom eens.' Voorzichtig bevoel ik zijn torso. Het zal een nare blauwe plek worden, maar zijn ribben zijn in orde. Dan pak ik zijn hand.

'Doet dit pijn?' Ik duw op de middelste knokkel. Peter schudt zijn hoofd. Zijn zilverkleurige ogen glinsteren en ik bekijk de rest van zijn hand. Tot mijn opluchting voel ik geen gebroken botten.

'Het komt wel goed,' zeg ik. Dan valt mijn oog op een bloedende kras naast zijn linkeroor. Dat moet ik binnen schoonmaken, waar mijn EHBO-spullen liggen. Maar eerst wil ik Antons neus beoordelen en kijken of Ilya niet weer een hersenschudding heeft opgelopen.

De jongens zijn al naar binnen gegaan, dus loop ik ze achterna. Peters duistere uitdrukking negeer ik. Ik begrijp niet wat hem bezielde. Ik weet dat hij bezitterig is, maar Anton is zijn vriend en voor zover ik heb gemerkt, heeft Anton nog nooit iets ongepasts gedaan. De anderen ook niet, hoewel het toch allemaal viriele, gezonde mannen zijn die al maanden geen vrouw hebben gehad.

Mijn dapperheid houdt stand tot ik in de keuken kom en zie hoe Antons gezicht eraan toe is. Peter maakte geen grapje toen hij zei dat hij de botten zou breken; dat is hem niet gelukt, maar hij heeft wel een goede poging gedaan. Omdat het geweld zo plotseling oplaaide, heb ik de bruutheid ervan nog niet kunnen verwerken. Maar nu ik bezig ben Antons neus te zetten, beginnen mijn handen te trillen en raakt de nasleep van de adrenaline me alsof ik degene ben die gevochten heeft.

Ik ben de afgelopen weken laks geworden; al die huiselijkheid heeft me doen vergeten wat Peter en zijn mannen zijn. Dit was geen dronken gevecht in een kroeg, waar iemand misschien een paar klappen uit weet te delen. Peter is een ervaren moordenaar en hij wilde zijn vriend daadwerkelijk iets aandoen. Als ik het gevecht niet onderbroken had, had er iemand zwaargewond kunnen raken of misschien zelfs kunnen sterven.

'Het spijt me,' fluister ik als Anton ineenkrimpt van de pijn. 'Dit spijt me echt ontzettend.'

'Het is goed.' Zijn stem klinkt nasaal als ik twee watjes in zijn neus prop om het bloeden te stelpen. 'Het moest ervan komen. Die hufter is bezeten van je.' Er klinkt geen enkele wrok in zijn stem door. Ik zou zelfs willen zeggen dat hij geamuseerd is door de poging van zijn vriend om hem van niet-bestaande jaloezie te verlichten door hem te verminken.

'Precies,' gromt Peter, die de keuken binnenloopt. 'Dus waag het niet om naar haar te staren. Nooit. Begrepen?'

Tot mijn grote verrassing vormt Antons kapotte mond zich tot een bloederige grijns. 'Begrepen, gestoorde klootzak.'

Ik laat mijn handen zakken en staar ongelovig van de een naar de ander. Ben ik aan het hallucineren of hebben ze het nou goedgemaakt?

Ja, hoor, Peter slaat zijn vriend kameraadschappelijk op de schouder en wendt zich dan tot Ilya, die op een barkruk naast ons een icepack tegen zijn lip zit te houden. 'Dat geldt ook voor jou en...' Peter werpt Yan een duistere blik toe, '...jou.'

Beide broers knikken en Ilya zegt: 'Begrepen. Ze is de jouwe, man.'

Ik negeer die vrouwonvriendelijke opmerking en zet Antons neus met tape vast, geef hem icepacks voor zijn gezicht en pak zijn T-shirt om de schade aan zijn ribben te bekijken.

'Niets aan de hand,' zegt hij voor ik meer dan een centimeter heb opgetild. Met een voorzichtige blik op Peter voegt hij daaraan toe: 'Ga Ilya maar behandelen.'

Met een frons wend ik me tot Ilya. 'Laat eens kijken,' zeg ik terwijl ik het icepack van hem overneem. 'Is je hoofd nog op een andere plek geraakt?'

'Nee, alleen dit,' zegt Ilya. Hij krimpt ineen als ik zijn gezwollen kaak betast.

'Oké,' zeg ik als ik klaar ben met het onderzoek. 'Je hebt geen nieuwe hersenschudding, maar je moet wel rustig aan doen. Klappen tegen het hoofd zijn niet goed voor je hersenen, vraag maar aan rugbyspelers.'

'Ja, dokter Cobakis.' Ilya grijnst zo breed als hij met zijn kapotte lip kan. 'Ik zal voorzichtig zijn.'

Ik glimlach terug en negeer het gesnuif van zijn broer. Dan kijk ik naar Peter, die nog altijd in een duistere stemming lijkt te verkeren.

'Laat eens kijken,' zeg ik terwijl ik hem op een derde kruk trek zodat ik zijn oor kan bekijken. 'Je hebt hier een schram opgelopen.'

Peter blijft stil zitten en laat me de schram schoonmaken en afplakken. Daarna kijk ik of hij nog meer verwondingen opgelopen heeft. Tegen de tijd dat ik klaar ben, trillen mijn handen niet meer. De bekende handelingen hebben de schok van dat plotselinge geweld verzacht.

Helaas duurt die herwonnen kalmte niet lang. Zodra ik al mijn spullen heb opgeborgen, springt Peter van de kruk en tilt me op. Hij negeert mijn gil en het gefluit van de jongens en perst een diepe, hongerige kus op mijn lippen.

En dan, met mij tegen zijn borst geklemd alsof ik inderdaad oorlogsbuit ben, loopt hij naar de trap.

Sara stribbelt tegen als ik haar de wenteltrap opdraag. Haar bleke gezicht heeft nu een rode blos gekregen, waarschijnlijk zowel van woede als van schaamte. 'Zet me neer,' fluister ze woedend zodra we boven zijn. 'Peter, zet me nu meteen neer.'

Maar ik laat haar pas in de slaapkamer zakken. Mijn bloed kookt door de adrenaline van het gevecht. Woede en jaloezie strijden om voorrang en daaronder bevindt zich een diepe, veeleisende behoefte om haar te nemen en te bezitten... om haar zo volledig de mijne te maken dat ze nooit meer naar een andere man zal glimlachen.

Ik weet dat het irrationeel en misschien wel ziekelijk is, maar toen ik haar vanavond in die rode, strakke, veel te onthullende jurk zag, verloor ik het kleine beetje gezond verstand dat ik nog heb. De afgelopen weken heb ik het verdragen als de jongens naar haar keken, tijdens het eten om haar aandacht streden en haar niet bepaald stiekem om bepaald eten vroegen. Maar wat ik vanavond in Antons blik zag, was dezelfde lust die ik ook voor Sara voel. En dat kon ik niet van me af laten glijden.

'Je draagt die jurk nooit meer in het openbaar,' zeg ik hees terwijl ik naar rits reik. 'Alleen nog in de slaapkamer.'

Sara gluurt door wimpers heen naar me op. Ik zie de zachte welvingen van haar borsten, onthuld door die stomme jurk, op en neer deinen als ze ademhaalt. 'Je bent gek.' Haar handen duwen tegen mijn ribben. 'Jij hebt deze jurk voor me gekocht.'

'Dat heeft Yan gedaan.' Ik ruk de rits onnodig hard naar beneden, want ik ben nog altijd woedend. 'En als je nog meer van dit soort jurken hebt, bewaar je die maar beter voor mij. De eerstvolgende keer dat ik een man zo wellustig naar je zie kijken, zal ik hem vierendelen. Langzaam.'

Het is geen bluf en dat ziet Sara blijkbaar ook, want ze trekt wit weg. 'Je bent gestoord,' fluistert ze. Haar grote bruine ogen staren me aan en ik weet dat ze gelijk heeft. Ik ben ook gestoord... Totaal bezeten door haar. Ik heb mijn best gedaan om de intensiteit van mijn verlangen naar haar onder controle te houden, maar dat lukt me niet langer. Ik kan niet langer doen alsof elk moment dat we gescheiden zijn geen marteling is of dat ik haar niet elke keer dat ik haar aanraak, wil verslinden. Mijn behoefte aan haar is duister en gewelddadig; desondanks heb ik mezelf gedwongen om beschaafd te blijven en haar te beminnen in plaats van volledig uiteen te scheuren zodat ik haar binnen en buiten kan bezitten.

Maar het is van meet af aan een verloren strijd geweest en ik geef het op.

Iets van mijn gedachten moet op mijn gezicht leesbaar zijn, want Sara stribbelt tegen als ik de jurk uittrek, waardoor ik haar naakte borsten onthul en tegelijkertijd haar arm tegen haar lichaam pin. Het rood van de jurk tekent zich scherp af tegen haar lichte huid; het haalt het groen in haar ogen naar voren en maakt mijn penis keihard. Ik wil haar. Verdomme, ik wil haar zo graag. De lust die me dag en nacht plaagt is net een ziekte.

Ik laat me op mijn knieën zakken, sla mijn armen om haar heen en houd haar armen in de jurk gevangen terwijl ik een van haar roze tepels in mijn mond neem. Sara schreeuwt het uit en worstelt harder als ik eraan zuig en hem tegen mijn gehemelte duw, maar ik stop niet. Dat kan ik niet. Ze smaakt naar seks en naar perfectie, alsof ze iedere fantasie die ik ooit heb gehad belichaamt. Ik weet niet hoe ik het grootste deel van mijn leven zonder haar heb doorgebracht, want nu ik haar eenmaal heb gehad, wil ik alleen maar meer.

Ik wil alles van haar - en vanavond ga ik het nemen.

'Peter, alsjeblieft...' Ze hijgt en haar buikspieren

trillen als ik mijn aandacht naar de andere borst verplaats. 'Ik... O, God, alsjeblieft...'

Ik plaag haar tepels totdat de hitte in mijn binnenste een laaiend vuur is geworden. Dan ruk ik de jurk naar beneden en laat hem liggen terwijl ik haar achteruit richting het bed duw. Ze valt naar achteren als haar knieën het voeteneind raken, maar ik pak haar vast en draai haar op haar buik. Dan klim ik volledig gekleed op haar.

'Wat ga je...' Ze snakt naar adem als ik mijn riem uit mijn broek ruk, haar ene arm op haar rug draai en de riem om haar pols sla. Dan herhaal ik het proces met de andere pols, intussen haar pogingen haar me af te werpen negerend. Uiteindelijk bind ik beide handen aan elkaar.

'Wat ga je doen? Alsjeblieft, Peter... wat ga je doen?' De woorden klinken gesmoord door de deken. Intussen pak ik een kussen en schuif het onder haar heupen. Maar dat is nog niet voldoende, dus pak ik er nog eentje om haar ronde achterste wat hoger te leggen. Ze worstelt nog steeds, overduidelijk bang. Om te voorkomen dat ze ontsnapt, laat ik het merendeel van mijn gewicht op haar benen rusten en reik dan naar het nachtkastje om het flesje glijmiddel te pakken dat ik daar heb liggen.

Ik rits mijn spijkerbroek los om mijn bonzende erectie te bevrijden en leun op één arm naast haar terwijl ik glijmiddel over haar wiebelende kontje giet en het tussen haar billen laat lopen. Sara snakt naar adem en stribbelt nog harder tegen. Ik leg het glijmiddel weg en steek dan een vinger in haar kutje. Ze is heet en verrukkelijk zacht vanbinnen; het glijmiddel vermengt zich met haar eigen vocht en ik duw een tweede vinger in haar.

Ik neuk haar met mijn vingers en laat mijn duim over haar klit glijden. Al snel word ik beloond door haar hulpeloze gekreun en haar pogingen om te ontsnappen gaan over in schokkende bewegingen om haar genot te verhogen. Ze tilt haar heupen op en schuurt met haar klit tegen mijn duim; ze staat duidelijk op het punt van klaarkomen. Maar ik wil nog niet dat ze komt, dus stop ik en begeleid mijn lul naar haar roze, trillende kutje.

Een natte hitte omgeeft me en haar strakke spieren klemmen me vast als ik haar gezwollen vagina binnendring. Mijn hart bonst hevig en mijn ballen spannen zich als ze om me heen samentrekt en mijn lul melkt. Het is verrukkelijk en al mijn zintuigen komen op scherp te staan, al vervaagt alles om me heen. Zij is het enige dat er nog overblijft: haar geluidjes, de manier waarop haar lichaam me omsluit... Ik ruik haar geilheid aan mijn vingers en breng ze naar haar mond met het bevel: 'Zuig ze schoon.'

Ze doet wat ik vraag; haar snelle kleine tong omcirkelt mijn vingers zodra ik ze in haar mond stoot en ik neuk haar mond af terwijl ik me diep in haar kutje begraaf. Ze snakt gesmoord naar adem als mijn eikel haar baarmoedermond raakt. Ze voelt klein en teer aan onder me. Haar slanke lichaam trilt en haar gebonden handen duwen tegen mijn buik. De wetenschap dat ze volledig aan me overgeleverd is, versterkt mijn lust en mijn behoefte om haar te domineren.

'Zeg me aan wie je toebehoort,' grom ik. Ik trek mijn vingers uit haar mond en veeg ze aan haar kin en hals af. Dan sluit mijn hand zich om haar slanke keel en boort mijn penis zich opnieuw diep in haar, waardoor ze het uitschreeuwt. 'Vertel het me, Sara. Wie bezit je?'

Ze hijgt nu zo snel dat ik de spieren in haar hals naar lucht voel snakken. 'Jij.' De woorden zijn nauwelijks hoorbaar en dat voldoet niet. Bij lange na niet.

Ik laat haar keel los en reik tussen haar benen naar de plek waar haar zijdezachte huid zich om mijn lul spant; haar vocht vermengt zich met het glijmiddel als ik het uitsmeer. Sara hijgt nu nog heftiger en haar kontje komt omhoog als ze nog harder kreunt. Mijn vingers glijden verder naar boven, naar de bleke rondingen van haar billen.

'Peter, wacht. O, God... Peter...' Mijn naam klinkt als een hese kreun als ik haar strakke andere opening vind en mijn vinger naar binnen duw, de weerstand van haar kringspier negerend. Het kost me al mijn wilskracht om rustig aan te doen en haar niet zo hard te nemen als waar mijn lichaam naar verlangt. Ik wil niet dat ze uitscheurt en ik wil haar ook geen pijn doen, ondanks de duistere behoefte die aan me knaagt. Het glijmiddel laat mijn vinger makkelijker naar binnen glijden, maar ze is zo enorm strak dat ik bijna klaarkom als ik me voorstel hoe strak ze rond mijn lul zal aanvoelen.

Ze kreunt uit ongemak, maar ik ga door tot mijn vinger volledig in haar kontje zit en ik mijn eigen lul kan voelen bewegen. Het gevoel is duizelingwekkend intens, haast onwerkelijk. De honger in mijn binnenste wordt aangejaagd en krijgt een duisterder, wilder randje.

Mijn prachtige, gekooide *ptichka*.

Het is tijd dat ik haar volledig de mijne maak.

Hierna zal ze er zeker van zijn dat ze de mijne is.

36

OVERWELDIGD TREKKEN MIJN BEKKENBODEMSPIEREN zich samen bij het gevoel van zijn enorme lul en het branden van die binnengedrongen vinger. Zelfs met grote hoeveelheden glijmiddel ging hij nog niet makkelijk naar binnen. Ik voel me pijnlijk gevuld, geschonden en bezeten. Het kost me de grootste moeite om adem te blijven halen terwijl ik probeer te wennen aan het bizarre gevoel van op twee plaatsen gepenetreerd worden.

Tot mijn opluchting trekt mijn kweller zijn vinger terug... maar dan komt er nog eentje bij. Zijn twee dikke vingers duwen zich langzaam mijn kontje in en rekken mijn strakke kringspier langzaam op, maar het doet pijn en mijn lichaam verzet zich.

'Duwen naar buiten toe, *ptichka*.' Het klinkt als de fluisteringen van de duivel, verleidelijk en beheerst, al bonst zijn lul diep in me. 'Ontspan en laat me erin. Je zult het lekker vinden.'

Hijgend probeer ik te doen wat hij vraagt en verzet me tegen de instinctieve neiging om harder te klemmen. Mijn gebonden handen ballen zich tot vuisten en mijn vingers trillen. Ondanks de brandende pijn is een deel van mij hier nieuwsgierig naar en op een verwrongen manier zelfs opgewonden. Iets aan het ongemak - de manier waarop mijn binnenste verkrampt en brandt, het gevoel gedwongen en geschonden te worden - spreekt die vreemde onderdanige neiging in mij aan, beantwoordt aan de behoefte om gestraft te worden die mijn monster in me heeft opgeroepen.

Als het pijn doet, is het geen verraad.

Als ik geen keuze heb, betekent dat dat ik niet voor mijn vijand gevallen ben.

'Ja, zo, liefste... Ontspan je, diep ademhalen.' Hij heeft nu twee vingers in me, dik en hard. Zijn nagels beschadigen het zachte weefsel. Het is te veel, te overweldigend.... Het gevoel is niet te bevatten. Mijn hart bonst als een gek en mijn ademhaling gaat zo snel dat het voelt alsof ik aan het hyperventileren ben. Alleen zijn stem, die duistere, strelende stem met dat buitenlandse accent, houdt me in het hier en nu.

'Zo, ja, liefste.... Ontspan je.' Zijn vrije hand streelt mijn heup; het eelt schuurt over mijn huid. 'Mijn mooie *ptichka*, zo teer en zo lief... Het voelt zo beter, dat beloof ik je, liefste.' Terwijl hij meer van die lieve woordjes prevelt, begint hij langzaam in me te bewegen. Mijn hartslag versnelt nog meer als mijn klit daardoor tegen de kussen schuurt.

Het genot bouwt zich zo langzaam op dat het gekmakend is. De druk van het kussen is te licht, zijn stoten zijn te zacht. Ik ben me te zeer bewust van de brandende volheid in mijn achterste en ik kreun gefrustreerd. Dan duw ik mijn heupen hoger in een stille smeekbede dat hij me harder en sneller neemt. Ik was op het randje en ook nu ben ik er bijna, maar ik wil meer.

Ik wil dat hij me helemaal neemt en me over het randje stuwt, me meer genot en meer pijn bezorgt.

'Peter, alsjeblieft,' smeek ik, maar dan trekt die perverse schoft zich helemaal terug. Alleen zijn vingers zitten nog in mijn achterste; dan trekt hij ook die terug en blijf ik leeg en verlangend achter, onnoemelijk gefrustreerd en geil.

'Peter,' kreun ik. Dan voel ik hem naast me reiken en wordt er meer koud glijmiddel tussen mijn billen gesmeerd.

'Stil maar,' sust hij me als ik instinctief verstijf bij het gevoel van zijn enorme penis tegen die opening. 'Het komt wel goed, liefste, laat me maar binnen...' Hij zet kracht en de druk op mijn kringspier neemt toe. De brandende pijn verergert. Hij is veel groter en dikker dan zijn vingers en ik kan me niet genoeg ontspannen om hem binnen te laten.

'Peter.' Paniekerig begin ik te worstelen. Mijn

handen rukken aan de riem om mijn polsen. 'Peter, ik denk niet dat het...'

Met een pijnlijk gevoel geeft mijn kringspier hem de ruimte. Een golf van duizeligheid slaat door me heen als hij zich dankzij het glijmiddel een weg naar binnen baant. Het voelt alsof ik gespiesd word, op de wreedste manier overmeesterd. Als hij helemaal in me zit en zijn dikke penis me maximaal uit lijkt te rekken, wil ik niets liever dan tegen hem schreeuwen dat hij moet stoppen. Ik voel me meer gevuld dan ik me ooit kon voorstellen en mijn maag trekt samen. Ik ben misselijk en koud zweet druipt over mijn bevende rug.

Waarom was ik hier zo nieuwsgierig naar?

Hoe kon ik dit willen?

Maar dat deed ik wel, dus zwijg ik en haal oppervlakkig adem tot de pijn vermindert. Peter prevelt opnieuw lieve woordjes, prijst me zelfs, en streelt mijn heupen. Al snel neemt de ergste pijn af. Nog altijd voel ik me extreem vol, maar als hij zijn hand tussen mijn benen naar mijn klit laat glijden, begin ik opnieuw te trillen door een andere opwinding. Het is te veel, dat orgasme dat twee keer niet kwam en die genadeloze binnendringing, het gevoel dat hij is waar geen man ooit is geweest.

'Zo, ja, *ptichka*...' prevelt hij als ik het uitschreeuw omdat hij zacht in mijn klit knijpt. 'Nu mag je ervoor gaan. Laat je gaan.'

Hij begint voorzichtig in me te bewegen en hoewel hij zachtjes doet, voelt iedere stoot alsof mijn lichaam opnieuw opengereten wordt. Het doet pijn en het brandt, maar het kalme ritme verhoogt het bonzende gevoel in mijn kutje. Het is haast hypnotisch, die ritmische stoten en de pijn, de druk op mijn klit en als ik me overgeef aan al die gevoelens, neemt de geile spanning in mijn binnenste toe.

'Kom voor me, Sara,' gromt hij. Dat doe ik, iedere spier in mijn lichaam schokkend. Het genot is schokkend, explosief en zo intens dat ik het uitschreeuw. Als al mijn spieren samentrekken, voelt zijn lul nog groter, maar de pijn verscherpt al het andere dat ik voel en bezorgt me een duister, brandend genot. Hij gromt en dan voel ik hem schokken, mijn kapotte binnenste volpompend met zijn zaad.

Ons gehijg vermengt zich en dan trekt hij zich voorzichtig terug, maakt de riem rond mijn polsen los en verdwijnt in de badkamer. Ik laat mijn trillende armen zakken, maar blijf op de kussens liggen omdat ik te overweldigd ben om op te staan. Na een paar minuten komt Peter met een vochtige handdoek terug. Ik laat hem het overtollige glijmiddel rond mijn pijnlijke anus wegvegen en dan neem ik de handdoek van hem over, die tegen me aan klemmend terwijl ik me op trillende benen naar de badkamer begeef.

Ik moet me wassen. Echt goed wassen.

Peter geeft me een paar minuten en voegt zich dan bij me in de douche.

'Gaat het?' vraagt hij zacht. Zijn brede rug houdt het water tegen. Ik knik blozend. Wat zojuist tussen ons voorgevallen is, is zo intiem en rauw dat ik het gevoel heb ik dat ik letterlijk opengescheurd ben. Ik begrijp niet wat aan deze man dit in mij oproept, waarom dingen die me zouden moeten verafschuwen - zoals het bloed dat ik op de handdoek zag - me juist opwinden.

'Mooi,' prevelt hij. In zijn donkere ogen zie ik een weerspiegeling van mijn eigen verwarring, van die conflicterende behoeften die nergens op slaan. Hoe kan ik van deze man af willen en tegelijkertijd dichter bij hem willen komen? Hoe kan hij van me houden en me toch willen straffen en pijn willen doen?

'Waarom?' vraag ik als hij zijn grote handen om mijn gezicht legt en met zijn duimen over mijn wangen streelt. Ik sla mijn vingers om zijn brede polsen en voel de pezen en botten daar. 'Peter, waarom zijn we zo?'

Hij geeft eerlijk antwoord op mijn vraag. 'Omdat liefde niet altijd mooi en eenvoudig is, *ptichka*,' zegt hij zacht. 'Het is ook niet altijd met wie je verwacht. We hebben onze verlangens niet voor het uitkiezen; we kunnen ze alleen accepteren en vormen tot iets dat we kunnen overleven.'

'Ik...' Mijn stem breekt. 'Ik houd niet van je, Peter. Dat kan ik niet.'

Tot mijn verrassing vormt zich een glimlach om zijn lippen en dan drukt hij een kus op mijn voorhoofd, om me daarna tegen zich aan te drukken.

'Dat kun je wel,' prevelt hij, één hand in mijn nek en de ander strelend op mijn rug. 'Dat kun je en dat zul je. Op een dag zul je stoppen met vechten en dan zul je het zien. Want het is te laat, *ptichka*... jij zit hier net zo diep in als ik.'

DEEL IV

37

Sara

IN DE DRIE WEKEN DIE VOLGEN, DOE IK MIJN UITERSTE best om Peters ongelijk te bewijzen en afstand tussen ons te creëren, maar dat blijkt zinloos te zijn. Iedere keer als ik grenzen tussen ons optrek, breekt hij die even makkelijk weer af. Die perverse band tussen ons groeit, gesteund door een fysieke aantrekkingskracht die zo sterk is dat hij mijn laatste beetje weerstand met gemak verpulvert.

Nu mijn cipier me op alle mogelijke manieren gehad heeft, gebruikt hij mijn lichaam op alle mogelijke manieren. De seks is intenser dan ooit en steeds vaker vergeten we condooms. Ik heb er geen idee van hoe dat kan gebeuren - waarom mijn brein ophoudt met functioneren als hij me aanraakt - en hoe ik zoiets belangrijks kan vergeten. Ik wil geen kind met Peter - de gedachte alleen al! - maar als hij me in zijn armen neemt, denk ik helemaal niet aan zwanger worden.

Tot dusver heb ik geluk had. Ik ben vorige week gewoon ongesteld geworden, maar ik weet beter dan wie ook dat één foutje, één moment van oplettendheid, genoeg kan zijn. Ik weet ook niet zeker of het slordigheid van Peter is. Hij gebruikt condooms als ik hem daaraan weet te herinneren, maar ik heb de morning-afterpil niet meer gekregen.

'Ik heb allerlei medische artikelen erover gelezen en ik wil niet dat je die hormonen binnenkrijgt,' zei hij toen ik hem smeekte meer van die pillen voor me te halen. 'Je zei zelf dat je daar heel gevoelig voor bent en ik ga niet je gezondheid riskeren voor die minieme kans dat je zwanger zou worden.'

Hoezeer ik ook met hem probeerde te redeneren, hem erop wees dat ik gynaecoloog ben en zelf uitstekend in staat om de risico's in te schatten, hij gaf niet toe.

Ik begin te vermoeden dat Peter graag wil dat ik zwanger word - en dat is voor mij de reden om opnieuw op zoek te gaan naar een ontsnappings-mogelijkheid.

DIT KEER NEEM IK DE TIJD OM ELKE STAP ZORGVULDIG TE PLANNEN. Ik ben er vrijwel zeker van dat Peter de waarheid sprak toen hij zei dat de berg omringd is door kliffen, maar op onze trektochten door de bossen heb ik een aantal hellingen gezien die niet zo steil zijn en waar de wortels van de bomen goede houvast bieden. De berg is per auto zeker niet te bereiken en hem beklimmen is zo goed als onmogelijk, maar een trekker die weet wat ze doet, kan waarschijnlijk wel beneden komen.

Tenminste, dat hoop ik.

Ik besluit te beginnen met voorraden aan te leggen en goed op te letten waar ik wat kan vinden. Ik kan ze niet van tevoren verzamelen, maar ik houd goed in de gaten waar welke spullen opgeborgen zijn. Touw, een goed mes, een rugzak, houdbaar voedsel, flessen water... Mentaal houd ik een lijstje bij van alle benodigdheden, zodat ik alles in een paar minuten kan verzamelen als het zover is. Wat helpt, is dat Peter en zijn mannen bijna obsessief netjes zijn. Alles in huis heeft zijn eigen plek, dus ik hoef alleen maar te onthouden waar ik alles kan vinden.

Daarnaast overweeg ik een wapen te stelen. De mannen zijn voorzichtig en houden hun wapens uit mijn zicht, maar ik weet zeker dat ik iets zou kunnen vinden als ik dat echt wilde. Ik heb het alleen nog niet gedaan; ik heb mijn cipiers stuk voor stuk leren kennen en ik kan me niet voorstellen dat ik ze iets aandoe. Het instinct om te genezen zit veel te diep in me. Ik zou onder bepaalde omstandigheden wel de trekker over kunnen halen, bijvoorbeeld als ik in levensgevaar zou zijn, maar deze mannen vormen op die manier geen bedreiging voor me. Integendeel: op hun eigen manier zijn ze heel aardig voor me. En het wapen gebruiken om ze te dwingen me te laten gaan, zou dom zijn; ze zouden me doorhebben en me het zo afnemen.

Ik heb per slot van rekening wel te maken met voormalige elitesoldaten, geen gewone mannen.

Toch voeg ik een wapen op mijn mentale lijstje toe, gewoon voor het geval ik een gelegenheid krijg om er voor ik ontsnap eentje mee te nemen. Ik zou met bluf Peter en zijn mannen niet zover krijgen om te doen wat ik zeg, maar dat geldt niet voor een Japanse boer. Uiteraard zal ik altijd eerst de vriendelijke aanpak kiezen, maar als ik geen toegang krijg tot een telefoon, wil ik best met een pistool zwaaien - ongeladen, dat wel.

Terwijl ik bezig ben met deze voorbereidingen, begin ik ook het weer in de gaten te houden. Nonchalant vraag ik dagelijks naar het weerbericht. Het heeft nog niet gesneeuwd, maar het is al oktober en de winter valt op deze hoogte vroeg in.

Het laatste wat ik wil, is opnieuw in zo'n ijzige storm terechtkomen.

'Ik houd niet van de kou,' mopper ik na een wandeling tegen Peter. 'Vooral niet wanneer de dag op de ene temperatuur begint en het 's avonds ineens twintig graden kouder is.'

'Arme schat,' zegt hij, over mijn armen wrijvend. 'Kom, dan gaan we douchen en dan warm ik je op.'

Ik laat hem me opwarmen met een hete douche en twee orgasmes, maar de volgende dag mopper ik verder over het weer. Dan vindt ook niemand het raar als ik dagelijks naar het weerbericht vraag.

Intussen zijn de jongens bezig met hun eigen plan. Na een lange pauze om hun spoor volledig te laten afkoelen, heeft het team toch weer een nieuwe klus aangenomen: een goedbetaalde, zeer riskante moord op een Turkse politicus.

Ik probeer er maar niet aan te denken, want iedere keer dat ik dat doe, word ik zo zenuwachtig dat ik niet meer kan slapen of eten. Na wat er in Nigeria gebeurd is, laat alleen het woord 'klus' mijn bloeddruk al de hoogte in schieten.

'Waarom moet je dit doen?' vraag ik Peter gefrustreerd als half oktober, de deadline van hun cliënt, nadert. 'Je zei zelf al dat het heel gevaarlijk is voor jullie. Jullie hebben miljoenen gekregen voor de moord op die Nigeriaanse bankier. Dat hebben jullie vast niet nu al uitgegeven.'

'Natuurlijk niet, maar we moeten vooruitkijken,' zegt Peter. 'Naast onze duurdere speeltjes zijn onze hackers ook heel kostbaar, en die hebben we nodig om de autoriteiten te blijven ontlopen - en Henderson te vinden.'

Hoofdschuddend loop ik naar de opnamestudio, zowel om mezelf af te leiden met muziek als om een ruzie te voorkomen. Peter is niet alleen obstinaat over zijn klussen, als het om Henderson gaat, is hij nog veel erger. De man is de laatste op zijn lijst. De enige keer dat ik voorzichtig opperde om de generaal te vergeten en verder te gaan, schoot Peter dat zo resoluut af dat ik het er niet opnieuw over durf te hebben.

'Hij was degene die persoonlijk het bevel gaf de operatie in Daryevo door te zetten,' snauwde mijn cipier, zijn knappe gezicht zo vertrokken van woede dat het onherkenbaar was. 'Hij heeft dit gedaan,' zei hij terwijl hij de telefoon met de foto's van de massamoord onder mijn neus duwde, 'en ik zal niet rusten tot hij en iedereen die hem helpt tussen de wormen ligt de rotten, net als de lichamen van mijn vrouw en zoontje.'

Ik knikte en liet het onderwerp rusten, want hoe graag ik ook net wil doen of het niet zo is, ik begrijp Peters behoefte aan wraak wel degelijk. Ik kan me niet voorstellen dat ik de mensen van wie ik houd op zo'n afschuwelijke manier zou verliezen en ik weet dat dat voor hem nog erger moet zijn geweest. Uit alles wat hij me heeft verteld is wel gebleken dat die paar jaar met Tamila en Pasha de enige jaren waren waarin hij iets van familiegeluk heeft gekend.

Vorige week heeft Peter me voor het eerst iets over zijn zoontje verteld. Hij schrok wakker uit een nachtmerrie over de dood van zijn gezin, bevend en nat van het koude zweet. Hij pakte me vast en neukte me, maar daarna, toen we daar samen lagen, vertelde hij hoeveel hij zijn zoontje mist en hoe pijnlijk het is dat hij er niet meer is.

'Pasha was... leven,' vertelde hij me hees. 'Ik kan het niet uitleggen. Ik heb nog nooit een kind ontmoet dat zo genoot van het bestaan. Vogels, insecten, bomen, de lucht, de rotsen: alles was nieuw en alles was leuk. Hij had zoveel energie. Tamila hield hem nauwelijks bij. Hij maakte haar gek. En auto's...' Zijn krachtige borst rees toen hij diep ademhaalde. 'Hij was dol op auto's. Hij wilde later coureur worden.'

'O, Peter...' Ik legde mijn hand op de zijne. 'Dat klinkt als een prachtig kind.'

'Dat was hij ook,' fluisterde Peter. Hij kneep in mijn hand en de pijn in zijn stem raakte me diep.

Hij mag geobsedeerd door me zijn, mijn cipier rouwt ook nog altijd om het verlies van zijn gezin, de mensen van wie hij echt hield.

38

ALS DE DEADLINE VAN HALF OKTOBER NADERT, VOEREN de jongens de voorbereidingen voor de klus in Turkije op. Ik besluit dat dit mijn kans is.

Als ze hetzelfde doen als vorige keer en één man achterlaten om hier over me te waken, kan ik misschien ongezien wegglippen. Zeker als mijn cipier even afgeleid zal zijn als Yan tijdens de klus in Nigeria is dat een mogelijkheid.

'Dus,' vraag ik Peter nonchalant tijdens een wandeling, 'wat is volgende week het plan? Blijft Yan weer hier?'

Tot mijn verbazing schudt Peter zijn hoofd. 'Dat gaat niet. Niemand blijft hier. De politicus is veel te goed beveiligd; we zijn alle vier nodig als we hem willen pakken.'

Mijn hart begint hoopvol te bonzen. Ik probeer niet al te gretig te klinken als ik zeg: 'Dat is wel logisch. Ik kan prima hier blijven. Er is genoeg te eten en...'

'Nee, *ptichka.*' Peter pakt mijn hand en nestelt die in zijn elleboog. 'Ik laat je hier niet alleen, geen zorgen.'

Ik verberg mijn teleurstelling en kijk hem zo onschuldig mogelijk aan als we verderlopen. 'Waarom? Ik kan niet naar beneden, dus...'

'Precies.' Peter werpt me een sarcastische blik toe. 'Je kunt niet naar beneden, maar dat betekent niet dat je het niet zult willen proberen. Daarbij wil ik niet dat je hier in je eentje vastzit als ons iets zou overkomen.'

'Wat ga je dan met me doen?' vraag ik oprecht verward. 'Neem je me mee?'

'Nee, natuurlijk niet. Yan heeft het wel voorgesteld. Die omhooggevallen eikel wil graag een dokter mee voor het geval er iemand gewond raakt,' zegt Peter met een grimas. 'Nee, ik wacht op bericht van iemand en als ik iets gehoord heb, laat ik je weten wat het plan is.'

'Wat?' Ik frons naar hem. 'Van wie? Waarover?'

'Geen zorgen,' zegt Peter. Hij houdt een tak voor me omhoog. 'Als dit niet werkt, heb ik nog een plan B. Maar plan A is beter, geloof me maar.'

Twee dagen voor de mannen vetrekken, hoor ik wat plan A is.

'Je laat me op Cyprus bij een illegale

wapenhandelaar achter?' Ik staar Peter geschokt aan, totaal vergeten dat ik bezig was met het uittrekken van mijn spijkerbroek. 'En dat is beter dan me hier laten omdat...'

Peter gaat op het bed zitten. 'Omdat zijn vrouw en hij me iets schuldig zijn,' zegt hij terwijl hij zijn shirt uittrekt. 'Als mij iets overkomt, brengen ze jou naar huis. Dat hebben ze me beloofd. Je bent veilig bij hen tot ik je weer kom halen en mocht ik dat om de een of andere reden niet doen... dan mag je zeggen wat je wilt, liefste. Dan heb je je oude leven terug.'

Verbijsterd kleed ik me uit en ga dan in mijn ondergoed naast hem op het bed zitten. 'Maar een crimineel? Hoe weet je of je hem kunt vertrouwen? Stel dat hij dubbel spel speelt? Je zei dat er een prijs op je hoofd staat...'

Peter haalt zijn schouders op en laat zijn blik over mijn bijna-naakte lichaam glijden. 'Lucas Kent is me een gunst schuldig en hij heeft het geld niet nodig. Hij is jarenlang de rechterhand van Julian Esguerra geweest, een machtige wapenhandelaar, en nu is hij diens partner. De prijs op mijn hoofd maakt voor hem geen enkel verschil en ook zou het hem niets opleveren bij de autoriteiten als hij me aan zou geven.'

'O.' Er knaagt iets aan me, iets dat ik me even niet kan herinneren. Maar dan weet ik het weer. 'Hé, is die Kent die wapenhandelaar waar je het wel eens over gehad hebt? Degene die je je lijst bezorgd heeft?'

'Nee, dat was zijn baas, Esguerra,' zegt Peter met een hand op mijn rug. 'Of beter gezegd, Esguerra's vrouw, aangezien Esguerra op dat moment gezworen had me te vermoorden.'

Ik pak hem bij zijn pols voor hij de kans heeft mijn beha los te maken. 'Je vermoorden? Waarom?'

Peter zucht. 'Dat is een lang verhaal, maar het belangrijkste is dat Kent me niet haat en Esguerra wel. Ik heb hem een aantal keer geholpen, zowel toen we nog samenwerkten - want ook ik heb een tijd voor Esguerra gewerkt - en later toen Kent zijn vrouw terug wilde. Hoe dan ook, het enige dat jij hoeft te weten, is dat Kent me een gunst schuldig is.'

'Maar die Esguerra, Kents partner, wil je dood hebben?' Als Peter knikt, vraag ik gefrustreerd: 'Waarom dan?'

'Omdat ik Esguerra's leven heb gered, maar daarbij tegen zijn bevelen in ben gegaan. Om precies te zijn, heb ik daarbij het leven van zijn vrouw in gevaar gebracht, de vrouw die hij me had bevolen te beschermen. Het was op haar verzoek - om precies te zijn kocht ze me om met mijn lijst - maar hij was er toch niet bepaald blij mee.' Met lachwekkend gemak wringt hij zich los en reikt weer naar mijn beha.

Ik geef het op en laat hem begaan. 'Maar zijn vrouw en hij zijn wel in orde?'

Peter haalt opnieuw zijn schouders op, zijn verhitte blik op mijn blote borsten gericht. 'Het ligt eraan hoe je het bekijkt, maar ze hebben het allebei overleefd en zij heeft zich aan de afspraak gehouden door mij mijn lijst te bezorgen.' Zijn stem klinkt hees als hij zegt: 'Je hoeft je geen zorgen te maken over de Esguerra's, *ptichka*. Zij zijn in Colombia, ver van Lucas' landgoed op Cyprus. Jij verblijft die paar dagen die we nodig hebben voor de klus bij Kent en zijn vrouw en dan halen we je op de terugweg op. Voor het geval je het niet wist: Cyprus ligt vlak naast Turkije.' Al pratend neemt hij mijn borsten in zijn handen en masseert ze lichtjes.

'Is dat de reden...' Ik slik als hij zijn duim over mijn tepel laat glijden en een vurige hitte in mijn kern opbloeit. 'Is dat de reden dat je me daarheen brengt? Omdat het handig is?'

'Deels,' antwoordt Peter. Hij kijkt me aan. 'De voornaamste reden is dat Lucas Kent je zal beschermen en ik je weer veilig zal kunnen ophalen.'

Dan neemt hij mijn gezicht tussen zijn handen, kust me vurig en legt me op het bed.

39

Sara is stil en zelfs bijna teruggetrokken te noemen in de twee dagen voorafgaand aan ons vertrek. Yan heeft me verteld hoe gespannen ze was tijdens de klus in Nigeria en hoewel dat me destijds plezier deed, vind ik het nu vervelend dat ik haar zoveel stress bezorg.

Of ze het nu wil toegeven of niet, mijn kleine zangvogeltje geeft om me.

Heel veel, zelfs.

Ik doe mijn best om haar afleiding te bezorgen door haar dagelijks met haar ouders te laten bellen, met haar te gaan wandelen en de liefde met haar te bedrijven. Helaas heb ik daar weinig tijd voor. Er is veel te doen en er zijn heel veel scenario's om door te lopen. De politicus, Deniz Arslan, is eraan gewend een doelwit te zijn en heeft daarom uitstekende beveiliging, even goed als wanneer ik hem zelf geconsulteerd zou hebben. We hebben pas een paar kleine zwakke plekken kunnen ontdekken en zelfs dat zouden valstrikken kunnen zijn.

Dit wordt geen makkelijke klus - wat ook de reden is dat een Oekraïense oligarch ons er vijfentwintig miljoen euro voor betaalt.

De avond voor vertrek kook ik opnieuw uitgebreid, maar ik verbied de jongens het over de gevaren die ons te wachten staan te hebben. We houden het gesprek luchtig en vertellen voornamelijk verhalen over het verleden. Uiteindelijk slaagt Anton erin Sara uit haar schulp te halen door te vertellen hoe we elkaar ontmoet hebben.

'Daar was ik dan, een eenentwintigjarige loser, net nieuw in dat eliteteam, helemaal voorbereid op de ontmoeting met mijn nieuwe leidinggevende,' zegt hij met een grijns. 'Ik nam aan dat hij een doorgewinterde veteraan zou zijn, vol verhalen over Afghanistan en het leven tijdens het communistisch bewind. In plaats daarvan komt er een knul van mijn leeftijd' - hij gebaart naar mij - 'binnenmarcheren en hij begint bevelen uit te delen. Ik dacht dat er een misverstand was, dus zei ik dat hij moest oprotten. Ik eindigde met zijn mes tegen mijn keel.'

Sara snakt naar adem. 'Bedreigde Peter je?'

'Als je het bijna doorsnijden van je halsslagader een bedreiging vindt wel.' Anton lacht en schudt zijn hoofd bij de herinnering. 'Het was goed voor ons. Gaf ons een idee met wat voor man we te maken hadden.'

Sara kijkt me met opengesperde bruine ogen aan. 'Je kreeg al op je eenentwintigste het bevel over een commando?'

Ik knik en slik mijn gepocheerde zalm door. 'Ik had op dat moment al vier jaar ervaring met het opsporen en verhoren van mensen en ik was heel goed in mijn werk.'

'Dat kan ik me wel voorstellen, ja,' zegt Sara droog. Ze werpt een blik op de tweeling en vraagt: 'Begonnen jullie allemaal tegelijk in dat team?'

Yan schudt zijn hoofd. 'Ilya en ik kwamen er pas een paar jaar later bij. Die twee'- hij gebaart naar Anton en mij - 'waren echte professionals, maar we hebben veel bijgeleerd.'

'Alsjeblieft, zeg.' Anton snuift. 'En die keer dat je vast kwam te zitten in die waterput in Grozny dan? Hoe is met een emmer uit die put gered worden iets bijleren?'

Yan haalt zijn schouders op en glimlacht koeltjes. 'Ik kwam een boel te weten over de Tsjetsjeense rebellen vanuit die waterput... en erin duiken was beter dan door die bom aan stukken geblazen worden.'

Sara trekt wit weg en ik werp Yan een kwade blik toe. We zouden het luchtig houden en alle onderwerpen die Sara aan de komende trip zouden doen denken vermijden. Bommen vallen daar zeer zeker ook onder.

Yan beseft zijn fout en stoot zijn broer aan. 'Die gast

hier, die had pas moeite. Weten jullie die hoer nog, die zijn laarzen jatte?'

Ilya bloost terwijl Yan het verhaal door Antons gebulder heen vertelt. Onder de tafel reik ik naar Sara's in spijkerbroek gehulde knie en knijp er geruststellend in. Ze glimlacht naar me en ik voel opnieuw die warme gloed in mijn borst, dat zachte gevoel dat me het idee geeft dat ik echt leef. We worden omringd door mijn teamgenoten, maar we zouden net zo goed alleen kunnen zijn, want ik hoor en zie alleen haar.

Mijn Sara.

Ik houd zoveel van haar dat het pijn doet.

We ronden het diner af met een verrukkelijk toetje en dan neem ik Sara mee naar boven, waar ik haar bemin tot we allebei uitgeput en beurs zijn.

40

Sara

HET VOELT GEK ALS IK MET PETER NAAR DE HELIKOPTER LOOP. Ik ga hier voor het eerst in vierenhalve maand weg. Om de een of andere reden heb ik eerder nog niet uitgerekend hoeveel dagen en weken er verstreken zijn, maar nu besef ik dat Peter al een jaar in mijn leven is. Het is een jaar geleden dat hij inbrak en me martelde om te weten te komen waar George was.

Ik heb mijn familie al vierenhalve maand niet gezien en als ik niet ontsnap, zie ik ze nooit meer.

Tenzij Peter gedood wordt, fluistert een stemmetje in mijn hoofd. Even slaat mijn hart over. De angst om mijn cipier heeft zich permanent in mijn borst gevestigd en lijkt me constant te verstikken. Hoezeer ik mijn best ook doe, ik krijg die angst niet weggeredeneerd.

Ik wil niet vrij zijn.

Tenminste, niet als dat de prijs is die ik ervoor moet betalen.

Ik ben mijn plan niet vergeten, maar gezien de laatste ontwikkelingen is het mijn bedoeling om op Cyprus te ontsnappen. Ik weet niet wat Lucas Kent voor beveiliging heeft, maar het is mogelijk dat hij minder waakzaam is dan Peter en zijn mannen en minder voorzichtig is met me uit de buurt van telefoons en internet houden. Misschien heeft hij er zelfs wel problemen mee dat hij me moet bewaken, al reken ik daar maar niet op.

De mannen in Peters wereld lijken weinig te geven om de vrijheid van een vrouw.

Als de helikopter opstijgt, kijk ik naar ons langzaam verdwijnende huis op de berg. In plaats van hoop voel ik angst. Ik zou blij moeten zijn met deze verandering en de kansen die hij me biedt moeten aangrijpen. Dat ga ik zeker ook doen, maar toch zou ik liever willen dat we niet weggingen.

Ik ben bang voor wat gaat komen.

DITMAAL SLAAP IK NIET TIJDENS DE VLUCHT, WAARDOOR mijn ogen tegen de tijd dat we op een privévliegveldje op Cyprus landen, branden van vermoeidheid en droogte. Peter heeft ook niet geslapen; hij heeft het grootste deel van de afgelopen dertien uur vergaderd met de tweeling, maar toch zien hij en zijn mannen er zo fris als een hoentje uit.

Als ik niet beter wist, zou ik denk dat alle Russen bovenmenselijk zijn.

Het is aangenaam warm als we uit het vliegtuig stappen. Het warme windje voert een vleugje zeelucht mee. Een zwarte limousine staat op ons te wachten en neemt ons mee door een prachtig, dunbevolkt landschap. Af en toe zie ik zelfs een wilde ezel. Toch word ik nerveus van de rit. Niet alleen rijden we links van de weg, zoals in Groot-Brittannië, de wegen zijn ook nog eens smal en kronkelend. Hier en daar passeren we diepe afgronden net naast de weg.

Uiteindelijk gaan we door een automatische poort. Aan het einde van een lange oprijlaan zie ik een huis in Mediterrane stijl, gelegen op een klif en met uitzicht op zee: Kents huis, deelt Peter me mede. Het is groot en prachtig onderhouden, maar lang niet zo opzichtig als ik van een rijke wapenhandelaar verwacht had.

'Laat je niet bedotten door de omvang van het huis,' zegt Peter als ik hem dat vertel. 'Kent houdt niet van inwonend personeel, maar al het land dat je ziet, inclusief het strand onderaan de klif, is van hem en hij heeft zeer uitgebreide beveiliging. Er wordt gepatrouilleerd door tientallen bewakers en meer dan vijftig militaire drones surveilleren het hele gebied. Als Kent had gedacht dat we een bedreiging vormden, hadden we op nog geen kilometer kunnen naderen zonder aan stukken te worden geblazen.'

'O.' Mijn maag trekt samen. Hoewel het hier pas in de namiddag is, is het bewolkt. Dat maakt het idee dat dingen die zo dodelijk zijn ongezien boven ons hangen nog veel angstaanjagender.

'Geen zorgen,' zegt Yan, die blijkbaar weet waar ik aan denk. Hij loopt achter Peter en mij, een tas nonchalant over zijn schouder. 'Als Kent ons dood had willen hebben, liepen we hier niet meer.'

'Bek dicht, idioot,' sist zijn broer met een bezorgde blik op Peter, maar zijn baas luistert niet. Zijn aandacht is gericht op de lange, breedgeschouderde man die de voordeur open heeft gedaan en nu het bordes af loopt.

Ik staar hem aan, gefascineerd door zijn harde trekken en ijzige ogen. Zijn blonde haar is zo kort dat het haast gemillimeterd is en zijn huid is gebronsd. Hij lijkt halverwege de dertig te zijn, net als Peter, en net als mijn cipier moet hij in het leger hebben gezeten. Ik kan het zien aan zijn houding en zijn alerte, indringende blik.

Dit is een man die gewend is aan gevaar.

Nee, besef ik als hij dichterbij komt, een man die geniet van gevaar.

Het is niet alsof iets dat weggeeft - hij draagt een T-shirt en een spijkerbroek en er zijn geen wapens of tatoeages zichtbaar - maar toch ben ik er zeker van. Er is iets aan mannen die veel ervaring hebben met geweld... een soort onbevreesde meedogenloosheid die je bij beschaafde mensen niet voelt. Peter en zijn teamgenoten hebben het en deze man ook.

'Lucas,' begroet Peter hem. Hij blijft staan. 'Goed je te zien.'

De blonde man knikt, zijn glimlach even hard als zijn trekken. 'Sokolov.' Zijn lichte ogen glijden naar mij. 'En jij moet Sara zijn.'

Ik knik voorzichtig. 'Hallo.' Om de een of andere reden had ik geen Amerikaans accent verwacht, maar dat is precies wat ik in Lucas Kents stem hoor als hij Peters teamgenoten begroet.

'Gefeliciteerd met je huwelijk,' zegt Peter als onze gastheer ons naar binnen begeleidt. 'Sorry dat ik geen cadeau heb gestuurd.'

Dat lijkt Kent te amuseren. 'Waarschijnlijk is dat maar beter zo. Esguerra had zichzelf al nauwelijks onder controle.'

'Juist.' Peter grijnst. 'Hij koestert nog altijd wrok tegen je bruid?'

'Je weet hoe hij is,' antwoordt Kent laconiek. Peter schiet in de lach.

'Beter dan de meeste mensen, gok ik. Waar is je vrouw trouwens?'

'In de keuken, genoeg aan het koken om een weeshuis te voeden,' zegt de wapenhandelaar. Voor het eerst klinkt er warmte door in zijn stem. 'Jullie zullen haar zo ontmoeten.'

Ik luister stilletjes als ze verder praten over mensen die ik niet ken en plaatsen waar ik nooit geweest ben. Ik ben benieuwd wat Kent bedoelde toen hij zei dat zijn baas en partner zichzelf nauwelijks onder controle kon houden. Het klinkt alsof Esguerra Kents vrouw niet mag en ik ben benieuwd waarom.

Eenmaal binnen komt ons een hartig aroma van vlees en kruiden tegemoet dat mijn maag aan het rommelen maakt. We hebben wel wat boterhammen gegeten onderweg, maar dat was uren geleden en ik heb honger. Ik denk niet dat mevrouw Kents eten zo lekker zal zijn als Peters verrukkelijke hapjes, maar als het avondeten half zo goed is, ben ik al dolgelukkig.

Peter en zijn mannen gaan meteen na het diner weer weg om vanavond nog een locatie te kunnen verkennen. Lucas wijst Anton en de tweeling een badkamer en brengt Peter en mij dan naar mijn logeerkamer. Als we door de ruime woonkamer lopen, zie ik dat het interieur van Kents huis modern maar verrassend knus is, met banken vol kussens en warm hout afgezet tegen de scherpe lijnen van meubels in Scandinavische stijl. Plafondhoge ramen laten zeeën van licht binnen en bieden een fantastisch uitzicht op de Middellandse Zee. Aan de muren zie ik foto's van een glimlachend stel, zo te zien onze gastheer en een mooie blonde vrouw die zijn vrouw wel zal zijn. Ik zie ook foto's van een tiener, die zoveel op mevrouw Kent lijkt dat hij haar broertje moet zijn.

De knappe vrouw op de foto's lijkt me namelijk niet oud genoeg om zijn moeder te zijn.

'We zijn er,' zegt Kent als we een slaapkamer met en-suite badkamer binnenlopen. Ook hier kijkt het grote raam uit op zee. 'Er liggen handdoeken in de badkamer en het bed is opgemaakt. Als je nog iets nodig hebt, dan kun je dat aan Yulia vragen.'

'Yulia?' vraag ik.

'Mijn vrouw,' legt Kent uit. Peter is naar het raam gelopen. 'Zij weet waar alles is, ik niet.'

'Begrepen,' zeg ik. Het kost me moeite een vlaag humor te onderdrukken. Ik ben er in Japan zo aan gewend geraakt dat Peter en de jongens alle huishoudelijke klussen doen dat ik ben vergeten dat de meeste mannen niet zo zijn. Mijn vader vraagt nog altijd aan mijn moeder waar de ijsschep ligt, en George kon niets anders koken dan barbecueën en een broodje pindakaas smeren.

Bij die herinnering trekt mijn borst samen en betrekt mijn humeur. Opnieuw heb ik mijn overleden echtgenoot met zijn moordenaar vergeleken. Ik doe dat de laatste tijd wel vaker en iedere keer schaam ik me en word ik boos op mezelf. Meestal komt George er niet best vanaf, en dat is niet eerlijk. Wat George en ik hadden, was een gewone relatie, met waardering, respect en een normale dosis aantrekkingskracht. Mijn echtgenoot was niet geobsedeerd door me en ik voelde voor hem nog geen fractie van de tegenstrijdige emoties die Peter in me oproept.

Maar dat was juist iets goeds, houd ik mezelf voor als ik de badkamer in loop om me op te frissen. Wat ik met Peter heb, is te intens en te overweldigend. De dingen die hij wil dat ik doe zijn angstaanjagend - net als mijn onvermogen om hem te weerstaan, ondanks de vreselijke dingen die hij doet. Het idee dat wij samen zouden blijven, is op ieder mogelijk niveau verkeerd. Dat bewezen de foto's aan de muur vandaag wel, mocht ik daar meer bewijs voor nodig gehad hebben. Zelfs onze gastheer, de handelaar in illegale wapens, lijkt gelukkig getrouwd... iets dat Peter en ik nooit zullen kennen.

Ik denk niet dat Lucas Kent ooit zo wreed is geweest om zijn vrouw gevangen te zetten, laat staan haar echtgenoot te doden.

Als ik de badkamer weer uitkom, is Kent verdwenen. Peter zit op het bed op me te wachten. 'Het eten is bijna klaar,' zegt hij. 'Lucas zei dat we zodra jij je omgekleed hebt aan tafel gaan.'

'Oké.' Ik pak de tas die Peter voor me ingepakt heeft en trek mijn kleren uit. Peter loopt intussen de badkamer in. Als hij terug is, heb ik een van mijn mooiere zomerjurkjes aan en draag ik zelfs wat lipgloss - een recente aankoop van Yan die ik snel nog even in mijn tas heb gestoken.

'Ik ben er klaar voor,' zeg ik als Peter met een vreemd intense blik in zijn metaalgrijze ogen op me af komt lopen. 'Laten we gaan, anders...'

Maar voor ik meer kan zeggen, lig ik op het bed, jurk omhoog. Met een harde ruk van Peters vuist scheurt hij de string die ik draag kapot en hij duwt hem opzij. Mijn polsslag schiet omhoog en mijn binnenste knijpt samen van angst en verwachting. Dan leunt Peter over me heen, zijn eikel tegen mijn schaamlippen.

Hij stoot op een ruwe, haast gewelddadige manier in me. Eén grote hand grijpt me bij mijn keel, waardoor ik gedwongen word om mijn rug te krommen. De ander glijdt onder me en vindt mijn klit. Ik ben nog niet nat genoeg en zijn wilde stoten branden; zijn dikke penis voelt als een stormram. Maar dan vinden zijn vingers het juiste ritme en begint zich een bekende spanning in mijn binnenste op te bouwen. Zijn greep op mijn keel maakt het me moeilijk om adem te halen en al mijn zenuwen staan op scherp van de combinatie van pijn en genot. Het gebrek aan zuurstof maakt alles intenser. Het is te veel, te intens, en ik kan alleen maar oppervlakkig door blijven hijgen, mijn handen tot vuisten gebald in de dekens, terwijl hij in me blijft stoten, zo hard dat het voelt alsof ik elk moment uit elkaar kan spatten.

En dan is dat precies wat er gebeurt als een golf van genot me meevoert. Brandend genot raast door iedere spier in mijn lichaam en mijn hart bonst als een malle. Bevend en hijgend zak ik op de matras ineen als Peter mijn hals loslaat. Ik hoor hem kreunen als hij zijn zaad diep in me loost.

Een minuutje lang kan ik niet nadenken, alleen maar zwakjes hijgen. Hij laat me los en stapt achteruit - en dan besef ik wat het vocht op mijn dijen betekent.

Peter heeft weer geen condoom gebruikt.

Ik knijp mijn ogen dicht en vervloek stilletjes mezelf, dan Peter en dan mezelf weer. Iedere andere keer dat we de condooms vergaten, was ik niet vruchtbaar, waardoor er tot dusver ook geen gevolgen zijn geweest. Maar op dit moment zit ik midden in mijn cyclus en heb ik waarschijnlijk zeer binnenkort mijn ovulatie.

'Wil je me een tissue aangeven?' vraag ik stijfjes. Ik heb mijn ogen geopend, maar ik wil me niet bewegen voor het geval het op mijn nieuwe jurk drupt. Ik heb maar een paar verschillende outfits mee en ik wil niet dat ik op de eerste avond al iets vies maak.

Peter loopt naar het nachtkastje en komt terug met een tissue. 'Alsjeblieft,' prevelt hij, het vocht tussen mijn benen opdeppend. Ik graai de tissue uit zijn hand en veeg de rest zelf af. Dan loop ik naar de badkamer. Mijn vagina is gezwollen en beurs en mijn benen trillen, maar het enige waar ik aan kan denken, is dat ik hiervan zwanger kan worden.

Zwanger van Peters kind.

Ik was mezelf zo goed mogelijk, al weet ik dat dat zinloos is. Er is maar één zaadcel nodig en hij heeft er miljoenen in me gespoten. Ik bedwing de behoefte om te gaan huilen, strijk mijn haar glad, bekijk of mijn jurk nog netjes is en loop dan de badkamer weer uit.

'Sara...' Peter staat op van het bed waar hij op was gaan zitten. Zijn kaak staat strak en zijn wenkbrauwen zijn samengetrokken in een frons. Hij pakt me zachtjes bij mijn bovenarmen. '*Ptichka*, gaat het wel met je?'

'Hoe bedoel je?' Ik frons naar hem.

'Heb ik je pijn gedaan?' vraagt hij bezorgd. 'Het was niet mijn bedoeling om je zo hard te nemen. Je zag er zo mooi en sexy uit dat ik...' Hij grimast. 'Om eerlijk te zijn verloor ik mijn zelfbeheersing.'

Mijn wanhoop maakt plaats voor woede en ik voel

een furieuze blos opkomen. Mooi en sexy? Is dat zijn excuus?

'Je verloor je zelfbeheersing?' Ik ruk mijn armen los. 'Echt? En al die andere keren dan dat je dit deed? Verloor je toen ook je zelfbeheersing?'

Zijn zilveren ogen staan berouwvol. 'Ik heb je inderdaad pijn gedaan. Het spijt me, liefste. Het was niet mijn bedoeling om je zo hard te nemen, vanavond niet.'

'Je hebt me geen pijn gedaan!' Mijn handen ballen zich tot vuisten. 'Nou, jawel, maar dat geeft niet. Voor het geval je het niet doorhad: ik kwam ook klaar. Ik heb het nu over het gebrek aan condoom.'

Zijn bezorgde blik verdwijnt en zijn uitdrukking wordt neutraal en beheerst. 'Juist.'

'Wat is er juist?' Ik staar hem aan en kom dichterbij tot we bijna neus aan neus staan. Hij is een kop groter dan ik en heel veel breder, maar ik ben te boos om me daar druk om te maken. 'Geef het gewoon toe,' grom ik. 'Je probeert me zwanger te maken. Dit was niet per ongeluk en al die andere keren dat we een condoom "vergaten" ook niet.'

Heel even ben ik ervan overtuigd dat Peter het zal ontkennen, maar dan pakt hij mijn hand en drukt die tegen zijn borst. Zijn ogen glinsteren als donker glas.

'Ja,' zegt hij zacht. 'Je hebt gelijk, Sara. Ik probeer je inderdaad zwanger te maken.'

41

S*ara*

NIETS AAN KENTS HUIS DRINGT NOG TOT ME DOOR ALS PETER ME NAAR DE EETKAMER BEGELEIDT, en ik merk ook Peters mannen niet op, die zich bij ons voegen en meelopen naar de tafel. Ik heb het veel te druk met het verwerken van Peters bekentenis. Mijn woede vervaagt in een vlaag van verstikkende paniek.

Uiteraard is dit geen totale verrassing. Instinctief wist ik dit al. Mijn ontvoerder heeft al eens eerder toegegeven dat hij een kind met me wil en een man als Peter, die nauwgezet genoeg is om onmogelijke moorden en talloze variabelen daarin te plannen, zou echt geen condoom vergeten. Niet herhaaldelijk, in elk geval.

Ik had gelijk: ik moet hier weg. Als ik niet snel

ontsnap, kom ik misschien nooit meer weg... en dat is echt noodzakelijk. Zo niet voor mezelf, dan wel voor mijn toekomstige kind.

Ik kan geen kind krijgen met een voortvluchtige crimineel, iemand wiens leven doordrenkt is van geweld en gevaar.

'Daar zijn jullie. Ik begon al te denken dat jullie eerst nog een dutje wilden doen.' De knappe blondine van de foto's - Yulia - begroet ons in de eetkamer met een stralende glimlach. In werkelijkheid is ze nog mooier dan op de foto's: onmogelijk lange benen, helderblauwe ogen en een modellengezichtje. Net zoals haar echtgenoot draagt ze een korte spijkerbroek en een licht T-shirt, maar die simpele kleding benadrukt haar natuurlijke schoonheid alleen maar. Ze lijkt me een paar jaar jonger dan ik, ergens begin twintig. Haar lange, slanke lichaam bevat rondingen op precies de juiste plaatsen en haar lichte huid heeft een gouden ondertoon die een prachtig contrast vormt met de witblonde highlights in haar lange, volle haar.

Als ik haar op straat tegen was gekomen, was ik ervan overtuigd geweest dat ze een model of en actrice was.

Als tot me doordringt dat ik haar sta aan te staren alsof ze een beroemdheid is, zet ik alle gedachten aan Peter en een zwangerschap uit mijn hoofd en werp haar een warme glimlach toe. 'Hoi, ik ben Sara. Jij bent vast Yulia.'

Ik heb geen idee wat Kents vrouw van mijn situatie weet, maar als dat weinig is, kan ik haar misschien uitleggen wat er aan de hand is en haar om hulp vragen. Maar eerst moet ik haar leren kennen en erachter komen wat voor iemand ze is.

'Dat klopt.' Nog altijd stralend loopt Yulia of me af en kust me op Europeaanse wijze op mijn wang. 'Leuk om je te ontmoeten.' Dan glimlacht ze naar Peter en zijn mannen. 'Hallo. Aangenaam kennis te maken.'

De mannen stellen zich voor en ik besef dat ook Kents vrouw perfect Amerikaans Engels spreekt, zonder een spoortje van een accent. Maar haar naam doet vermoeden dat ze uit Oost-Europa komt - een vermoeden dat bevestigd wordt wanneer Yan iets in het Russisch zegt en zij met een brede grijns in diezelfde taal antwoordt.

'Yan vroeg of het eten even goed is als in haar restaurants,' vertaalt Peter voor me. 'Yulia heeft drie restaurants en blijkbaar heeft Yan er in Berlijn eentje bezocht.'

'O.' Ik neem mijn eerdere gedachte terug. Misschien is het eten toch net zo lekker als het ruikt. 'Wat gaaf. Gefeliciteerd.'

'Bedankt,' zegt Yulia met een nog bredere lach. 'Het is zwaar werk, maar ik vind het geweldig.'

'Wat vind je geweldig?' Kent komt binnen. Hij loopt op Yulia af, slaat bezitterig een arm om haar middel en trek haar tegen zich aan. Zijn harde gezicht staat uitdrukkingsloos, maar zijn lichte ogen glinsteren vervaarlijk als hij Peter en zijn mannen opneemt. Zijn houding vormt een stille waarschuwing om hun handen - en ogen - van zijn vrouw af te houden.

'Mijn restaurants leiden,' zegt ze, zonder een spoortje angst naar haar grote, gevaarlijk-uitziende echtgenoot lachend. Ze laat haar ene hand over zijn korte haar glijden. 'Yan is in de vestiging in Berlijn geweest en dat beviel hem erg goed.'

'Waarom ook niet?' Kents uitdrukking verzacht zich als hij Yulia aankijkt. 'Jouw recepten zijn geweldig, lieverd.'

Ze bloost en even lijken ze ons te zijn vergeten. De blik die het stel uitwisselt is zo teder en zo intiem dat ik mijn eigen wangen voel gloeien, hoewel tegelijkertijd een bitterzoete pijn in mijn borst opwelt.

Het huwelijk van de Kents is erg gelukkig en daar ben ik jaloers op.

'Eten?' vraagt Anton smekend. Iedereen lacht als een blozende Yulia zich van haar man losmaakt en de keuken in snelt. Onze gastheer gaat achter haar aan, en een minuutje later zijn ze terug met schalen vol heerlijk geurend eten. Peter en ik lopen de keuken in om nog meer te halen. Een paar minuten later zitten we aan een haute cuisine-diner dat beter is dan alles wat Peter tot dusver voor mij gemaakt heeft.

'Kan iedereen in dat stuk van de wereld waar jullie vandaan komen zo koken?' vraag ik verbijsterd. Niet alleen staan er twee verschillende soorten gebraden kip en gemarineerd lamsvlees op tafel, er is ook gerookte vis, vijf soorten salade, bladerdeeghapjes en pannenkoeken met verschillende soorten beleg en zoveel bijgerechtjes en sausjes dat ik alleen maar kan hopen van alles iets te proeven voor ik vol zit. En alles is zo mooi gerangschikt dat elke schaal en bord wel een kunstwerk lijkt.

'Nee, je hebt gewoon geluk met mij. En we hebben allemaal geluk met Yulia,' zegt Peter met een glimlach. Zijn uitdrukking is ontspannen en hij werpt me een warme blik toe. Als hij me niet vijf minuten geleden had verteld dat hij me wil dwingen zwanger te worden, zou het makkelijk zijn geweest om net te doen of we een normaal stel zijn dat een etentje met vrienden heeft.

Iedereen valt aan op het eten en complimenteert Yulia bij iedere hap. Pas als iedereen een flinke hoeveelheid heeft weggewerkt, komt het gesprek op zaken terecht. Peter blijkt behoorlijk wat te weten van de handel in illegale wapens en hij kent ook de belangrijkste mensen in het veld. Ik luister gefascineerd als hij en onze gastheer deals bespreken waarin absurde bedragen van hand tot hand gingen - tot miljarden aan toe.

Ik had er geen idee van dat de wapenhandel zo lucratief was, en ook niet dat mijn eigen overheid erbij betrokken was.

'Hebben jullie ooit een oplossing gevonden voor dat fabricatieprobleem met dat ondetecteerbare explosief?' vraagt Peter terwijl hij een pasteitje met een shiitake-camembertmengsel pakt. Het is een van de populairste gerechten. 'Als ik me het goed herinner, was daar behoorlijk veel vraag naar.'

'Die is er nog steeds, en nee,' antwoordt Kent, terwijl Yulia krab op zijn bord schept. 'De basisstof is zo instabiel dat bij iedere stap in het productieproces twee goedgetrainde scheikundigen de boel moeten overzien. En zelfs als we de productie zouden kunnen opvoeren, zouden de Amerikanen dat nog niet willen. Je kunt je vast wel voorstellen dat zij er heel blij mee zijn iedere hoeveelheid die we weten te produceren op te kopen.'

'Natuurlijk.' Peter pakt nog snel een pasteitje voor de Ivanov-tweeling de hele schaal samen heeft leeggegeten. 'Helpt Frank jullie nog?'

'Hij is een paar maanden geleden met pensioen gegaan,' zegt Kent. Hij pakt Yulia's hand en verstrengelt zijn grote, zongebruinde vingers met haar slanke. 'We hebben een nieuw contact bij de CIA, Jeff Traum. Maar hij is een taaie. Hij haat Esguerra en wil alleen met ons samenwerken omdat het moet.'

'Hoe dat zo?' vraagt Yan geïnteresseerd. 'Hebben jullie hem iets aangedaan?'

Kent haalt zijn schouders op. 'Niet echt. We hebben de Israëli's af en toe om de tuin geleid met valse informatie, dus dat zal wel een rol spelen. En dat gedoe met Novak hielp ook niet.'

Peter trekt zijn wenkbrauwen op. 'De Servische wapenhandelaar?'

'Dat is 'm.' Kent laat Yulia's hand los; zijn mond verstrakt. 'Hij zat ons op zakelijk gebied dwars, dus moesten we terugslaan. Helaas was de CIA bezig met een undercoveroperatie toen we toesloegen, waardoor we een paar van hun agenten naar de andere wereld hielpen. Niet expres, zeker niet. Maar

Traum is nog steeds boos, want die operatie was zijn geesteskindje.'

'Nu je het zegt, daar heb ik iets over gehoord...' zegt Peter bedachtzaam. Hij wendt zich tot Anton en zegt: 'Help me eens. Dat gedoe waar onze hackers het in augustus over hadden, was dat niet in de buurt van Belgrado?'

'Dat klopt,' zegt Anton knikkend. 'Twee opslagdepots vol C-4, vijftien gewapende vrachtwagens en een fabriek in de buurt van dat dorpje. Waren jullie dat, Kent?'

De glimlach van onze gastheer is scherper dan een zwaard. 'Zeker. We moesten Novak laten zien dat we het meenden. Onder onze prijzen gaan zitten is nog tot daaraantoe, maar inbreken in onze Indonesische fabriek en alle medewerkers afslachten? Dat was een brug te ver.'

Vol gefascineerde afschuw luister ik mee en werp dan een blik op Yulia om te zien hoe ze reageert. Kun je wennen aan gesprekken aan de eettafel die over vermoord personeel en opgeblazen fabrieken gaan?

Maar Kents vrouw zit rustig te eten, ogenschijnlijk onverstoord. Ze heeft ofwel geen probleem met haar mans gewelddadige bedrijfsaangelegenheden, of ze is een geweldige actrice. Ik vermoed dat het beide is, waardoor ik me afvraag wat Yulia's achtergrond is. Heeft ze altijd al in de restaurantbusiness gezeten? Zo niet, wat deed ze dan eerst? Waar kent ze haar man van?

Hoe kom je überhaupt een man uit dit wereldje

tegen als je echtgenoot niet toevallig op de wraaklijst van een moordenaar staat?

Nieuwsgierig sta ik op om Yulia te helpen bij het afruimen van de tafel. Ze probeert me ertoe te manen om weer te gaan zitten, maar ik sta erop haar te helpen de spullen in de keuken te zetten. Dan kunnen de mannen dat wat in Belgrado gebeurde verder bespreken. Het is belangrijk dat ik Kents vrouw leer kennen, en niet alleen omdat ik nieuwsgierig ben.

Als ik wil vluchten voor Peter terug is, heb ik haar hulp nodig.

'Waar kom je oorspronkelijk vandaan?' vraag ik als ze een aantal toetjes uit een koelkast haalt die zo groot is dat hij geschikt is voor een restaurant. 'Je Engels is perfect, maar je naam...'

'Is Oekraïens,' zegt ze met een glimlach. 'Hij kan ook voor Russisch doorgaan. In beide landen komt mijn naam veel voor. Als je hem moeilijk uit te spreken vindt, mag je ook gewoon Julia zeggen, het Engelse equivalent.'

Ik glimlach terug en begin vuile borden af te spoelen. 'Ik denk dat je echte naam ook wel moet lukken. *Yu-lee-yah*, toch?'

Ze kijkt me opgewekt aan. 'Precies. Sommige Amerikanen hebben er moeite mee, dus laat ik ze Julia zeggen. Je uitspraak is heel goed, beter dan die van de meeste mensen.'

'Bedankt. Dat mag ook wel, met al dat Russisch dat ik de laatste tijd hoor,' zeg ik terwijl ik de borden in de vaatwasser zet. Ik hoop dat ze doorvraagt, maar Yulia glimlacht alleen en brengt de toetjes naar de eetkamer. Dan komt ze terug om er nog meer te pakken.

Ik krijg helaas geen kans meer om met haar te praten, want ze blijft heen en weer lopen om iedereen bij het toetje van koffie en thee te voorzien. Gefrustreerd ga ik terug naar de tafel, waar de mannen nu in gesprek zijn over Syrië en de aanhoudende onrust in Oekraïne. Ik probeer het gesprek te volgen, maar ze hadden net zo goed Russisch kunnen spreken. Steeds weer komen er namen en plaatsen voorbij die ik niet ken, net als vreemde afkortingen, zoals UUR. Het enige dat me duidelijk wordt, is dat Kents bedrijf goed gedijt door al die onlusten, van kleine rivaliserende drugskartels tot volledige oorlogen tussen landen.

Iedere man aan deze tafel draagt wereldwijd, op welke manier dan ook, bij aan lijden en dood.

Ik zou er inmiddels aan gewend moeten zijn, want ik woon al maanden samen met een team huurmoordenaars. Toch is het verbijsterend om te beseffen hoe normaal dit voor hen is en hoezeer concepten als goed en kwaad voor hen irrelevant zijn. Bij ons schaamden mensen zich als ze niet recycleden of hun gedragen kleren doneerden, laat staan dat ze iets zouden zeggen of doen dat een ander zou kwetsen. De slechte mannen in mijn wereld gingen vreemd, reden met drank op of weigerden op te staan voor zwangere vrouwen. Ze doden niet voor geld en verkopen geen wapens die hele steden weg kunnen vagen.

Dat is een heel andere vorm van slecht.

Maar hoewel ik dat weet, kan ik niet negeren dat het einde van de maaltijd en Peters vertrek steeds dichterbij komen. Gezien de omstandigheden zou het een opluchting moeten zijn dat hij weggaat, maar ik kan de bezorgdheid onder mijn spanning en woede toch niet ontkennen.

Ik ben niet in staat om te stoppen met me zorgen te maken om het monster dat ik zou moeten haten.

Het duurt niet lang of alle toetjes zijn op - voornamelijk door Antons toedoen - en de theepotten zijn leeg. Peter en zijn mannen staan op, bedanken Yulia allerhartelijkst en dan worden Anton en de tweeling naar de deur begeleid door onze gastheer. Yulia verdwijnt de keuken in en voor het eerst sinds zijn onthulling ben ik met Peter alleen.

Hij loopt naar me toe en streelt zachtjes met zijn knokkels over mijn wang. 'Ik moet gaan,' zegt hij zacht. Ik knik en probeer de pijnlijke brok in mijn keel te negeren.

'Oké.' Mijn stem klinkt bijna kalm. 'Succes.'

Wees voorzichtig. Kom bij me terug. Ik heb je nodig. Die bekentenis ligt op het puntje van mijn tong, maar ik zeg niets en bedwing de neiging om hem te omhelzen en te kussen. Dit is geen minnaar die naar de oorlog vertrekt; dit is mijn ontvoerder, mijn cipier. Tegen de tijd dat hij terugkeert, ben ik hopelijk weg. En zo niet, dan staat me een enorme strijd te wachten. Wat Peter wil, me tegen mijn zin in bezwangeren, is erger dan ontvoering of marteling.

Dat zou me de meest basale keus van al ontnemen

en een onschuldig kind deze verwrongen relatie aandoen.

Peter houdt mijn blik vast en ik kan zien dat hij ergens op wacht. Ik heb geen idee waarop, maar als ik zwijgend blijf staan, laat hij zijn hand zakken. Zijn gezicht verstrakt.

'Ik zie je snel weer,' zegt hij grimmig, en hij draait zich om. Ik kijk hem na als hij de kamer uitloopt, mijn hart in duizend stukken.

42

HET IS BIJNA MIDDERNACHT ALS WE OP EEN KLEIN PRIVÉ-vliegveldje in de buurt van Istanboel landen, nog geen acht kilometer van ons doelwits landhuis in een buitenwijk verwijderd. Vannacht willen we het gebied persoonlijk verkennen, want tot dusver hebben we alleen gebruik gemaakt van satelliet- en dronebeelden.

Als alles goed gaat, slaan we over een paar dagen toe.

Omdat het al ochtend is in Japan, zijn we allemaal moe en hebben last van jetlag. Daarom houden we het kort. Anton en Yan rijden rond de afgesloten gemeenschap waar het landhuis ligt, waarbij ze belangrijke oriëntatiepunten noteren en mogelijke ontsnappingsroutes optekenen. Ilya en ik gaan te voet, waarbij we gebruikmaken van de wisseling van de wacht om over het drie meter hoge hek in de buurt van de toegangspoort tot de wijk te klimmen.

De beveiliging hier is er om gewone criminelen te weren, niet voormalige Spetsnaz-moordenaars.

De moeilijkheid zit hem in de beveiliging van het landhuis. Hoewel het huis gewoon het zoveelste huis in een rijke wijk met miljoenenvilla's lijkt, wordt het op alle mogelijke manieren beschermd, van bewegingssensoren tot een klein leger aan bewakers. Lensscanners, gewichtssensoren, stille alarmen, noodgeneratoren voor de generatoren... De beveiliging is werkelijk het beste van het beste, en daar is een reden voor.

Als je dubbel spel speelt met de oligarchen die je aan de macht hebben geholpen, dan weet je dat je je op het ergste moet voorbereiden.

Eenmaal in de beveiligde wijk gaan we naar Arslans villa, waarbij we zorgen uit het zicht van de strategisch geplaatste bewakingscamera's blijven, die zich voornamelijk op kruisingen en op poorten voor de grote, luxueuze huizen bevinden. De buren van ons doelwit zijn andere corrupte politici en Turkse zakenmensen. Zij hebben ook vijanden, maar geen zo machtig als de Oekraïense oligarch die onze cliënt is.

We betreden Arslans grondgebied niet - de camera's zijn daar onmogelijk te ontlopen - maar dat hoeft ook niet. Het kost ons maar een paar minuten om het alarm uit te schakelen in het grote huis aan de andere kant van de straat, dat aan een vastgoedmagnaat die momenteel in Thailand vakantie viert, toebehoort. Zodra de beveiliging uit staat, klimmen we het dak op en zetten een lange-afstandscamera neer, zodat we precies kunnen zien wat er in het huis van ons doelwit gebeurt. Dan doen we hetzelfde bij een huis aan de andere kant van de straat en dan nog twee huizen een blok verder, zodat we een zicht van 360 graden hebben op Arslans huis.

De snelste en veiligste manier om de politicus te doden zou met een snipergeweer zijn. Helaas zijn de ramen van de villa kogelwerend en als ons doelwit in het openbaar verschijnt, wordt hij altijd omringd door bodyguards. De tweede optie zou een autobom zijn, maar hij verandert zeer regelmatig van auto en zonder enig patroon. Daarnaast worden de auto's altijd zwaar bewaakt, zelfs wanneer ze op straat geparkeerd staan. Iedere bezorging aan de deur wordt uitvoerig gecontroleerd, net als iedereen die de villa binnenkomt en verlaat.

Op het eerste gezicht lijkt Arslans beveiliging ondoordringbaar, maar wij weten wel beter. Thuis voelt iedereen zich altijd het veiligst, en dat is een zwakke plek.

Ilya en ik laten de camera's draaien, zoeken een weg naar buiten en begeven ons naar de kruising waar Yan en Anton ons oppikken. De rest van de nacht brengen we door in een huis dat we onder een valse naam gehuurd hebben en stellen een ploegendienst in om de camerabeelden in de gaten te houden.

Yan gaat als eerste, gevolgd door Anton. Ik krijg

daardoor zes uur slaap voor ik aan mijn drie uur camerasurveillance begin. Ilya heeft geluk en mag zelfs negen uur slapen.

Halverwege mijn dienst gebeurt er iets in het huis. Hoewel de gordijnen dicht zijn, is te zien dat het licht in de masterbedroom op de eerste verdieping aangaat. Dan gaat er ook licht beneden aan.

Het huishouden van Arslan begint aan een nieuwe dag.

Hij heeft weinig personeel in dienst: een huishoudster, twee dienstmeisjes en één butler/bodyguard. Zij slapen allemaal beneden, wat ons heel goed uitkomt. De andere vierentwintig bewakers zijn gestationeerd in een aparte aanbouw achter het huis. Om niet al te erg op te vallen, doen zij hun rondes in de straten en de prachtige tuin rondom het huis in kleine groepjes op willekeurige momenten.

Ik schrijf de tijden en patronen van de lichten op de eerste verdieping op. Mensen zijn gewoontedieren, ook als ze hun bewakers de instructie geven zo min mogelijk gewoontes aan te houden.

'Houd een oogje op zijn tijd van vertrek,' zeg ik tegen Ilya als hij me komt aflossen. 'We weten dat hij elke dag op een andere tijd het huis verlaat, maar ik wil weten hoeveel tijd er verstrijkt tussen het aangaan van de lampen en zijn vertrek.'

Ilya knikt en gaat voor de computer zitten. Ik loop naar een van de slaapkamers om een dutje te gaan doen. Mijn hoofd bonst door de spanningshoofdpijn en dus heb ik rust nodig. Ik moet een helder hoofd hebben als we ons plan gaan uitzetten.

Maar zodra ik mijn ogen sluit, denk ik aan Sara en ons ongemakkelijke afscheid. Ik heb geprobeerd daar niet aan te denken en me op mijn werk te richten, maar ik blijf haar gekwetste blik toen ik haar mijn bedoelingen meedeelde zien... Het moment waarop ik bevestigde dat ik de condooms met opzet vergat.

Ik had het tot dat moment zelf nog niet eens beseft. Ik was me er niet bewust van dat ik aan mijn diepste verlangens toegaf tot ik mezelf de woorden hoorde zeggen. Maar ik wist dat het de waarheid was. Het is geen bewust besluit geweest om te proberen haar zwanger te maken, maar het was ook geen slordigheidsfout. Op primitief, instinctief niveau koos ik ervoor haar met mijn zaad te vullen en haar op de meest fundamentele manier de mijne te maken.

De enige keer in mijn leven dat ik oprecht anticonceptie ben vergeten, was vele jaren geleden in Daryevo, toen Tamila me verleidde toen ik nog sliep.

Ik open mijn ogen en staar naar het onbekende plafond. Ondanks Sara's reactie voelt het alsof een gewicht van me is weggenomen. Het is bevrijdend om het slechtste deel van mezelf te omarmen, mijn laatste morele bezwaren te laten gaan. Ik weet niet waarom ik er zolang tegen heb gevochten; waarom ik zolang heb geprobeerd haar liefde te winnen terwijl zij vastbesloten is me te haten.

Het is me nu duidelijk dat Sara wat ik ook doe het

verleden niet kan vergeten... en als dat zo is, kan ze net zo goed nog een reden hebben om me te haten.

Opgelucht sluit ik mijn ogen en dwing mijn spieren zich te ontspannen.

Als ik terugkom, gebruiken we geen condooms meer. Hoe dan ook zal Sara mijn kind baren.

Als ze niet van mij kan houden, zal ze in elk geval van een deel van mij houden.

43

Sara

IK HEB EEN PAAR MINUTEN NODIG OM MEZELF WEER IN de hand te krijgen na Peters vertrek en tegen de tijd dat ik de keuken in loop om met Yulia te praten, is Kent ook terug. Vastberaden brengt hij me naar mijn kamer.

'Tijd dat je wat rust neemt,' zegt hij. Uit de onvermurwbare uitdrukking op zijn gezicht maak ik op dat hij me daar fysiek toe zal dwingen als dat nodig is.

Hij zal me niet helpen, dat is zeker.

'Bedankt voor jullie gastvrijheid,' zeg ik kalm als we bij mijn kamer zijn. Hij knikt met een onleesbare uitdrukking in zijn kille blauwe ogen.

'Welterusten, Sara,' zegt hij. Als hij de deur achter zich dichttrekt, hoor ik het zachte klikje van het slot.

Ik wacht een half minuutje en druk dan de deurklink naar beneden om mijn vermoedens te bevestigen.

Ja hoor, ik zit opgesloten.

Ik haal diep adem om te kalmeren en loop naar het grote raam. Het ziet eruit alsof het onderste deel naar boven kan schuiven, maar hoe hard ik het ook probeer, het dikke glas gaat nergens heen. Het zit ofwel op slot, of het is te zwaar voor mij. Misschien is het kogelvrij glas? Gezien Kents beroep zou dat me niet verbazen.

Hoe dan ook, het raam openen is geen optie.

Dan bekijk ik het kleine raampje in de badkamer. Het bevat hetzelfde dikke glas als het raam in de slaapkamer. Daarnaast is het te klein om doorheen te kruipen en is er zo te zien ook geen manier om het te openen.

Gefrustreerd laat ik de ramen voor wat ze zijn en trek de kast en de ladekast open, op zoek naar een vergeten telefoon of een oude tablet. Het lijkt me niet erg waarschijnlijk, maar thuis liet iedereen zijn elektronica altijd slingeren, dus misschien doen Kent en zijn vrouw dat ook wel. Per slot van rekening is dit hun huis, geen gevangenis.

Tenminste, dat hoop ik.

Het is niet bepaald een verrassing dat er niets te vinden is. De kast en ladekast bevatten precies wat je zou verwachten in een logeerkamer: extra beddengoed en handdoeken, evenals ongeopende toiletartikelen.

Ik voel me steeds vermoeider en wanhopiger, dus

besluit ik te gaan douchen en te doen wat Kent al voorstelde: rust nemen.

Met een beetje geluk kan ik morgen met Yulia praten.

Op dit moment is zij mijn beste, zo niet enige, hoop.

TOT MIJN GROTE TELEURSTELLING ZIE IK YULIA DE VOLGENDE DAG NIET. Ik mag ook mijn kamer niet uit. Kent brengt me zelf mijn eten, een combinatie van kliekjes van gisteren en nieuwe gourmethapjes die ongetwijfeld door zijn vrouw zijn gemaakt. Een uur later komt hij de borden weer ophalen. Ik weet niet of hij me expres bij Yulia uit de buurt houdt of dat het gewoon pech is, maar tegen de avond ben ik het meer dan zat, zowel vanwege frustratie over mijn situatie als een toenemende bezorgdheid om Peter. Ik heb alleen een paar boeken die Kent bij de lunch voor me meenam en dat is bij lange na niet genoeg om me af te leiden van mijn angst om wat Peter en zijn mannen op dit moment moeten doorstaan.

'Heb je iets van ze gehoord? Gaat het goed met ze?' vraag ik Kent als hij me mijn avondeten brengt. De harde wapenhandelaar intimideert me, maar ik ben vastbesloten dat niet te laten blijken.

Ik woon per slot van rekening al maandenlang met vier net zo gevaarlijke criminelen samen.

Mijn vraag lijkt Kent te amuseren. 'Je wilt weten of het goed met ze gaat?'

Ik knik, hoewel ik een blos voel opkomen. Ik snap dat het vreemd overkomt. Gezien Kents behandeling is het duidelijk dat hij weet dat ik hier niet uit vrije wil ben. Toch heb ik liever dat hij denkt dat ik aan het Stockholmsyndroom lijd dan dat ik nog de hele nacht over Peter lig te piekeren.

'Het gaat prima met ze,' zegt Kent terwijl hij het dienblad op de ladekast zet. Zijn gezicht staat opnieuw uitdrukkingsloos, hoewel ik in de ijzige diepten van zijn ogen nog wel iets van humor zie. 'Peter stuurde me een paar uur geleden een berichtje om naar jou te vragen. Voorlopig zijn ze bezig met verkenning en informatie vergaren, dus vannacht zullen ze niet toeslaan. Je kunt rustig gaan slapen.'

Opgelucht laat ik mijn adem ontsnappen. 'Bedankt.'

Hij knikt en draait zich om. Dan besluit ik de gok te wagen. 'Wacht, Lucas. Waar is Yulia? Ik heb haar de hele dag nog niet gezien en ik wilde haar bedanken voor de heerlijke maaltijden.'

Hij kijkt me onbeweeglijk aan. 'Ik zal het tegen haar zeggen.'

Dit is duidelijk een teken dat ik een brave gevangene moet zijn en het moet laten gaan, maar zo makkelijk geef ik het niet op. 'Ik zou het liever persoonlijk zeggen, als dat kan.' Ik vorm mijn mond tot een licht beschaamde glimlach. 'Heeft ze het heel druk? Ik wilde haar iets vragen... over vrouwendingen, weet je...'

'Juist.' Kent kijkt me opnieuw geamuseerd aan. 'Yulia zei dat tampons en andere vrouwenspullen in het kastje onder de wastafel liggen.'

'Dat is het niet,' zeg ik snel, hoewel ik daar inderdaad naar hintte. 'Het gaat om iets anders.'

Hij trekt zijn wenkbrauwen op. 'O? Wat dan?'

Verdraaid. Ik hoopte dat hij net zoals andere mannen was en zich ongemakkelijk zou voelen bij het bespreken van de functies van het vrouwenlichaam. Ik denk snel na en zeg dan: 'Het gaat om een crèmepje voor iets. Maar dat geeft niet, het trekt uit zichzelf wel weer weg.'

Zijn uitdrukking blijft gelijk. 'Vertel me welke crème het is, dan kijk ik of we die kunnen krijgen.'

'Canesten,' zeg ik, hem recht aankijkend terwijl ik een bekend merk voor een middel tegen vaginale schimmelinfecties noem. 'De stofnaam is miconazol. Het is voor...'

'Vaginale schimmelinfecties. Dat weet ik.' Hij lijkt zich niet in het minst ongemakkelijk te voelen. 'We zullen het voor je halen.'

Het kost me moeite om niet te knarsetanden. 'Oké, bedankt.'

Hij is inderdaad vastbesloten me bij Yulia uit de buurt te houden... en daardoor wil ik nog liever met haar praten.

～

DE VOLGENDE DAG IS NIET ANDERS: IK ZIT DE HELE DAG op mijn kamer opgesloten. Het enige verschil is dat Kent me uit zichzelf een update over Peter geeft als hij het avondeten komt brengen.

'Ze zijn van plan overmorgen in de ochtend toe te slaan,' zegt hij terwijl hij het dienblad met eten op de ladekast zet. 'Ik laat het je weten als er iets verandert.'

Ik kijk de wapenhandelaar somber aan. 'Oké, bedankt.'

Het voelt alsof een heel langzaam bewegend zwaard van Damocles boven mijn hoofd hangt. Ik vrees voor de uitkomst van de operatie in Turkije. Als er iets misgaat, verlies ik Peter en krijg ik mijn oude leven terug. Maar als hij ongedeerd terugkeert, zal ik voorgoed aan hem gebonden worden door een kind dat hij me op zal dringen.

De enige oplossing is te ontsnappen voor Peter terug is, en dat lijkt me niet mogelijk nu ik hier nog veel duidelijker een gevangene ben dan ik in Japan was.

Kent vertrekt en ik werk mijn avondeten naar binnen zonder op de smaak van het verrukkelijke eten te letten. Op het dienblad, tussen de gerechten, ligt de tube crème waar ik om vroeg... en die ik alleen nodig had als excuus om met Yulia te praten. Nu er twee dagen zijn verstreken, ben ik er nog meer van overtuigd dat de blondine me zou kunnen helpen als ik mijn volledige situatie aan haar uit zou kunnen leggen.

Als ik klaar ben met eten, bestudeer ik de crème, ongeïnteresseerd opmerkend dat de verpakking er iets anders uitziet dan ik gewend ben in de VS. Dat is uiteraard niet vreemd. Dit is Europa. De Japanse morning-afterpil zag er ook heel anders uit.

De morning-afterpil...

Ik snak naar adem en spring vol opwinding op. Ik weet niet waarom ik er niet eerder aan dacht, maar als Kent deze crème voor me wilde halen, wil hij vast ook wel iets anders halen - zoals die pil die ik zo hard nodig heb.

Het liefst zou ik naar de deur hollen en erop bonzen tot mijn cipier komt, zodat ik mijn plan meteen kan uitvoeren. Maar dat zou niet slim zijn. Als ik te gretig ben, kan Kent achterdochtig worden en misschien zelfs contact opnemen met Peter.

Ik haal diep adem om te kalmeren en dwing mezelf te wachten tot Kent het dienblad op komt halen. Als ik wil dat dit plan slaagt, moet ik slim te werk gaan.

Ik moet doen alsof dit weer een plan is om met Yulia te praten.

Het lijkt een eeuwigheid te duren, maar op de klok zie ik dat er pas een uur is verstreken als Kent de deur opent en ik mijn plan ten uitvoer kan brengen.

'Zeg,' vraag ik nonchalant als hij binnenkomt, 'heeft Yulia het nog steeds zo druk? Ik wil echt graag met haar praten.'

De wapenhandelaar kijkt me koeltjes aan. 'Waarom? Weer een vrouwending?'

Ik probeer beschaamd te kijken. 'Ja, eigenlijk wel. Sorry dat ik het gisteren niet zei, maar ik heb het echt nodig.'

'Wat is het dan?'

'Norlevo.' Ik kijk hem zo onschuldig mogelijk aan. 'Weet je wat dat is? Er zijn ook andere merken, zoals EllaOne, Levodonna...'

'Oké. Je krijgt hem snel van me.'

Hij pakt vlot het dienblad en loopt de deur weer uit.

S ara

DIE NACHT LIG IK TE WOELEN, GEKWELD DOOR ANGST OM Peters klus en het besef dat ondanks mijn kleine overwinning de morning-afterpil het onvermijdelijke alleen maar uitstelt. Iedere keer als ik in slaap val, schiet ik met bonzend hart wakker alsof ik een paniekaanval heb. Het doet me denken aan de eerste maanden na Peters aanval in de keuken, toen de nachtmerries over waterboarden een meedogenloze mannen met grijze ogen iedere nacht terugkwamen.

Uiteindelijk geef ik het idee van slapen op en ga naar het toilet. Het slaat nergens op, maar wat ik het liefste wil, is Peter. Ik wil zijn warmte voelen en vastgehouden worden door zijn sterke armen. Ik wil dat hij me met die zware stem van hem 'ptichka' noemt en me vertelt hoeveel hij van me houdt.

Ik mis mijn kweller en verlang met elke vezel in mijn lichaam naar hem, hoewel ik zijn terugkeer vrees.

Ik loop naar de wastafel, doe het licht aan en staar in de spiegel naar mijn bleke gezicht. Mijn ogen zijn bloeddoorlopen en hebben donkere kringen. Mijn haar is een bende. Als Peter me nu zou zien, zou hij me vast niet zo graag willen.

Tenminste, als ik ervan uitga dat mijn uiterlijk de reden is dat hij geobsedeerd is door me, wat een nogal vergezochte en niet bijzonder aanname is. Ik weet dat ik niet lelijk ben, maar ik ben lang niet zo mooi als iemand als Yulia. Nee, wat Peter ook aantrekkelijk aan me vindt - en andersom ook - het gaat verder dan het uiterlijk. Ik weet dat en hij weet dat ook. Iets in ons laat ons als een potje en een dekseltje bij elkaar passen, iets duisters en behoeftigs dat onze fouten benadrukt.

Ik wil net de kraan aanzetten om mijn gezicht te wassen, als ik iets hoor.

Ik verstijf en luister goed. Dan hoor ik het opnieuw.

Een hese kreun van een vrouw, gevolgd door een gesmoord gegrom van een man.

Mijn gezicht begint te gloeien als ik besef wat ik hoor.

De badkamer moet recht onder Lucas en Yulia's slaapkamer liggen en de airconditioning verbindt de twee verdiepingen.

Ik zou terug naar bed moeten gaan en ze hun privacy gunnen, maar mijn benen weigeren te bewegen. Eerlijk gezicht is dit vermakelijker dan de thrillers die Kent me bracht. Blozend en met het gevoel dat ik een viezerik ben, luister ik naar de geluiden van boven, die in volume toenemen en uiteindelijk een overduidelijke climax bereiken.

Als het weer stil is, zet ik met bevende handen de kraan aan en gooi water in mijn verhitte gezicht. Dit was geen goed idee. Niet alleen omdat ik de privacy van mijn gastheer en -vrouw, en cipiers, heb geschonden, maar ook omdat ik nu zo geil ben dat ik onmogelijk kan slapen. Mijn tepels zijn hard en het is vochtig tussen mijn benen.

Nu mis ik Peter meer dan ooit.

Met een stille grom loop ik terug naar het bed. Ik kan inderdaad de slaap niet vatten, dus laat ik een hand onder de dekens glijden en, denkend aan Peter, speel ik met mezelf tot ik klaarkom.

Ondanks mijn slechte nacht ben ik de volgende ochtend vroeg wakker. Als ik mijn tanden ga poetsen, hoor ik boven voetstappen en dan stemmen.

Het klinkt alsof de Kents ruzie hebben.

Nieuwsgierig leg ik de tandenborstel neer om beter te kunnen luisteren.

Eerst klinken hun stemmen nog gesmoord, alsof ze aan de andere kant van de kamer zijn, maar dan komen ze dichter bij het luchtkanaal. Mijn hartslag versnelt als ik besef waar de ruzie over gaat.

Over mij.

'Hoe weet je dat zo zeker?' vraagt Yulia boos. 'Ze is de weduwe van zijn vijand. Hij heeft haar echtgenoot gedood en haar ontvoerd. Hoe is dat geen mishandeling? Hij heeft haar op z'n minst haar keuzes en carrière ontnomen. Die vrouw is een arts. Een arts, Lucas. Zij is niet zoals jij en ik. Ze heeft nooit deel uitgemaakt van deze wereld...'

'En nu doet ze dat wel,' onderbreekt Kent haar met kille stem. 'Het gaat ons niets aan. Ik ben hem een gunst schuldig en dat is zij.'

'Zíj is een mens, geen gunst. Laat me met haar praten en erachter komen of hij haar slecht behandelt...'

'Waarom? Wat wil je doen? Haar helpen ontsnappen en op zijn lijst terechtkomen? Je weet wat voor doelwitten zijn team tegenwoordig uitschakelt. We hebben dat na dat gedoe met Novak echt niet nodig.'

'Nee, natuurlijk niet.' Yulia klinkt gefrustreerd. 'Maar ze is een onschuldige burger, Lucas, en ze is hier te gast. Ik wil dat je er zeker van bent dat ze hem wel echt wil, anders kan ik niet met mezelf leven. Dat begrijp je toch wel?'

Haar man is even stil en ik bijt met bonzend hart op mijn duim als ik op zijn antwoord wacht. Ik had gelijk: Yulia heeft inderdaad medelijden met me.

'Ja, ik begrijp het,' zegt hij uiteindelijk. 'Maar ik kan niets doen. Ik ga jouw leven niet riskeren voor die vrouw.'

'Maar...'

'Niets maar. Sokolov vroeg me haar te beschermen en dat is precies wat ik doe.'

'Lucas...' Yulia's stem wordt zachter en verleidelijker. 'Laat me gewoon met haar praten. Meer vraag ik niet. Ik zal niets doen zonder het met jou te overleggen. Ik ben niet dom en ik wil Peter niet tegen me hebben. Maar ik wil zeker weten dat ze in orde is en haar geruststellen als ze bang is. Dat kan toch geen kwaad? Gewoon een gesprekje?'

Er komt geen antwoord, al hoor ik geritsel en dan iets metaligs op de grond kletteren. Een gesp?

'Yulia...' Kents stem wordt hees. 'Lieverd, je hoeft niet... O, Jezus. Lieve hemel...' Hij gromt en ik bloos als ik besef wat ik hoor.

Opnieuw voel ik me een perverseling, maar ik blijf zwijgend luisteren - om te horen of ze het misschien nog over me gaan hebben, houd ik mezelf voor. Als ik na tien minuten nog alleen seksgeluiden hoor, poets ik mijn tanden en loop terug naar mijn slaapkamer.

Misschien slaagt Yulia's tactiek om haar man over te halen wel en dan kan ik hopelijk een oplossing vinden.

Nu heb ik in ieder geval echte hoop.

*P*eter

D E   DAG VOOR WE TOESLAAN , NEMEN WE VERSCHILLENDE
versies van het plan door, berekenen de kans op succes
en verzinnen oplossingen voor mogelijke problemen.
Het is een riskant plan, maar er is een goede kans op
succes - mits we het goed timen.

Tegen de avond zijn we er helemaal klaar voor en
dat is maar goed ook, want onze cliënt, de Oekraïense
oligarch, wordt ongeduldig. Over twee dagen moet
Arslan stemmen op een wetsvoorstel dat de zaken van
onze cliënt in Turkije zo ongeveer zal decimeren, dus
moeten we voor die tijd toeslaan.

Als ik mijn laptop dichtdoe om nog een paar uur te
slapen voor het mijn beurt is de camera's in de gaten te

houden, roept Anton me op ongebruikelijk opgewonden toon.

'Kijk eens,' zegt hij. Adrenaline raast door me heen als ik een e-mail van onze hackers zie.

Snel lees ik het, een woeste grijns op mijn gezicht.

Mijn tegenstander heeft eindelijk een fout gemaakt.

De vrouw van Walter Henderson III, Bonnie, was bij een wijnproeverij in Marlborough, Nieuw-Zeeland, is gebleken uit een foto op Instagram, geplaatst door de nietsvermoedende eigenaar van de wijngaard. Het gezichtsherkenningsprogramma van de hackers had de foto binnen een paar uur gevonden.

'Maak je klaar,' zegt ik tegen Anton en de tweeling als ik alles gelezen heb. 'Als we hier morgen klaar zijn, gaan we naar Nieuw-Zeeland.'

'En Sara?' vraagt Ilya. 'Laat je haar bij Kent?'

Ik aarzel even en schud dan mijn hoofd. 'Nee.' Ik kan geen dag langer zonder haar. 'Ze gaat mee.'

En voor ik ga slapen, bel ik Lucas om te horen hoe het met haar gaat.

Ik breng de dag door met ijsberen door mijn kamer.
Ieder uur neemt mijn spanning toe. Tegen het
avondeten ben ik zo ongeveer gillend gek.

Over minder dan twaalf uur zal Peters gevaarlijke
missie beginnen en Yulia is nog steeds niet bij me langs
geweest. Ook heeft haar man me de beloofde pil nog
niet gebracht.

'Later vandaag,' beloofde hij me toen hij me lunch
bracht. 'Misschien morgen.'

Morgen is het te laat, maar dat zei ik niet. Ik wil
niet dat mijn cipier weet dat ik die pil echt nodig heb.
In het ergste geval kan ik hem verbergen voor het geval
dat ik hem in de toekomst nog nodig heb en dan moet
ik maar hopen dat ik deze maand niet zo vruchtbaar

was.

Een zacht klopje haalt me uit mijn gedachten.

'Sara?' vraagt een vrouwenstem. 'Mag ik binnenkomen?'

Mijn hartslag schiet omhoog van vreugde. 'Ja! Kom alsjeblieft binnen.'

De deur gaat open en Yulia komt achteruit binnen, een zwaar dienblad vol eten in haar handen.

'Kom hier, ik help je wel.' Ik snel op haar af en ben nauwelijks in staat mijn opwinding te verbergen als ik haar help het dienblad op de ladekast te zetten.

Ze glimlacht naar me. 'Bedankt. Hoe bevalt je verblijf tot dusver?'

'Goed,' zeg ik stralend. 'En het eten is verrukkelijk. Ontzettend bedankt.'

Yulia's blauwe ogen stralen. 'Graag gedaan. En de rest? Heb je alles wat je nodig hebt? Lucas zei dat je om medicijnen vroeg...'

Ik knik en besluit in het diepe te springen. Als Peter morgen terugkomt, is er geen tijd te verliezen. En ik weet al dat Yulia aan mijn kant staat. 'Ik heb de morning-afterpil nodig,' zeg ik onomwonden. 'Vandaag is de laatste dag dat hij effectief is.'

Haar mooie mond vormt zich tot een verbaasde O. 'O. Wauw. Daar heeft Lucas niets over gezegd. Hij heeft een van zijn bewakers vandaag het dorp in gestuurd een paar dingen te halen, maar er was iets aan de hand en dat ging niet helemaal goed. Ik zal voor je kijken of hij hem alsnog heeft meegenomen, goed?'

'Wacht.' Ik pak Yulia's slanke arm vast als ze weg wil lopen. 'Alsjeblieft. Ik heb je hulp nodig.'

Haar gezicht wordt uitdrukkingsloos. 'Hoe bedoel je?'

Ik laat mijn hand zakken. 'Ik moet hier weg. Nu meteen. Vannacht nog. Voor Peter terugkomt. Alsjeblieft, het is heel belangrijk. Ik ben zijn vriendin niet, ik ben zijn gevangene. Hij heeft me ontvoerd en nu wil hij...'

'Wacht, Sara. Alsjeblieft.' Ze steekt een smekende hand op. Hoewel ze kalm lijkt, kan ik haar spanning voelen. Ze moet geen openlijke smeekbede om hulp verwacht hebben. 'Misbruikt hij je? Heeft hij je pijn gedaan?' vraagt ze voorzichtig.

'Hij heeft me gesneden met een mes en me gewaterboard,' zeg ik. Bij het zien van de afschuw op Yulia's gezicht voel ik me meteen schuldig. Ik zou er waarschijnlijk bij moeten zeggen dat dat gebeurd is voor we deze relatie, als ik het zo wil noemen, kregen. Maar als ik haar hulp wil, moet ik mijn gevangenschap niet al te rooskleurig afschilderen.

Yulia lijkt vriendelijk en meelevend, maar ik mag niet vergeten dat ze de vrouw van een wapenhandelaar is en dus waarschijnlijk goed en kwaad anders ziet dan de meeste mensen.

'Hij wil me ook dwingen zwanger te worden,' zeg ik, vastbesloten zo duidelijk mogelijk te zijn nu ze van haar stuk gebracht is. 'Daarom heb ik die morning-afterpil vandaag nog nodig. Over een paar uur zijn die zesendertig uur verstreken. Niet dat die pil echt helpt als ik hier nog ben als Peter terugkomt. Hij zal met me doen wat hij wil en niemand zal hem tegenhouden. Alsjeblieft, Yulia...' Ik pak haar opnieuw bij haar arm. 'Je hoeft me niet eens te helpen. Laat me één telefoontje plegen of één e-mail versturen. Niemand zal weten dat jij het was. Alsjeblieft.'

Bij mijn woorden trekt ze nog witter weg en ik voel me echt schuldig. Ik begrijp dat ik haar in een onmogelijke positie plaats. Hoewel ze bereid is het dodelijke bedrijf van haar man te accepteren, is Yulia niet zoals hij... of in ieder geval bezit ze genoeg empathie om zichzelf in mijn schoenen te kunnen verplaatsen. Tegelijkertijd weet ze hoe gevaarlijk Peter is en wat ze op het spel zet als ze hem dwarsboomt.

'Ga je...' Ze schraapt haar keel. 'Ga je ook wel eens uit vrije wil met hem naar bed? Die eerste avond kon ik bij het avondeten spanning tussen jullie voelen, maar de manier waarop hij naar je keek... En jouw blik toen je afscheid nam... Ik liep de keuken in en uit, maar ik dacht dat ik zag dat je... Heb ik dat verkeerd gezien? Mishandelt hij je? Dwingt hij je iedere keer?'

Mijn gezicht begint te gloeien van schaamte bij die intieme vraag. Ik laat mijn hand weer zakken. 'Dat is niet... Ik bedoel, hij heeft me ontvoerd. Wat denk je zelf?'

Tot mijn verrassing kijkt ze me ongemakkelijk aan. 'Ik denk dat het soms niet zo eenvoudig ligt,' zegt ze dan. 'Niet iedere relatie verloopt op dezelfde manier en er zijn momenten waarop...' Ze zwijgt abrupt, alsof ze zich bedacht heeft.

Fronsend staar ik haar aan. Ik voel dat hier meer achter zit, maar daar heb ik nu geen tijd voor. Ik moet haar overhalen me te helpen voor het te laat is.

'Alsjeblieft, Yulia,' zeg ik. 'Dit is mijn enige kans. Jíj bent mijn enige kans. Als ik hier nog ben als hij terugkomt, zal ik mijn ouders nooit meer terugzien en nooit meer de controle over mijn eigen leven hebben. Alsjeblieft. Ik weet dat je mijn situatie begrijpt. Peter Sokolov heeft mij gemarteld en mijn man vermoord. Hij heeft me gestalkt en ontvoerd en houdt me nu al bijna vijf maanden gevangen. Ik moet hier weg voor hij terug is en het enige dat je hoeft toe doen, is me een telefoon lenen. Heel even maar. Dan neem ik contact op met de FBI en...'

'En dan hebben we iedere politie- en inlichtingendienst hier op de stoep staan,' zegt Kent, die zonder te kloppen de deur openduwt. Zijn vierkante kaak staat strak van woede en zijn bleke ogen zijn tot spleetjes geknepen. Hij loopt de kamer door en pakt Yulia's hand zo hard vast dat zijn knokkels wit worden. 'Kom mee,' gromt hij tegen zijn vrouw. Met toenemende wanhoop kijk ik toe als hij haar de kamer uit sleurt.

'Sorry,' vormt ze met haar mond voor hij de deur dichtslaat. Die valt in het slot en ik weet dat het voorbij is.

Mijn enige kans om te ontsnappen is verdwenen.

〜

TWEE UUR LANG LIG IK TE HUILEN VOOR IK UITEINDELIJK IN SLAAP VAL… en van de ene nachtmerrie in de andere rol. Ik heb geen idee waarom het nu weer gebeurt, maar bevend en trillend schrik ik wakker uit een levendige nachtmerrie waarin ik in mijn keuken verdrink. Slaap is de rest van de nacht geen optie meer.

Ik gooi de deken van me af en zwaai mijn benen uit bed om op te staan, maar dan klikt het slot en zwaait de deur zachtjes open.

Geschrokken grijp ik de deken om mezelf te bedekken, maar er komt niemand binnen.

Ik wikkel de deken om me heen en snel naar de deur. Aan het einde van de gang zie ik een lange, slanke gedaante de hoek om gaan. Haar blonde haar glanst als een baken in het maanlicht.

Yulia.

Ze is me komen helpen.

Ik heb geen idee hoe ze langs haar echtgenoot heeft weten te komen, maar ik ga geen tijd verspillen met daar over na te denken. Snel trek ik een jurkje en een paar platte sandaaltjes aan. Dan sluip ik de gang in en begeef me naar de keuken.

Ik moet een telefoon of een computer vinden, iets waarmee ik contact op kan nemen met de buitenwereld.

'Hier.' Een setje sleutels wordt in mijn hand geduwd en ik moet een gil onderdrukken als Yulia ineens opduikt, ogenschijnlijk vanuit de muur rechts van me. Het maanlicht dat door de grote ramen valt, laat haar bijna buitenaards mooi lijken. 'De Mercedes staat buiten,' fluistert ze snel, voor ik me hersteld heb. 'Ik heb het alarm om het hek uitgezet, de poort geopend en de drones in de richting van het strand gestuurd. Je hebt tien minuten, begrepen? Zeven kilometer naar het zuidwesten is een benzinestation. Daar moet je heen voor een telefoon.'

Ik knik met bonzend hart en grijp de sleutels stevig vast. 'Bedankt. Heel erg bedankt.'

'Snel.' Met een bezorgde blik over haar schouder geeft Yulia me een zetje in de richting van de voordeur. Ik aarzel geen seconde.

Met de sleutels in mijn hand hol ik het huis uit en spring in de auto.

*P*eter

'NOG VIJF MINUTEN,' FLUISTER IK IN MIJN oortelefoontje. 'Bereid je voor.'

Precies twintig minuten geleden zijn de lichten in Arslans huis aangegaan. Dat betekent dat ons doelwit binnen vijf tot tien minuten vanaf nu zijn huis uit zal komen en in zijn kogelwerende wagen zal stappen. Zoals gehoopt is hij inderdaad een gewoontedier: zijn routine is bijna elke werkdag hetzelfde. De tijd waarop hij zijn huis verlaat, verschilt, net als de route die hij naar zijn werk neemt en waar zijn bodyguards zijn wagen parkeren, maar dit gedeelte van de dag - de tijd waarin hij thuis ontbijt, zich veilig voelend - is volkomen voorspelbaar.

Over een paar minuten is hij heel even buiten met zijn bodyguards, en dan slaan we toe.

'De raketwerper is geladen en Ilya heeft de auto op stand-by staan,' meldt Yan. Hij bevindt zich op het dak van het huis tegenover het huis waar Anton en ik zijn.

'Mooi.' Ik kijk naar Anton, die op zijn buik naast me ligt en door het vizier van zijn snipergeweer tuurt. 'Klaar?'

Hij knikt zonder zijn blik van zijn doelwit te halen. 'Ik mik op het hoofd voor het geval ze kogelwerende vesten dragen.'

'Mooi.' Ik stel het vizier van mijn eigen M10-geweer bij. Schoten door het hoofd zijn lastig, zeker wanneer je doelwitten gaan bewegen, maar het is wel de beste manier om ervoor te zorgen dat een professional ook echt dood blijft.

Tegenwoordig wordt kogelwerende kleding veel te vaak verborgen onder gewone kleding.

De seconden lijken voorbij te kruipen. Het is makkelijk om op dit soort momenten ongeduldig te worden, dus concentreer ik me op het reguleren van mijn ademhaling en ervoor te zorgen dat niets mijn zicht verspert.

Deze klus is te belangrijk om te verkloten.

Ineens moet ik aan Sara denken. Ik vraag me af wat ze doet. Slaapt ze nog of is ze al wakker? Hoe opwindend dit ook is - en dat is het, daar kan ik niet omheen -, toch zou ik liever thuis zijn in Japan, haar naakte, warme lichaam tegen me aan als ze ontwaakt. In de afgelopen paar maanden is mijn zangvogeltje belangrijker voor me geworden dan wie of wat ook. Mijn passie voor haar laat alles waar ik interesse in heb gehad verbleken.

Het geluid van een opengaande deur haalt me uit mijn gedachten.

'Hij komt eraan,' sist Yan in de headset. Ik moet me concentreren.

Later is er nog genoeg tijd voor Sara.

Tenminste, als we dit overleven.

48

TIEN MINUTEN. DE BANDEN VAN DE WAGEN PIEPEN ALS IK over de lange oprijlaan en door de poort scheur, mijn vingers zo strak om het stuur geklemd dat ze zich in het leer boren.

Ik heb maar tien minuten.

En dat is alleen als Yulia's inschatting correct was. Ik heb geen idee hoe ze aan haar dodelijke echtgenoot ontsnapt is en al die bewaking uit heeft kunnen zetten, maar het is goed mogelijk dat hij me nu al op de hielen zit.

Er is geen verlichting langs deze eenbaansweg en er zijn ook geen borden... Niets laat me weten waar ik heen moet. De maan en de koplampen van de auto zijn de enige lichtbronnen. Ik heb geen idee welke kant ik op moet voor het zuidwesten, dus als ik bij een splitsing kom, ga ik instinctief linksaf.

Als ik de verkeerde kant heb gekozen, kan ik het vergeten.

Mijn hart bonst als een gek en mijn ademhaling klinkt door in mijn oren. Zweet druipt vanuit mijn oksels langs mijn zij naar beneden en mijn knieën trillen als ik het gaspedaal intrap. Links rijden met het stuurwiel aan de linkerkant van de auto is vreselijk verwarrend voor een Amerikaanse zoals ik, maar ik durf niet langzaam te rijden.

Acht minuten.

Zeven minuten.

Ik kan dit.

Het gaat me lukken.

De koplampen van een tegemoetkomende auto verblinden me en de adrenaline raast door mijn lichaam. Is het Kent? Zijn bewakers?

De auto passeert me zonder te stoppen en ik slaak een zucht van opluchting. Als ik een scherpe bocht zie, haal ik mijn voet van het gaspedaal. Ik kan nu echt niet de macht over het stuur verliezen en door de vangrail heen vliegen, zoals George toen die vreselijke avond. Zelfs nu nog rijd ik 110 kilometer per uur. Als het benzinestation maar zeven kilometer verderop ligt, moet ik dat op tijd kunnen bereiken.

Er verstrijkt nog een minuut voor er weer een bocht in de weg is, en dan zie ik het.

Meer koplampen, achter me ditmaal.

Ik grijp het stuur nog wat steviger vast en trap het gaspedaal weer in.

De auto achter me versnelt ook.

Mijn maag trekt samen. Vanuit mijn ooghoek zie ik een snelheidsbord. Er staat vijftig kilometer per uur op, wat zestig… nee, zeventig kilometer per uur langzamer is dan mijn huidige snelheid. En als die auto me aan het inhalen is, rijdt hij nog harder.

Het is duidelijk: ik word achtervolgd.

Opnieuw een bocht. Ik slik een gil in als een nieuwe tegenligger langs me stuift en ik even verblind word door de koplampen. Mijn auto schuurt langs de vangrail en vonken vliegen in het rond als metaal tegen metaal schuurt. Naar adem snakkend haal ik mijn voet van het gaspedaal en stuur de auto terug de bochtige weg op.

De achtervolgende koplampen worden groter en bij de volgende bocht zie ik twee grote, donkere auto's achter me. Het zijn SUV's. Mijn polsslag is een razend gebons en mijn handen zijn zo zweterig dat ze het stuurwiel niet goed vast kunnen houden. Ik onderdruk de paniek en geef opnieuw gas, maar de auto's achter me accelereren sneller en bij de volgende bocht naar rechts komt de ene naast me rijden en de ander voor me.

Wanhoop lijkt mijn hart met een ijzige vuist te omsluiten.

Het is voorbij.

Ze hebben me te pakken.

Bevend haal ik mijn voet van het gaspedaal.

Ik heb mijn enige kans op ontsnapping verpest.

De SUV voor me gaat langzamer rijden en die naast me vertraagt met mij mee. Ze weten dat ik niet anders kan dan doen wat ze willen.

Het is echt voorbij.

Ik heb verloren.

De SUV voor me remt af en dus moet ik dat ook doen. De snelheidsmeter geeft veertig kilometer per uur aan, dan vijfendertig, dertig.... We gaan bijna stapvoets en ik besef dat ze me dwingen om te stoppen.

Ze zullen me uit de auto sleuren en terugbrengen naar Kents huis, waar ik opgesloten zal blijven tot Peter me komt halen.

De toekomst die me wacht is even duister en gevaarlijk als deze bochtige weg. Ik zal Peters eigendom zijn, zonder enige hoop op ontsnapping of enige keus... en ons kind ook. Ik zal mijn vrienden en familie nooit terugzien en ik zal nooit meer een vrouw helpen een kind op de wereld te zetten. Mijn ouders zullen ouder worden en ik zal ze niet kunnen helpen; noch zullen ze hun kleinkinderen ontmoeten.

Ik zal alleen Peter hebben, en het beangstigendste is nog wel dat me dat niet eens onaangenaam lijkt.

Ik zie het voor me: de manier waarop hij voor me zal zorgen, de tedere blik in zijn ogen als hij onze baby vasthoudt. Hij zal van me houden met een brandende intensiteit die mijn ziel zal verzengen en uiteindelijk zal uit de as mijn eigen verwrongen liefde voor hem ontstaan. Na een tijd zal alles door mijn gebrek aan vrijheid en zijn gewelddadige beroep normaal gaan lijken.

Dan zullen we een gezin zijn, precies zoals hij wil. Als ik de snelheidsmeter onder de vijftien kilometer per uur zie zakken, realiseer ik dat ik dat niet mag laten gebeuren.

Ik mag niet toegeven aan dat gestoorde deel van mij dat die verwrongen toekomst wil.

Bij een nieuwe bocht in de weg zie ik opnieuw koplampen aankomen. Mijn hoge hartslag bedaart en een vreemde kalmte daalt over me neer als ik mijn gordel vastklik. Ik heb minder dan een seconde om tot actie over te gaan, dus moet ik snel zijn.

Ik haal mijn voet van de rem, grijp het stuur zo stevig mogelijk vast en als de tegenligger voorbijkomt en zijn koplampen mij en mijn achtervolgers verblinden, ruk ik het stuur naar rechts en rijd zijn baan op, intussen zoveel mogelijk gas gevend.

De auto schiet naar voren en scheurt langs de SUV voor me. Ik kan mijn achtervolgers bijna horen vloeken als ik ze achter me laat. De V8-motor van mijn slanke Mercedes brult als hij aan snelheid wint. De snelheidsmeter loopt op: 100, 110, 120, 130...

Opnieuw vonken als ik de vangrail raak, maar ditmaal neem ik geen gas terug. Ik houd mijn voet waar hij is en corrigeer voldoende om de controle te behouden.

Het is net een spelletje, houd ik mezelf voor. Gewoon een videogame waarin ik aan de andere kant van de weg rijd.

Nu ze de schok van mijn plotse manoeuvre verwerkt hebben, zitten de SUV's weer achter me, maar ik ben niet van plan het ze makkelijk te maken. Iedere keer als ze dichterbij komen, ga ik midden op de weg rijden om te voorkomen dat ze me insluiten. En ik houd mijn hoge snelheid aan, mijn voet zelfs in scherpe bochten nog op het gas. Het helpt om net te doen of het een videospel is. Als kind was ik daar al goed in.

Eén minuut onderweg.

Twee.

Drie.

Ik kan dit.

Het gaat me lukken.

Mijn polsslag schiet omhoog als ik in de verte lampen zie.

Het benzinestation! Dat moet wel.

Mijn plan is eenvoudig: ik rem vlak voor de deur van welke winkel er maar is, spring eruit en ren krijsend om een telefoon naar binnen. Met een beetje geluk willen Kents mannen de autoriteiten zo graag vermijden dat ze me in een openbare gelegenheid niet zullen pakken, maar zelfs als dat wel zo is, zal vast de winkelmedewerker of een andere chauffeur het zien en de politie bellen.

Het is geen goed plan, maar meer heb ik niet.

Iedere seconde komt het benzinestation dichterbij. Tot mijn opluchting is er ondanks het vroege uur en het relatief verlaten gebied een goedverlichte winkel open. Ik zie mensen binnen en auto's geparkeerd staan.

Ik hoop maar dat Kent zo dicht bij huis geen

problemen wil veroorzaken. De SUV's achter me vertragen inderdaad en ik loop uit als we het benzinestation naderen.

Triomf spoelt door me heen en ik haal mijn voet van het gaspedaal ter voorbereiding op mijn volgende zet.

Ik ben er.

Zelfs als ze me te pakken krijgen voor ik een telefoon kan bereiken, zal dat niet ongemerkt zijn.

Ik hoef nog maar zo'n zestig meter om het benzinestation te bereiken als het gebeurt.

Een hond schiet voor me de weg op.

Ik reageer instinctief en trap op de rem. De auto slipt en raakt de vangrail. Mijn laatste gedachte slaat nergens op: *ik hoop dat Peter en zijn mannen veilig terugkomen van hun klus.*

49

'NU,' BLAF IK IN DE HEADSET. YAN VUURT DE raketwerper af op het moment dat Arslans bodyguards hun baas de auto in helpen.

Boem!

Heel even zie ik niets anders dan de verblindende flits van de raket en hoor ik niets anders dan suizen in mijn oren, maar na even knipperen wordt het duidelijk.

De bodyguards die nog in leven zijn, zwermen als mieren rond en vanuit het huis van de bewakers komen meer mannen aangerend.

'Ga ervoor,' zeg ik tegen Anton. Een voor een schiet hij ze neer, zijn semiautomatische snipergeweer dodelijk effectief. Ik voeg me bij hem en al snel ligt er een stuk of tien bewakers op de grond, hun hoofd kapot geknald.

'Op twee uur,' brult Yan in de headset. Ik zie beweging. Een bewaker zit gehurkt op de grond, de brandende auto als dekking gebruikend. Met één arm houdt hij een man achter zich om hem te beschermen.

Woede raast door me heen als ik zijn beschermeling herken.

Deniz Arslan.

Ons doelwit leeft nog.

Hij is bebloed en vuil, maar zo te zien is hij nog prima in staat om te lopen. Zijn bodyguards zijn nog beter dan we al dachten.

'Dat is Arslan,' grom ik in de headset. Ik verplaats me zodat ik om de kapotte auto heen kan schieten.

Ik moet hem pakken.

Die schoft gaat er vandaag nog aan.

In de verte hoor ik sirenes. Meer bodyguards hollen de tuin in. We hebben nog maar een paar minuten om onze klus af te maken.

Ik negeer het lawaai en mijn bonzende hartslag, concentreer me en haal de trekker over.

Arslans beschermer zakt opzij, zijn herseninhoud alle kanten op spetterend. Meteen schiet ik opnieuw.

'Verdomme!'

Of het nu training is of puur geluk, mijn doelwit rolt precies op tijd opzij.

Ik vloek zacht en schiet opnieuw. Naast me hoor ik Antons wapen loeien.

Met grimmige tevredenheid zie ik twee van onze

kogels zich in Arslans hoofd boren en er aan de andere kant weer uit komen.

Het is voorbij.

De corrupte politicus is dood.

'Opgepast,' roept Yan. Ik spring overeind als ik een helikopter hoor aankomen.

Zoals verwacht zullen we achtervolgd worden.

Het kost Anton en mij maar een paar seconden om van het dak van de buren af te glijden en ons bij Yan te voegen. We zijn maar een paar straten van het hek om de wijk heen verwijderd en we rennen er zo snel mogelijk heen. Het geluid van de sirenes zwelt aan. De helikopter nadert ook snel.

'Ilya? Zeg me dat je er staat,' hijg ik in de headset als we de straat uit sprinten.

'Ik ben er helemaal klaar voor,' meldt hij. 'Maar schiet wel op. De hel barst zo los hier.'

Ik klem mijn kaken op elkaar en verhoog mijn snelheid. Yan en Anton doen hetzelfde. Uit een straat achter ons komt een auto aanscheuren.

Arslans overgebleven bodyguards hebben ons in de gaten.

Het drie meter hoge hek torent boven ons uit en tot de tanden gewapende bewakers komen ons vanaf die kant tegemoet.

'Nu,' brul ik naar Yan. Hij pakt een handgranaat en trekt zonder zijn pas te vertragen met zijn tanden de pin eruit.

De bewakers hollen alle kanten op als Yan de granaat hun richting op gooit en Anton en ik beginnen in het wilde weg te schieten.

We hoeven ze niet allemaal te doden, ze moeten alleen opzij gaan.

Eenmaal bij het hek spring ik omhoog en grijp een tak om mezelf omhoog te kunnen trekken. Dit is de reden dat we zo hard trainen: we moeten sterker zijn dan de meeste topsporters. Mijn spieren protesteren hevig als ik aan één hand blijf hangen en de ander naar Anton uitstrek om hem omhoog te trekken. Als Anton boven op het hek zit, trek hij mij omhoog en reikt dan naar Yan, terwijl ik dekking geef.

Een tweede granaat van Yan ontploft met een oorverdovende knal en een verblindende lichtflits. De bewakers gaan ervandoor en wij springen van het hek. Dan vervolgen we op volle snelheid onze vlucht.

We moeten naar het afgesproken punt.

Alleen dan redden we het.

Het gebrul van de helikopter zwelt aan en de sirenes zijn oorverdovend.

'Nu, Ilya,' brul ik in de headset. Zijn auto komt de hoek om scheuren en vertraagt precies genoeg dat we erin kunnen springen.

We scheuren weg uit Arslans wijk en nemen B-wegen in de richting van een tunnel. Als het lawaai van onze achtervolgers afneemt, verwisselen we van auto en rijden meteen naar het vliegtuig.

Het is ons gelukt.

Ons doelwit is dood en niemand van ons is gewond geraakt.

Zodra we in de lucht zijn, bel ik opgetogen Lucas.

'Het is voorbij,' zeg ik als hij opneemt. 'We zijn op de terugweg, dus zeg maar tegen Sara dat ze zich klaarmaakt. We halen haar op en dan gaan we op reis naar Nieuw-Zeeland.'

Heel even blijft het stil. Dan begint Lucas te praten. 'Peter...' Zijn stem klinkt ernstig. 'Wat Sara betreft... Ze heeft een ongeluk gehad.'

50

MIJN HART LIJKT TOT EEN BLOK IJS TE BEVRIEZEN EN MIJN LONGEN VERSTIJVEN BIJ HET HOREN VAN LUCAS' woorden. Sara, een ongeluk? Onmogelijk. Ondenkbaar.

Dit is mijn ergste nachtmerrie bewaarheid.

Lucas praat verder over een auto en een hond, maar het dringt niet tot me door. Ik hoor alleen een vreemd gesuis in mijn oren en ik kan alleen maar denken aan de vorige keer dat iemand me via de telefoon op die toon nieuws gaf.

De stank van de dood, Tamila's lange wimpers, verbrand en aan elkaar geplakt door bloed, Pasha's kleine hand om zijn speelgoedauto... Mijn blik wordt zwart en alles verdwijnt als een hevige pijn door me heen scheurt en alles vernielt.

Ik zoek door een stapel lichamen heen, het gezoem van de vliegen oorverdovend, de wetenschap dat ik er niet was om hen te redden verstikkend...

Ik krijg geen adem meer. Ik voel niets anders dan een verstikkende afschuw.

Een auto-ongeluk. Sara. Haar lichaam verpletterd onder hopen verwrongen metaal.

De pijn is me te veel. Ik kan me niet voorstellen dat ze dood is, dat al die levendigheid in haar uitgedoofd is.

Iets warms en roods loopt langs mijn onderarm naar beneden. Vaag besef ik dat mijn vingers zich zo hard in de telefoon boren dat ik een nagel heb ingescheurd. Maar ik voel de pijn niet. Niets voel ik nog, behalve de pijn van mijn verlies.

Ik kan Sara niet verliezen.

Dat overleef ik niet.

'...dus misschien heeft ze een hersenschudding, maar de artsen denken niet dat...'

'Een hersenschudding?' herhaal ik het enige woord dat ik niet begrijp. Mijn gedachten zijn traag en onsamenhangend, verdoofd door de schok en het verdriet. 'Waar heb je het over?'

'De artsen denken niet dat het een heel heftige hersenschudding is,' zegt Lucas geërgerd. 'Luister je niet? Ze heeft een nare snee op haar voorhoofd, maar ze zullen ervoor zorgen dat het geen litteken wordt. En uiteraard betaal ik alles. Dat is gezien de omstandigheden wel het minste dat ik kan doen.'

'Een litteken?' Heel even registreer ik dat niet; de

wanhoop die me in zijn greep heeft, is te hevig. Maar dan dringt het langzaam tot me door. Ik adem eindelijk weer in en breng dan met hese stem uit: 'Ze leeft nog?'

'Wat?' Lucas linkt nu verward. 'Ja, natuurlijk. Ik zeg je net dat ze haar schouder uit de kom had en misschien een hersenschudding heeft. Is het bereik slecht of zo? Uiteraard leeft Sara nog. Haar auto raakte de vangrail en ze heeft haar hoofd en schouder bezeerd. We hebben haar naar die kliniek in Zwitserland gebracht waar Esguerra ook graag komt, weet je wel? Peter, luister je wel?'

Jawel, maar dat kan ik hem niet vertellen. Mijn keel zit dicht en de rest van mijn lichaam is al even verlamd. De opluchting is zo intens dat hij me uiteen lijkt te scheuren, even pijnlijk als de wanhoop die me eerder dreigde te verstikken. Ik herinner me niet dat ik huilde toen ik mijn zoon verloor, maar nu voel ik de tranen branden op mijn gezicht en in mijn hart.

Ik ben Sara niet verloren.

Ze leeft nog.

Ze is gewond geraakt toen ik er niet was, maar ze leeft.

'Peter? Hoor je me?' Lucas' stem wordt luider. 'Jezus, man. Hoor je me?'

'Ik kom eraan,' zeg ik gesmoord. Dan hang ik op en geef Anton het bevel om koers te zetten naar Zwitserland.

51

Sara

STEEDS WEER ONTGLIPT HET BEWUSTZIJN ME; MIJN zintuigen gaan van een vaag besef het ene moment naar totale leegte het volgende moment. Op de momenten dat ik helder genoeg ben om na te denken, besef ik dat ik pijn heb, maar ook andere dingen dringen tot me door, zoals stemmen.

'Hoe kón je? Heb je niet beseft wat hij zal doen als hij hier is? We moesten haar beschermen!' Het is een mannenstem, hard en bestraffend. Ik weet aan wie die stem toebehoort, maar de bonzende pijn in mijn hoofd wordt ondraaglijk als ik probeer na te denken.

'Het waren jóúw bewakers die achter haar aanzaten. Je had haar ook gewoon kunnen later gaan,' protesteert een vrouwenstem. Ze klinkt overstuur. Ik weet dat haar naam buitenlands en exotisch klinkt, maar ik kan me hem niet herinneren. 'Hij misbruikte haar, Lucas...'

O, ja, Lucas, herinner ik me opgelucht. Lucas Kent, de wapenhandelaar die op Cyprus woont.

'Misbruiken? Hij aanbidt verdomme de grond waar ze op loopt. Zag je niet hoe hij naar haar keek?' Kent klinkt alsof hij iemand zou willen wurgen. 'En ik heb je toch verteld dat hij elke dag belde om te vragen hoe het met haar ging, of ze wel genoeg at, of ze wel sliep... Of ze het verdomme naar haar zin had. Klinkt dat als een man die een vrouw mishandelt? En zij vroeg naar hem, hè? Zou een vrouw die haar ontvoerder haat zich zorgen maken om zijn veiligheid?'

'Nee, maar...'

'Niets maar! Al zou hij haar elke avond waterboarden, dan hebben wij daar nog niets mee te maken. Ik verleende hem een gunst en nu mogen we verdomme van geluk spreken als we niet op zijn lijst eindigen.'

'Lucas, alsjeblieft.' De vrouw met de exotische naam - Kents vrouw, die mooie blondine, herinner ik me - klinkt nog meer overstuur dan zojuist. 'Het was een stom ongeluk, meer niet. Hij begrijpt het wel. Laat me met hem praten, laat me uitleggen wat er gebeurd is...'

'Nee.' Kents stem is grimmig en vastberaden. 'Ik wil niet dat hij weet dat je hierbij betrokken was. Je vliegt terug naar huis voor hij hier is. En ik leen een paar tientallen mannen van Esguerra tot we er zelf meer aangenomen hebben.'

'En jij dan?' vraagt Kents vrouw. Haar bezorgde

toon maakt de misselijkmakende pijn in mijn hoofd alleen maar erger. Ik probeer een gemakkelijkere houding aan te nemen, maar moet een kreun van pijn inslikken als mijn linkerschouder hevig protesteert.

'Ik blijf hier tot hij er is,' zegt Kent, terwijl ik oppervlakkig door de pijn heen probeer te ademen. Ik wil mijn ogen opendoen, maar iets verhindert dat en ik durf mijn armen niet te bewegen om erachter te komen wat het is.

'Wat als hij je vermoordt?' protesteert Kents vrouw. 'Als je gelijk hebt en hij niet...'

'Ik heb een stuk of tien bodyguards bij me en hij zal zich meer zorgen maken om haar.' Ik voel dat hij zijn aandacht op me richt en dan zegt Kent: 'Volgens mij zag ik haar bewegen. De pijnstillers moeten bijna uitgewerkt zijn. Haal de verpleging.'

Ik hoor snelle voetstappen en nog geen minuut later zak ik weer weg in die lege duisternis.

DE EERSTVOLGENDE KEER DAT IETS TOT ME DOORDRINGT, streelt een zachte vrouwenhand mijn haren. Dat voelt goed, zeker omdat mijn hoofd aanvoelt als een met beton gevulde ballon.

'Het spijt me zo, Sara,' prevelt de vrouw. Ditmaal herinner ik me haar naam. Yulia, zo heet Kents vrouw. 'Ik moet gaan, maar ik wil dat je weet hoe erg ik het vind. Ik dacht dat je meer tijd zou hebben om te ontsnappen, maar Lucas vermoedde al dat ik je zou helpen en hij had extra alarmering ingesteld. Het spijt me zo. Ik wilde echt niet dat dit zou gebeuren. Ik hoop dat je me gelooft.'

Ik open mijn mond om haar te bedanken, maar ik kan alleen maar pijnlijk hoesten. Mijn keel is kurkdroog en mijn hoofd bonst van de pijn. Daarnaast lijkt er iets op mijn gezicht te zitten dat me verhindert mijn ogen te openen. Een verband, misschien?

'Hier. Je hebt vast dorst.' Ik voel een rietje tegen mijn lippen en neem gretig een slok van de lauwe vloeistof.

'Wat is er gebeurd? Waar ben ik?' kreun ik als ik het bekertje water leeg heb. Mijn stem klinkt zwak en hees, maar ik kan in elk geval weer praten.

'Je bent in een privékliniek in Zwitserland,' legt Yulia vriendelijk uit. 'Je hebt een auto-ongeluk gehad. Herinner je je dat nog?'

Ik knik, maar daar heb ik meteen spijt van. 'Ja,' kreun ik als de ergste pijn afgenomen is. 'Er was een hond en...'

'Ja, dat klopt.' Ze klinkt opgelucht. Komt dat doordat ik een hoofdwond heb? Ik vraag me af hoe erg het is en dan verstijf ik als ik me iets veel belangrijkers herinner.

'Waar is Peter? Is hij...'

'Ik ben bang van wel,' zegt Yulia. Mijn hart knijpt samen als ik het oprechte medeleven in haar stem hoor. 'Het spijt me zo,' gaat ze op diezelfde toon verder. 'Hij is op weg hierheen. Ik kon er niets aan doen.'

Mijn longen verwijden zich weer en ik haal beverig

adem. 'Bedoel je dat hij in orde is?' Mijn stem klinkt gespannen en mijn ledematen tintelen van de adrenaline. 'Hij is niet gewond geraakt?'

Het is even stil. Dan zegt Yulia langzaam: 'Nee, hij is in orde. Sara... Vroeg je me dat omdat je hoopte dat hij dood was of omdat je dat vreesde?' Als ik verward blijf zwijgen, verduidelijkt ze haar vraag. 'Koester je gevoelens voor hem?'

Ik bevochtig mijn kapotte lippen als een ongemakkelijke vlaag schuldgevoel de kop opsteekt. Ik wilde niet tegen Yulia liegen en ook geen misbruik maken van haar vriendelijkheid, maar dat is wel wat ik deed toen ik haar aandacht op de negatieve aspecten van mijn relatie met Peter vestigde.

Niet alleen is het mij niet gelukt om te ontsnappen, ik heb haar heel veel problemen bezorgd. Maar het ergste is nog wel dat ik stiekem blij ben dat het niet gelukt is om te ontsnappen aan Peter en die toekomst die ik zowel wil als vrees.

'Het is... ingewikkeld,' zeg ik dan, haar woorden herhalend.

Ze haalt diep adem en staat dan op. 'Juist.'

'Yulia, wacht,' zeg ik, maar haar voetstappen sterven weg.

Ze is weg en het duurt niet lang voor ik weer wegzak in mijn medicinale roes.

eter

SCHOUDER UIT DE KOM EN EEN SNEE OP HAAR VOORHOOFD.

Rationeel gezien weet ik dat geen van beide verwondingen levensbedreigend zijn, maar nu ik Sara zo in dat ziekenhuisbed zie liggen, haar bleke gezicht bont en blauw en half verbonden, strijden angst en woede om voorrang in mijn borst en heeft logica daar geen enkele plaats.

Die vier uur durende vlucht naar Zwitserland was de langste van mijn leven. Toen we van koers gewisseld waren, belde ik Lucas nog een keer om meer details en een verklaring te horen. Hoewel hij me er herhaaldelijk van heeft verzekerd dat Sara stabiel is en ze door de beste artsen van heel Europa behandeld wordt, geloof ik hem pas nu ik haar zie.

Het lot is nooit erg vriendelijk voor me geweest.

Ik ga op de rand van haar bed zitten en neem haar hand in de mijne om de kwetsbare warmte van haar huid en haar tere botten te voelen. Mijn eigen handen trillen en ik heb mijn emoties nauwelijks onder controle.

Een hond.

Ze was bijna dood vanwege een stomme hond.

Mijn hart breekt opnieuw, de pijn even intens als toen ik dacht dat ze dood was. Als die vangrail niet zo stevig was geweest, als de auto geen airbags had gehad, als het glas dat haar die snee heeft bezorgd haar oog was binnengedrongen... Ik ril als alle afschuwelijke manieren waarop ze had kunnen sterven of verminkingen had kunnen oplopen aan me voorbij trekken.

En het is allemaal mijn schuld.

Ik kan me niet verbergen voor die brute waarheid en het schuldgevoel is verstikkend.

Ik was er niet en Sara vluchtte.

Ze stal een auto en racete weg in de richting van de vrijheid, zo wanhopig om aan me te ontsnappen dat het haar niet uitmaakte of ze het zou overleven of niet.

De woede die in me kookt, is slechts gedeeltelijk jegens Lucas gericht. Hij zal boeten voor zijn nalatigheid, maar ik kan niet net doen alsof het voor het merendeel zijn schuld is.

Dat is toch echt mijn schuld.

Het was mijn egoïstische behoefte om haar te hebben, kooien en bezitten die Sara ertoe dreef zo'n risico te nemen. Ik heb de vrouw van wie ik houd bijna het leven gekost en ik weet niet hoe ik daarvoor moet boeten.

Ik weet niet of ik haar nu wel kan laten gaan.

Haar kapotte lippen gaan uiteen als ze zachtjes zucht en ik zak op mijn knieën op de grond, haar hand tegen mijn stoppelige kaak. Ik sluit mijn ogen. Haar huid is zo zacht en haar vingers zijn zo klein als ik ze met de mijne vergelijk. Mijn borst trekt pijnlijk samen. Het voelt alsof ik stik, alsof ik verdrink in verlangen en wanhoop. Waarom kan ze niet gewoon van me houden? Waarom kan ze niet accepteren dat we bij elkaar horen? Er zijn momenten geweest waarop ik dacht dat ze dat wel deed, dat ik er zeker van was dat ze iets voelde.

En misschien was dat ook zo. Misschien kan dat nog steeds. Het monster in mijn binnenste grauwt en eist dat ik haar bij me houd, dat ze hoe dan ook de mijne blijft... wat dat haar ook aandoet. Mettertijd zal ze zich aanpassen en begrijpen dat we bij elkaar horen.

Als ze me een kans geeft, zal ik haar gelukkig maken... haar en het kind waar ik zo naar verlang.

Een zacht gekreun haalt me uit mijn gedachten en als ik mijn ogen open, zie ik Sara's lippen bewegen.

'Peter?' fluistert ze. In mijn borst gaat de zon schijnen. Dat ene woord en mijn wereld is duizend graden warmer en een miljoen watt lichter. Alle pijn en verdriet zijn verdwenen; de duisternis vreet niet langer aan mijn ziel.

'Ja, *ptichka*,' antwoord ik hees. Ik druk haar hand tegen mijn lippen. 'Ik ben hier.'

Haar slanke vingers trillen even als ik ze kus. 'Ben je... Is alles goed gegaan?' Ze klinkt suf van de pijnstillers. 'Is iemand gewond geraakt?'

Pijn schiet door mijn borst. 'Nee, liefste. Alleen jij.'

'Mooi zo.' Haar lippen vormen zich tot een blije glimlach. 'Daar ben ik blij om.'

Ik haal moeizaam adem als het schuldgevoel en de angst me opnieuw overweldigen. Het zou in zekere zin beter zijn als Sara me haatte en alleen walging en angst voor me voelde. Dan zou ik haar de rug toe kunnen keren, kunnen proberen mijn obsessie onder de duim te houden en haar haar oude leven teruggegeven terwijl ik verder zou gaan in de kille leegte die mijn leven is. Maar Sara haat me niet alleen maar, het ligt veel ingewikkelder.

Ze heeft me nodig. Dat heeft ze toegegeven.

'Waarom vluchtte je?' vraag ik gekweld, met een blik op haar bont en blauwe kaak. 'Deed je het vanwege wat ik over de condooms zei? Zie je er zo tegenop om een kind met me te krijgen?'

Ik moet weten wat haar ertoe aanzette dit te doen.

Ik moet weten of er hoop is voor ons.

Haar vingers spannen zich. 'Ik... Ja. Ik bedoel, nee. Ik weet het niet. Dat wil ik niet, maar misschien...' Haar stem sterft weg. Ze is nog altijd high van de morfine.

'Maar misschien?' dring ik aan. Mijn hart bonst pijnlijk.

'In een ander leven misschien wel.' Haar stem zwakt

af tot een gefluister. 'In een andere wereld, waarin ik al de jouwe was, zou het anders zijn. Dan zou jij geen voortvluchtige moordenaar zijn... dan zou je me niet ontvoerd hebben na eerst George vermoord te hebben. Dan zou je mijn echtgenoot zijn en ik je liefhebbende vrouw. Dan zouden we huisje, boompje, beestje hebben. Dan gingen we met onze kinderen naar het park en vierden we de verjaardagen van mijn ouders... Er zouden vrienden, barbecues en muziek zijn... En je zou echt van me houden... zoveel dat je me niet mijn leven zou ontnemen.'

Ik knijp mijn ogen dicht als haar woorden me met de scherpte en pijn van een dolk in het hart raken. Haar bekentenis, onder invloed van de medicatie, zou me niet zo'n pijn moeten doen. Ik zou blij moeten zijn dat ze dat allemaal met me wil. Maar het enige waar ik aan kan denken, is dat ik haar nooit echt zal hebben. Dat ik haar nooit het leven zal kunnen bieden dat ze wil. Zelfs als ik ons tot een gezin zou kunnen vormen en Sara door de jaren heen me meer zou gaan waarderen, zal het verleden altijd tussen ons in staan. Het leven als voortvluchtigen zal altijd een bron van ruzie en stress blijven. In onze toekomst wachten ons geen barbecues, geen huisje, boompje, beestje, geen spelende kinderen in de tuin.

Ze zal van ons kind houden, maar het zal haar niet gelukkig maken.

Ik zou haar alles kunnen geven wat ik bezit en het zal niet genoeg zijn.

Er klinkt een piepje als Sara's ademhaling rustiger

wordt. Ik open mijn ogen en zie dat ze weer in slaap gevallen is. De pijnstillers helpen haar genoeg te rusten en daardoor te genezen.

Ik zucht kort als een onmogelijk gewicht mijn longen samen lijkt te persen.

Ik zou op moeten staan, mijn mannen een update moeten geven en ze achter Henderson aan moeten sturen, maar ik kan het even niet.

Ik kan niets anders doen dan naast Sara's bed knielen en haar hand vasthouden terwijl de lege duisternis me dreigt te overweldigen.

 ara

ALS IK WEER WAKKER WORD, IS HET DIKKE VERBAND OVER mijn ogen verdwenen. Peter zit op een stoel naast mijn bed, een laptop op zijn schoot. Hij ziet er uitgeput uit, vermoeider dan ik hem ooit gezien heb. Er liggen donkere kringen onder zijn bloeddoorlopen ogen en zijn stoppelige wangen lijken uitgehold, alsof hij afgevallen is. Hij is aan het werk, maar zodra ik me beweeg, wordt zijn blik als door een magneet naar me toe getrokken.

'Je bent wakker.' Zijn stem klinkt hees. Hij legt de laptop opzij en staat op. 'Hoe voel je je, *ptichka*? Kan ik iets voor je doen? Hier, neem een slokje water.' Hij pakt een bekertje water met een rietje erin van een tafeltje naast het bed en buigt zich over me heen om me in een halfzittende positie te helpen. Dan houdt hij het rietje tegen mijn lippen.

Ik ben nog een beetje duf van de pijnstillers en zuig dankbaar het water op. 'Hoelang ben ik buiten westen geweest?' kraak ik als hij het bekertje weghaalt.

Zelfs na het drinken voelt mijn keel nog aan alsof er schuurpapier in zit. Mijn mond is zo droog dat mijn tong tegen mijn wangen lijkt te plakken.

'Drie dagen,' zegt Peter terwijl hij op het randje van mijn bed gaat zitten. 'De artsen dachten dat het de genezing zou bespoedigen.'

Ik laat mijn tong over mijn kapotte lippen glijden en voel aan de ene kant een pijnlijke zwelling. Nu ik wat helderder ben, besef ik dat ik ook nog steeds een verband om mijn voorhoofd heb: het duwt tegen mijn wenkbrauwen. Daarnaast is mijn linkerschouder stijfjes en pijnlijk. 'Hoe erg is het?' vraag ik, ineenkrimpend als ik me beweeg.

Peters kaak trilt even. 'Een glasscherf heeft je een diepe snee in je voorhoofd bezorgd en daarnaast was je schouder uit de kom. Gelukkig had je je gordel om en heeft de airbag het grootste deel van de klap opgevangen. Maar je bent bont en blauw, ook je gezicht.' Zijn stem wordt hees en zijn gezicht vertrekt van pijn.

Ik knipper de plotseling opkomende tranen weg en reik voorzichtig met mijn rechterhand naar het verband om mijn voorhoofd. Ik zou me vast druk moeten maken over het lelijke litteken dat overblijft, maar al mijn aandacht is op de pijn in Peters zilveren blik gericht.

Ik heb deze dodelijke, niet klein te krijgen man pijn gedaan.

Ik heb hem pijn gedaan terwijl hij al zoveel geleden heeft... terwijl zijn hele leven al één lange lijdensweg is geweest.

'Je zult er geen litteken aan overhouden,' zegt hij als hij de beweging van mijn hand volgt. 'Ze hebben hier fantastische plastisch chirurgen die het zullen herstellen. Ik beloof je dat ik het goed zal maken, liefste.'

Met brandende ogen van alle emoties kijk ik hem aan. Misschien komt het door de pijnstillers, maar ik kan de pijn in zijn blik niet verdragen, en de gedachte dat ik degene ben die hem pijn heeft gedaan al helemaal niet. Wat ik mezelf ook voorhoud, ik ben heel blij om hem te zien en zo verschrikkelijk opgelucht dat hij niet gedood is dat ik het liefst op mijn knieën zou willen vallen en huilen.

Als ik op dit moment zou moeten kiezen tussen hem en mijn vrijheid, zou ik alles opgeven om hem in mijn leven te houden.

Een klopje op de deur wordt gevolgd door de binnenkomst van twee verpleegsters. Ik haal diep adem als Peter opstaat.

'Wacht!' Ik negeer de heftige pijn in mijn hoofd en schiet overeind om hem bij zijn pols te pakken. 'Blijf bij me. Alsjeblieft, Peter... Blijf bij me.'

Meteen gaat hij weer zitten en bedekt mijn hand

met de zijne. 'Natuurlijk.' Zijn stem is diep en zacht, even warm als de blik in zijn ogen. 'Zoals je wilt, liefste.'

Hij blijft bij me als de verpleegsters het verband om mijn hoofd verwisselen en als ze hem willen wegjagen met de opmerking dat ik rust nodig heb, smeek ik hem om bij me te blijven en me vast te houden. Ik weet dat het nergens op slaat, maar ik ben alle zinnigheid en redelijkheid voorbij. Ik moet blijven proberen te ontsnappen - dat ben ik mijn toekomstige kind en mijn ouders verschuldigd - maar op dit moment heb ik Peter nodig.

Ik wil in zijn armen liggen en er nooit meer weggaan.

Hij blijft de rest van de dag en ook 's nachts bij me, tegen me aan opgekruld terwijl ik slaap. Als ik de volgende ochtend wakker word, jaag ik de verpleegsters weg zodat hij me kan helpen douchen. Vervolgens zit ik bij hem op schoot om tv te kijken.

De twee volgende dagen blijf ik ook zo aan hem plakken, niet in staat om hem los te laten, en hij staat het toe, hoewel hij het ongetwijfeld vreemd moet vinden. Er is zoveel dat tussen ons in hangt en er zijn zoveel dingen die we moeten bespreken, maar op dit moment heb ik hem alleen maar nodig.

Hij is de mijne om lief te hebben en te haten, wat er verder ook gebeurt.

Tot mijn ergernis genees ik maar langzaam. De snee op mijn voorhoofd moet nog een keer geopereerd worden om het litteken zo klein mogelijk te maken en mijn schouder doet bij elke beweging pijn. Na nog een week in de kliniek weiger ik echter nog de hele dag op mijn kamer te blijven. Peter vermoordt de arts die me toestemming geeft op te staan en door de gang te wandelen bijna, zeker als ik dat zonder supervisie doe.

Zonder supervisie van hem, dan.

Ik ben niet de enige die zich irrationeel gedraagt. Ik heb van de verpleegsters begrepen dat Peter me sinds hij hier is niet langer dan een paar minuten alleen heeft gelaten. Hij probeert zelfs met me mee te gaan naar het toilet met de smoes dat ik duizelig zou kunnen worden van de pijnstillers. Als ik dat bij hoog en laag weiger, staat hij erop dat een van de verpleegsters met me meegaat, zodat hij het weet als er iets misgaat. Hij moet weten dat zijn bezorgdheid niet helemaal normaal is, maar net als ik lijkt hij er weinig tegen te kunnen beginnen.

'Ik moet weten dat je veilig bent. Ik moet je de hele tijd zien en aanraken,' legt hij grimmig uit als ik hem ervan verzeker dat ik me beter voel en dat hij me best een uurtje alleen kan laten voor een overleg met zijn mannen.

'Je bent aan het doordraaien,' zei Anton gisteren nog tegen hem toen Peter een belangrijk telefoontje met een mogelijke cliënt afzegde omdat hij bij het wisselen van mijn verband wilde zijn. 'Sara heeft acht verpleegsters die voor haar zorgen en minstens vier artsen. Denk je echt dat jij iets toevoegt?'

Dat doet hij wel, maar ik zei niets, want ik wilde deze waanzin tussen ons niet aanwakkeren. Ik ben er vrij zeker van dat Peter zijn verantwoordelijkheden tegenover zijn team niet verwaarloost, want hij is vaak bezig op zijn laptop of bespreekt iets met zijn mannen. De verpleegsters hebben me verteld dat de Russen vergaderingen houden in de kamer naast de mijne, zodat Peter iedere tien minuten even bij me kan kijken.

'Uw echtgenoot is zo toegewijd,' zegt een jonge Duitse verpleegster als Peter haar vraagt me in de gaten te houden terwijl hij gaat douchen. 'Ik zou willen dat mijn verloofde zo dol op mij was.'

Ik wil haar corrigeren en uitleggen dat Peter mijn ontvoerder is, niet mijn echtgenoot, maar ik wil het niet voor haar verpesten. En het zou ook niet helpen. De artsen en het verpleegkundig personeel moeten heel goed betaald krijgen om hun mond te houden, want niemand die ik heb gesproken wilde de autoriteiten bellen. Niet dat ik daar heel hard mijn best voor heb gedaan. Niet alleen voel ik me op een ziekelijke manier aan mijn ontvoerder gehecht, ik vind het ook vreselijk dat ik Yulia problemen heb bezorgd.

Ik hoop maar dat Peter haar of Lucas niet op zijn lijst heeft gezet.

Even overweeg ik het met hem te bespreken en uit te leggen dat zij op geen enkele manier verantwoordelijk zijn voor het ongeluk, maar als een van zijn mannen het per ongeluk over Cyprus of de

Kents heeft, kijkt Peter zo hard en dreigend dat ik het maar laat. Op dit moment lijkt Peter zich alleen met mijn gezondheid bezig te houden en dat wil ik zo lang mogelijk zo houden.

Ik wil niet dat mijn duistere ridder aan een nieuwe veldtocht begint, niet als dat mijn schuld is.

We hebben het ook niet meer gehad over mijn ontsnapping of de aanleiding ertoe. We durven het onderwerp geen van beiden aan te snijden. Ik weet niet of Peter me nog steeds wil dwingen zwanger te worden... en ook niet of hij dat zelf eigenlijk wel weet. Hoe dan ook heeft hij tot dusver geen enkel initiatief tot seks genomen.

In eerste instantie was ik daar blij om, aangezien ik totaal niet fit was, maar nu ik me beter voel, valt het op. Mijn cipier verlangt nog steeds naar me; ik kan zijn erectie voelen als ik in zijn armen lig. Maar hij doet er niets mee; ik heb nog geen kus gehad. Zelfs nadat ik toestemming had gevraagd aan de artsen hield hij me nog op afstand. Ik denk dat het komt doordat hij zichzelf de schuld geeft van het ongeluk. We hebben niet gesproken over wat er gebeurd is, maar het hangt tussen ons in en mijn verwondingen vormen een constante herinnering aan wat er die avond voorgevallen is. Ik zie zijn gekwelde blik als hij naar mijn blauwe plekken kijkt; het is hetzelfde vretende schuldgevoel dat ik ervoer na Georges ongeluk.

Wat gebeurd is, heeft ons dichter bij elkaar gebracht, maar het verteert Peter van binnenuit.

ALS WE TIEN DAGEN IN DE KLINIEK DOORGEBRACHT HEBBEN, staat Sara erop dat ze zelf prima kan rondlopen. Dat sta ik toe, hoewel Yan de camera's in de gangen van het ziekenhuis hackt zodat ik haar op mijn laptop kan volgen.

Ik ben zo bezig met Sara dat al het andere naar de achtergrond verdwijnt, zelfs mijn behoefte aan wraak. Ik heb mijn team binnen een paar uur na aankomst in de kliniek naar Nieuw-Zeeland gestuurd, maar zoals verwacht had Henderson de fout van zijn vrouw ook door en was opnieuw verdwenen. Normaal gesproken zou dat me woedend gemaakt hebben, maar daar had ik de energie niet voor. Nog steeds niet. Zelfs Lucas, die verstandig genoeg meteen naar huis vertrok toen ik in de kliniek aankwam, staat niet op mijn radar, ondanks zijn nalatigheid waar het Sara betreft. Ik wil hem daar nog steeds voor laten boeten, maar op dit moment is het enige dat ertoe doet dat ze gezond is en goed herstelt.

Ik houd haar dag en nacht in de gaten. Het is zelfs zo erg dat ik nauwelijks nog eet of slaap. Ik weet niet wat ik moet doen of hoe ik deze obsessieve angst om haar een halt moet toeroepen. Iedere keer als ik mijn ogen sluit, droom ik van Lucas' telefoontje, maar als ik dan in het ziekenhuis aankom, blijkt dat hij gelogen heeft en dat ze stervende is.

Dat is mijn nieuwe nachtmerrie en ik kan hem niet laten ophouden, net zoals dat ik mezelf er niet toe kan zetten haar naar huis te laten gaan.

Dat zou ik moeten doen, dat weet ik. Als ik Sara bij me houd, zal ik haar vernietigen. Dat is even duidelijk als de hechtingen in haar voorhoofd. Hoewel ze in Japan soms wel tevreden leek, voelde ze zich vanbinnen verscheurd en gekwetst. De afstand tot haar familie en het verlies van haar carrière hebben wonden aangericht die misschien wel nooit genezen. Hier in de kliniek helpt ze de artsen met andere patiënten - als ze hen niet vraagt de FBI voor haar te bellen.

Mijn zangvogeltje heeft de gedachte aan ontsnappen nog niet opgegeven en ik ben bang dat ze dat nooit zal doen.

De telefoongesprekken met haar ouders helpen ook

niet. Ik heb haar elke dag met ze laten bellen deze week, maar dat lijkt het alleen maar erger te maken. Sara is nu vijf maanden weg en ondanks haar geruststellingen is haar familie ervan overtuigd dat ze tegen haar wil wordt vastgehouden.

'Waarom kom je niet gewoon naar huis?' vraagt haar moeder gefrustreerd als ik een keer meeluister. 'Als je alleen met die man op reis bent, zou je gewoon op visite kunnen komen. Je weet al dat ze je vervangen hebben in het ziekenhuis, hè? Je vader en ik hebben ze gesmeekt te wachten, maar het was te druk. Je vriendin Marsha belt iedere week om te horen of we weten hoe het met je gaat. Waarom heb je haar of iemand anders uit het ziekenhuis niet gebeld? Ze maken zich zorgen om je, schat, en wij ook. En je vaders hart...' Ze zwijgt, maar ik zie Sara wit wegtrekken onder de blauwe plekken.

'Wat is er met papa's hart?' Haar stem klinkt paniekerig. 'Mam, alsjeblieft. Wat is er met papa's hart?'

'Hij wordt er niet jonger op en ik ook niet,' zegt Lorna Weisman. Ik hoor Sara opgelucht zuchten als ze beseft dat haar moeder niet bedoelt dat er problemen zijn. Mijn hackers hebben de medische gegevens van de Weismans in de gaten gehouden en ik zou het Sara verteld hebben als er nieuwe ontwikkelingen waren. Toch kan ik zien dat dit haar bang maakt. Dat is een van Sara's grootste angsten: dat er iets met haar ouders gebeurt terwijl zij niet in de buurt is... Dat ze de mensen van wie ze het meeste houdt niet zou kunnen helpen omdat ik haar aan de andere kant van de wereld gevangen houd.

'Kom op, mam, zeg dat soort dingen niet,' zegt ze zogenaamd opgewekt. 'Het gaat prima met me en ik ga mijn best doen om binnenkort op bezoek te komen.'

'Wanneer dan?' vraag haar moeder. 'Noem een datum.'

Sara kijkt mijn kant op. 'Dat gaat niet. Nog niet.'

'Waarom niet? Omdat het van hem niet mag?'

'Nee, mam. Dat heb ik je al uitgelegd. Dat hele gedoe met de FBI is een misverstand, maar tot het opgelost is, kan Peter niet...'

'Onzin.' Dat is haar vader; hij moet via de luidspreker hebben meegeluisterd. 'Hij niet, maar jij wel. En dat zou je ook moeten doen. Als hij je niet gevangen houdt, kom dan gewoon naar huis. Maak dat je wegkomt bij die crimineel. Wist je dat ze denken dat hij mensen heeft vermoord? Uiteraard vertellen ze ons niets, maar we hoorden ze praten en...'

'Ik moet gaan, pap. Het spijt me. Ik spreek jullie later deze week, goed? Ik houd van jullie.'

Sara hangt op voor haar vader nog iets kan zeggen en hoewel ze haar gezichtsuitdrukking neutraal houdt, kan ik zien dat ze op het punt staat in tranen uit te barsten. Ik loop zachtjes naar haar bed en trek haar op schoot, voorzichtig met haar gewonde schouder.

Ik houd haar vast als ze huilt en mijn eigen wanhoop neemt toe als ik besef dat het anders moet.

Ik kan haar niet laten gaan, maar ik kan haar zo ook niet houden.

WAT HET NÓG LASTIGER MAAKT, IS DAT ER SINDS HET ongeluk iets tussen ons veranderd is. Ik kan het voelen en het vernietigt al mijn neigingen tot nobelheid. Ik heb altijd al gewild dat Sara mijn gevoelens zou beantwoorden en nu lijkt dat eindelijk binnen handbereik. De manier waarop ze zich aan me vastklampt en naar me kijkt, wakkert mijn obsessieve behoefte om haar bij me te houden, vast te houden en nooit meer los te laten alleen maar aan.

Ik wil haar voorgoed in die gouden kooi houden zodat ze altijd veilig zal zijn.

Ik wil haar overal tegen beschermen, inclusief mijn eigen verwrongen behoeften.

'De artsen zeggen dat het mag, hoor,' prevelt ze die avond, haar hand onder de dekens rond mijn stijve penis sluitend. 'Laat me...'

'Nee.' Ik grom, maar duw haar hand weg, hoewel mijn hele lichaam om haar gewillige aanrakingen smeekt. 'Vanavond niet, *ptichka*. Je bent nog niet voldoende hersteld.'

De artsen mogen lichte seks dan goedgekeurd hebben, ik ken mezelf. De intensiteit van mijn verlangen naar Sara jaagt me angst aan. Mijn behoefte aan haar is te intens, te onbeheerst. Ik mag haar pas weer op die manier aanraken als ze helemaal hersteld is, dus dwing ik mezelf daarop te wachten.

En op het moment waarop ik mijn pijnlijke twijfels heb uitgevogeld en weet wat ik moet doen.

AAN HET EINDE VAN DE TWEEDE WEEK WORDEN SARA'S hechtingen verwijderd en laten de artsen ons weten dat ze niet langer in de kliniek hoeft te blijven. Eentje wijst er zelfs op dat Sara in een gewoon ziekenhuis na de eerste nacht al ontslagen zou zijn. Hun mening interesseert me geen reet, maar Sara is een ander verhaal.

Ze is de kliniek spuugzat en wil overal wel heen, inclusief ons huis in Japan.

'Alsjeblieft, Peter. Het is echt wel klaar. Het gaat prima met me,' houdt ze vol. Uiteindelijk geef ik toe en geef ik Anton opdracht het vliegtuig morgenochtend klaar te hebben staan.

'Dat werd verdomme eens tijd,' gromt hij chagrijnig. 'We waren er eigenlijk van overtuigd dat je met pensioen zou gaan en hier wilde gaan wonen.'

Ik bedwing de neiging om terug te snauwen, want hij heeft gelijk. Sinds Sara's ongeluk heb ik alles op pauze gezet en alle aanbiedingen voor klussen genegeerd. Onze roem in de onderwereld neemt toe en daar zouden we gebruik van moeten maken.

Nog een paar klussen zoals die in Turkije en mijn mannen en ik zullen daadwerkelijk met pensioen kunnen gaan.

Dan hebben we genoeg geld om de rest van ons leven de autoriteiten te ontlopen.

LATER DIE AVOND BEKIJK IK MIJN E-MAILS. ZOALS gewoonlijk heb ik talloze berichten van huidige en mogelijk toekomstige cliënten. Sommige opdrachten zijn absurd, zoals het aanbod van vijfhonderdduizend dollar om een lokale maffiabaas uit te schakelen of een miljoen euro om een rijke oom te doden, maar er zijn er genoeg die een overweging waard zijn.

Ik ben er bijna doorheen als een nieuwe e-mail binnenkomt. Ik open hem en staar er geschokt naar.

Honderd miljoen euro.

Vier keer meer dan onze tot dusver lucratiefste opdracht.

De e-mail is van Danilo Novak, de Servische wapenhandelaar die Kent en Esguerra probeert te ondermijnen. En als het aanbod mijn interesse nog niet had gewekt, dan de naam van het doelwit wel.

Novak wil dat ik Julian Esguerra uitschakel, mijn voormalige baas en de man die gezworen heeft me te vermoorden omdat ik zijn vrouw in gevaar bracht.

Verbijsterd lees ik de e-mail nog een keer door. Alle mogelijkheden razen door mijn brein. Als ik tussen de regels door lees, lijkt Novak wat opties te hebben om de klus niet langer onmogelijk, maar alleen nog maar onmogelijk gevaarlijk te maken. Toch zou Esguerra ons moeilijkste doelwit tot dusver zijn.

Maar het is ook de enige klus die we nog zouden hoeven doen om voor ons leven klaar te zijn.

Ik staar naar mijn laptop en dan komt een idee bij me op, even gevaarlijk en nog veel verleidelijker.

Als ik dit goed aanpak, kan deze klus inderdaad het antwoord op al mijn vragen zijn.

Dan kan ik Sara houden en haar het leven bieden waar ze naar verlangt.

Bedankt voor het lezen! Als je een recensie wilt achterlaten, wordt dat enorm gewaardeerd. Het verhaal van Peter en Sara gaat verder in *Mijn Lotsbestemming*. Als je wilt weten wanneer mijn volgende boek uitkomt, kun je je aanmelden voor de nieuwsbrief op www. annazaires.com/book-series/nederlands/

Als je van *Mijn Obsessie* genoten hebt, vind je de volgende boek misschien ook wel leuk:

- *Verwrongen* – het verhaal van Julian en Nora, dark romance
- *Gevangen* – het verhaal van Lucas en Yulia, dark romance
- *De Krinar-kronieken* - drie romans over Mia en Korum, enkele jaren na de invasie
- *De Krinar-gevangene* – Een losse sci-fi romance

- ***De Krinar-onthulling*** – een novelle over de ontmoeting tussen een journalist en een K
- ***Weggevoerd: Een Krinar-Verhaal*** – het verhaal van Arus en Delia, sci-fi romance

Sla de bladzijde om voor een voorproefje van *De Krinar-gevangene*, *Verwrongen* en *Gevangen*.

STUKJE UIT DE KRINAR-GEVANGENE

Noot van de auteur: *De Krinar-gevangene* is een volledige roman die zich afspeelt ongeveer vijf jaar voor de invasie.

Emily Ross had nooit verwacht dat ze haar dodelijke val in de jungle van Costa Rica zou overleven, en ze had absoluut niet verwacht dat ze zou ontwaken in een vreemd futuristisch onderkomen, gevangengehouden door de mooiste man die ze ooit had gezien. Een man die meer dan een mens lijkt te zijn…

Zaron is op de aarde om de Krinar-invasie voor te bereiden – én om de vreselijke tragedie te vergeten die hem heeft verscheurd. Maar als hij het ernstig gewonde lichaam van een mensenmeisje aantreft, verandert alles. Voor het eerst in jaren voelt hij iets anders dan woede en rouw, en dat komt allemaal door Emily. Als hij haar laat gaan komt zijn missie in gevaar, maar als hij haar laat blijven, zou hij opnieuw verwoest kunnen worden.

~

Ik wil niet dood. Ik wil niet dood. Alsjeblieft, alsjeblieft, ik wil niet dood.

De woorden bleven door haar hoofd gaan. Een wanhopige smeekbede die nooit gehoord zou worden. Haar vingers gleden nog een centimeter verder weg op het ruwe hout; ze brak haar nagels in haar pogingen om de grip niet te verliezen.

Emily Ross hing aan een kapotte, oude brug. Tientallen meters beneden haar raasde het water over de rotsachtige rivierbodem. Het had veel geregend de afgelopen tijd, waardoor de bergrivier snel stroomde.

Die regen was een van de oorzaken van haar huidige penibele situatie. Als het hout van de brug droog was geweest, was ze misschien niet uitgegleden, waarbij ze haar enkel had verzwikt. En ze zou zeker niet tegen de reling gevallen zijn, die het door haar gewicht had begeven.

Alleen het feit dat ze zich op het laatste moment had weten vast te grijpen, had voorkomen dat Emily richting haar dood was gevallen. In haar val had haar rechterhand een kleine uitstulping aan de zijkant van de brug gepakt, en nu bungelde ze tientallen meters boven de harde rotsen in de lucht.

Ik wil niet dood. Ik wil niet dood. Alsjeblieft, alsjeblieft, alsjeblieft, ik wil niet dood.

Het was niet eerlijk. Dit was niet de manier waarop het horde te gaan. Ze was op vakantie om weer tot zichzelf te komen. Hoe was het mogelijk dat ze uitgerekend nu zou doodgaan? Ze was nog niet eens begonnen met leven.

Beelden van de afgelopen twee jaar schoten voor Emily's geestesoog voorbij, vormgegeven als de PowerPoint-presentaties waaraan ze zoveel uren van haar leven had besteed. Alle avonden en weekends die ze op kantoor had doorgebracht, het was allemaal voor niets geweest. Ze was haar baan kwijtgeraakt in een ontslagronde en nu stond ze op het punt dood te gaan.

Nee, nee!

Emily's benen zwiepten heen en weer, haar nagels groeven zich dieper in het hout. Met haar andere arm reikte ze omhoog naar de brug. Dit zou haar niet overkomen. Ze zou het niet laten gebeuren. Ze had te hard gewerkt om zich door een lullige brug te laten verslaan.

Het ruwe hout sneed in haar vingers en er liep bloed langs haar armen naar beneden, maar ze negeerde de pijn. Haar enige kans op overleving was als ze de zijkant van de brug met haar andere hand kon vastgrijpen en zichzelf omhoog kon trekken. Er was hier niemand die haar kon redden als ze zichzelf niet redde.

De mogelijkheid dat ze moederziel alleen zou kunnen sterven in het regenwoud was niet bij Emily opgekomen toen ze aan deze reis begon. Ze was een ervaren wandelaar en kampeerder, en zelfs na de twee helse jaren die ze achter de rug had, was ze nog altijd goed in vorm. Ze had haar conditie onderhouden met hardlopen en teamsporten op highschool en de Universiteit. Costa Rica stond bekend als een veilige bestemming; er was weinig criminaliteit en men was er gewend aan toeristen. Ook was het hier niet al te duur – een belangrijke overweging gezien haar snel slinkende spaarsaldo.

Ze had deze reis al geboekt vóórdat alles bergafwaarts ging. Voordat de markt weer in een vrije val was geraakt, voordat er weer een ontslagronde volgde die duizenden medewerkers op Wall Street hun baan kostte. Voordat Emily op een doodgewone maandag naar haar werk ging, met kringen onder haar ogen omdat ze het hele weekend door had gebuffeld, en diezelfde dag met haar bezittingen in een kartonnen doos de deur weer uit liep.

Voordat haar vier jaar lange relatie was uitgegaan.

Het was haar eerste vakantie in twee jaar tijd. En ze ging hem niet overleven.

Nee, zo moet je niet denken. Dat gaat niet gebeuren.

Maar Emily wist dat ze tegen zichzelf loog. Ze voelde haar vingers nog verder wegglippen, haar rechterarm en -schouder branden van de inspanning die het kostte om haar lichaamsgewicht tegen te houden. Haar linkerhand was heel dicht bij de zijkant van de brug, maar of het nu een paar centimeter was of een paar kilometer, het deed er niet toe. Het was onmogelijk om genoeg grip te krijgen om zichzelf met één arm omhoog te hijsen.

Doe het nou, Emily! Niet nadenken, gewoon doen!

Ze verzamelde al haar kracht, zwiepte haar benen omhoog en gebruikte het momentum om haar lichaam een klein stukje omhoog te brengen. Met haar linkerhand greep ze een uitstekend deel van de brug vast, en... het fragiele stuk hout brak. Er kwam een kreet van doodsangst uit haar keel.

Emily's laatste gedachte voordat haar lichaam de rotsen raakte, was: *ik hoop dat ik in één klap dood ben.*

De geur van het oerwoud, rijk en indringend, drong Zarons neusgaten binnen. Hij ademde diep in en liet de vochtige lucht zijn longen vullen. Dit kleine stukje van de aarde was schoon, bijna net zo onbezoedeld als zijn thuisplaneet.

Dit was wat hij nu nodig had. Frisse lucht, ruimte, alleen zijn. De afgelopen zes maanden had hij geprobeerd weg te vluchten van zijn eigen malende gedachten en in het hier en nu te leven, maar het was hem niet gelukt. Zelfs bloed en seks hielpen niet meer. Tijdens de daad kon hij wel even zijn gedachten verzetten, maar naderhand kwam de pijn weer net zo hard terug.

Het was hem te veel geworden. Het vuil, de menigten, de stank van de mensheid. Als hij zich niet in een extatische schemerwereld bevond, was hij steevast diepongelukkig. Zijn zintuigen waren overprikkeld na zo lange tijd in mensensteden te hebben geleefd. Hier was het beter. Hier kon hij ademen zonder gif in zijn system te krijgen, kon hij leven ruiken in plaats van chemicaliën. Over een paar jaar zou alles anders zijn en dan zou hij het leven in een mensenstad wel weer een kans geven, maar nu niet.

Niet voordat ze hier volledig voet aan de grond hadden gekregen.

Dit was Zarons taak: hij was verantwoordelijk voor het stichten van nederzettingen. Hij had al tientallen jaren onderzoek gedaan naar de flora en fauna op aarde en toen de Raad zijn hulp vroeg bij de aankomende kolonisatie, had hij niet getwijfeld. Alles liever dan thuis zijn, waar alles hem herinnerde aan Larita.

Hier lagen geen herinneringen. Hoeveel overeenkomsten deze planeet ook had met Krina, het was hier vreemd en exotisch. Zeven miljard homo sapiens op aarde – een onbevattelijk aantal – en ze vermenigvuldigden zich op een krankzinnig tempo. Hun korte levensspanne en daaruit voortvloeiende gebrek aan langetermijnplanning hadden ertoe geleid dat ze de natuurlijke bronnen van de planeet in hoog tempo uitputten, zonder zich zorgen te maken over de toekomst. In sommige opzichten deden ze hem denken aan de *Schistocerca gregaria*, een sprinkhaansoort die hij een paar jaar geleden bestudeerd had.

Goed, mensen waren intelligenter dan insecten. Sommige individuen, zoals Einstein, hadden zelfs

Krinar-achtige intelligentie. Dit verbaasde Zaron niet echt: hij had altijd vermoed dat dit de bedoeling was van het grote experiment van de Ouderen.

Terwijl hij door het oerwoud van Costa Rica liep, dacht hij na over zijn taak. Dit stukje van de planeet was veelbelovend. Het was niet moeilijk om zich voor te stellen dat hier eetbare planten van Krina zouden kunnen groeien. Hij had de bodem uitvoerig getest en hij had wel wat ideeën om hem nog beter geschikt te maken voor de gewassen van Krina.

Overal om hem heen was het bos overvloedig en intens groen. Het rook er naar bloeiende heliconia's en hij hoorde de ritselende bladeren en inheemse vogels. In de verte klonk de roep van een *Alouatta palliata*, een brulaap die hier voorkwam, en nog iets anders.

Zaron fronste en luisterde nog wat aandachtiger, maar het geluid bleef uit.

Nieuwsgierig liep hij in de richting waar het vandaan was gekomen. Zijn jagersinstinct stond op scherp. Heel even had het geluid hem doen denken aan de kreet van een vrouw.

Hij bewoog zich gemakkelijk door de dikke, dichte begroeiing van de jungle, en versnelde zijn pas nog wat om over een stroompje en een paar bosjes die in de weg stonden heen te springen. Hier, waar mensen hem niet konden zien, stond niets hem in de weg om zich te bewegen als een Krinar. Binnen een paar minuten was hij dichtbij genoeg om de geur op te pikken. Scherp en koperachtig. Hij watertandde en zijn pik roerde zich.

Het was bloed.

Mensenbloed.

Eenmaal op de plek waar het geluid en de geur vandaan kwamen stond Zaron abrupt stil en hij staarde naar wat hij voor zich zag.

Het was een bergrivier die snel stroomde omdat het recentelijk hevig had geregend. En op de grote, zwarte rotsen in het midden, onder een oude houten brug over de kloof, lag een lichaam.

Een lichaam van een mensenmeisje, in een onmogelijke houding.

De Krinar-gevangene is nu verkrijgbaar. Ga naar mijn website www.annazaires.com/book-series/nederlands/ voor meer informatie en om je aan te melden voor mijn nieuwsbrief.

FRAGMENT UIT VERWRONGEN

Ontvoerd. Meegenomen naar een privé-eiland.

Ik had nooit gedacht dat mij dit zou overkomen. Ik had me nooit kunnen voorstellen dat een toevallige ontmoeting aan de vooravond van mijn achttiende verjaardag mijn leven zo volkomen zou veranderen.

Nu behoor ik hem toe. Julian. Een man die even meedogenloos als knap is — een man wiens aanraking me in vuur en vlam zet. Een man wiens tederheid verwoestender is dan zijn wreedheid.

Mijn ontvoerder is een raadsel. Ik weet niet wie hij is of waarom hij me heeft ontvoerd. In hem bevindt zich duisternis—duisternis die me evenzeer aantrekt als beangstigt.

Ik ben Nora Leston. Dit is mijn verhaal.

Het is avond. Ik word elke minuut nerveuzer omdat ik weet dat ik straks mijn ontvoerder weer zie. Niet langer houdt het boek mijn aandacht vast. Daarom leg ik het maar weg en begin te ijsberen.

Ik heb de kleren aan die Beth me gebracht heeft. Zelf zou ik ze niet uitgekozen hebben, maar ze zijn beter dan die badjas. Ik heb een sexy wit slipje aan en een bijpassende beha. Daaroverheen draag ik een leuk blauw zomerjurkje met knoopjes van voren. Het is verbazend hoe goed het past. Misschien houdt hij me al wel langer in de gaten. Misschien weet hij naast mijn kledingmaat nog veel meer van me.

Die gedachten zijn misselijkmakend.

Hoe hard ik ook probeer niet te denken aan wat komen gaat, het lukt me niet. Eigenlijk begrijp ik niet eens waarom ik er zo van overtuigd ben dat hij vanavond naar me toe komt. Misschien heeft hij wel een hele harem aan vrouwen op dit eiland zitten en neemt hij elke avond een ander, net als sultans dat vroeger deden.

Maar ik weet gewoon dat hij eraan komt. Gisteren was gewoon een voorproefje. Hij is nog niet klaar met me – nog lang niet.

Uiteindelijk gaat de deur open. Hij stapt binnen alsof hij de touwtjes in handen heeft, wat natuurlijk ook zo is.

Opnieuw ben ik onder de indruk van zijn

mannelijke schoonheid. Met zo'n gezicht zou hij een model of een filmster kunnen zijn. Als de wereld eerlijk was, was hij klein geweest, of had hij een andere imperfectie gehad om voor die trekken te compenseren.

Maar dat is niet het geval. Zijn lichaam is perfect geproportioneerd, groot en gespierd. Als ik denk aan hoe het was om hem in me te voelen, bespeur ik tot mijn ongenoegen een vlaag van opwinding.

Wederom draagt hij een spijkerbroek en een T-shirt, een grijze ditmaal. Hij heeft groot gelijk dat hij de voorkeur geeft aan eenvoudige kleding. Het is niet of zijn uiterlijk nog extra nadruk nodig heeft.

Hij glimlacht naar me, duister en verleidelijk als een gevallen engel. "Hallo, Nora."

Ik heb geen idee wat ik moet zeggen en daarom flap ik het eerste eruit wat in me opkomt: "Hoelang wil je me hier houden?"

Hij houdt zijn hoofd een tikje scheef. "Hier in deze kamer? Of op dit eiland?"

"Allebei."

"Beth zal je morgen rondleiden. Als je zin hebt, kunnen jullie gaan zwemmen," zegt hij terwijl hij op me af loopt. "Ik houd je niet opgesloten, tenzij je domme dingen gaat doen."

"Zoals?" Mijn hart begint als een gek te bonzen wanneer hij met een hand door mijn haren strijkt.

"Beth of jezelf pijn doen." Zijn zachte stem en indringende blik werken hypnotiserend. Die ritmische strelingen door mijn haar versterken dat effect alleen maar.

Ik probeer de betovering te verbreken door een paar keer met mijn ogen te knipperen. "En op het eiland? Hoe lang ben je van plan me hier te houden?" Nu strijkt zijn hand over de ronding van mijn wang. Even leun ik tegen zijn hand, als een kat die geaaid wordt. Dan besef ik wat ik aan het doen ben, en meteen ga ik weer stokstijf rechtop staan. Aan zijn glimlach zie ik dat hij precies weet welk effect hij op me heeft.

"Lang, hoop ik," is zijn antwoord.

Op de een of andere manier verrast dat me niet. Je neemt niet de moeite iemand helemaal naar een verlaten eiland te brengen als je alleen paar keer seks wilt. Ik ben doodsbang, dat wel, maar niet verrast. Ik verzamel mijn moed en stel de volgende logische vraag: "Waarom heb je me ontvoerd?"

Nu glimlacht hij niet meer. In plaats van te antwoorden, neemt hij me met die onpeilbare blauwe ogen op.

Over mijn hele lichaam begin ik te beven. "Ga je me vermoorden?"

"Nee, Nora, ik ga je niet vermoorden."

Ik weet dat hij zou kunnen liegen, maar toch stelt het antwoord me gerust. "Ga je me dan verkopen?" Ik forceer de woorden naar buiten. "Als een prostituee of zo?"

"Nee," zegt hij zacht. "Dat nooit. Je bent van mij. Alleen van mij."

Ook dat stelt me wat gerust, maar er is één ding dat ik nog moet weten. "Ga je me pijn doen?"

Wederom lijkt het of hij geen antwoord gaat geven. Heel even verschijnt er een flits van iets duisters in zijn ogen.

"Waarschijnlijk wel," zegt hij dan en hij buigt zich voorover om me met zijn warme mond zachtjes op mijn lippen te kussen.

Een moment lang blijf ik als bevroren staan. Ik geloof hem. Ik weet dat hij de waarheid vertelt als hij zegt dat hij me pijn gaat doen. Al vanaf het begin is er iets aan hem dat me angst aanjaagt. Hij is zo anders dan de jongens met wie ik altijd uitging. Volgens mij is hij tot alles in staat. En ik ben volledig aan hem overgeleverd.

Heel even overweeg ik me weer te verzetten. Dat is wat men zou doen in mijn situatie, nietwaar? Dat zou dapper zijn.

Maar ik doe het niet. Ik bespeur een duisternis in hem, een afwijking. Die schoonheid verbergt iets monsterlijks en ik wil niet degene zijn die het wekt. Ik heb geen idee wat er dan zal gebeuren.

Daarom blijf ik doodstil staan en laat ik hem me kussen. Ook wanneer hij me oppakt en naar het bed draagt, verzet ik me niet. In plaats daarvan sluit ik mijn ogen en geef ik me over aan de gevoelens die hij in me oproept.

~

Verwrongen is nu verkrijgbaar. Ga naar mijn website www.annazaires.com/book-series/nederlands voor meer informatie en om je in te schrijven voor mijn releasemailing.

406

FRAGMENT UIT GEVANGEN

Noot van de auteur: *Gevangen* is een trilogie met donkere romantiek met Lucas en Yulia. Het loopt parallel met enkele van de gebeurtenissen in de *Verwrongen*-trilogie. Alle drie de boeken zijn nu beschikbaar.

~

Ze is bang voor hem vanaf het eerste moment dat ze hem ziet.

Yulia Tzakova is geen onbekende voor gevaarlijke mannen. Ze groeide op met hen. Ze heeft ze overleefd. Maar als ze Lucas Kent ontmoet, weet ze dat de harde ex-soldaat misschien wel de gevaarlijkste van allemaal is.

Eén nacht, dat is alles wat het zou moeten zijn. Een kans om een mislukte opdracht goed te maken en informatie te krijgen over de wapenleverancier van Kent. Wanneer zijn vliegtuig naar beneden gaat, zou het het einde moeten zijn.

In plaats daarvan is het nog maar het begin.

Hij wil haar vanaf het eerste moment dat hij haar ziet.

Lucas Kent heeft altijd graag langbenige blondines gehad en Yulia Tzakova is zo mooi als ze komen. De Russische tolk heeft misschien geprobeerd zijn baas te verleiden, maar ze belandt in Lucas 'bed - en hij is van plan haar daar weer te zien.

Dan gaat zijn vliegtuig naar beneden en leert hij de waarheid.

Ze heeft hem verraden.

Nu zal ze betalen.

Zodra de deur open zwaait, stapt hij naar binnen. Geen aarzeling, geen begroeting... Hij stapt gewoon naar binnen.

Geschrokken zet ik een stap achteruit. De hal lijkt ineens benauwend klein. Ik was vergeten hoe groot hij is, hoe breed zijn schouders zijn. Ik ben lang - lang genoeg om me als model voor te doen als de situatie daarom vraagt - maar hij steekt nog een volle kop boven me uit. In zijn dikke winterjack neemt hij bijna alle ruimte in de hal in beslag.

Zonder iets te zeggen, sluit hij de deur achter zich en komt op me af. Instinctief ga ik achteruit, alsof ik een in de hoek gedreven prooi ben.

'Hallo, Yulia,' prevelt hij. Bij de doorgang naar de woon-/slaapkamer blijft hij staan. Zijn lichte ogen zijn op mijn gezicht gevestigd. 'Ik had niet verwacht je zo aan te treffen.'

Ik probeer mijn zenuwen weg te slikken. 'Ik ben net in bad geweest.' Ik wil kalm en zelfverzekerd overkomen, maar hij brengt me volledig uit mijn evenwicht. 'Ik had niet op bezoek gerekend.'

'Nee, dat zie ik.' Een vage glimlach verzacht de harde lijnen van zijn mond. 'Toch heb je me binnengelaten. Waarom?'

'Omdat ik geen zin had door de deur heen te praten.' Ik haal diep adem. 'Kan ik je een kopje thee aanbieden?' Aangezien hij voor iets heel anders gekomen is, klinkt het stom om te zeggen, maar ik heb een paar minuten nodig om me te herstellen.

Hij trekt zijn wenkbrauwen op. 'Thee? Nee, bedankt.'

'Mag ik dan je jas aannemen?' Ik gebruik beleefdheid als rookgordijn voor mijn onzekerheid. 'Hij lijkt me behoorlijk warm.'

Nu schijnt er geamuseerdheid door in die koele blik

van hem. 'Zeker.' Hij trekt het donsjack uit en reikt het me aan. Eronder draagt hij een zwarte trui en een donkere spijkerbroek, die in zwarte sneeuwlaarzen gestoken is. De spijkerstof spant om zijn gespierde dijbenen en kuiten. Aan de riem is een pistool in een holster te zien.

Van die aanblik alleen al versnelt mijn ademhaling. Het kost me moeite mijn handen niet te laten trillen als ik de jas aanpak en in mijn kleine kast hang. Het is niet zozeer een verrassing dat hij gewapend is - het zou eerder verbazend zijn als dat niet het geval was geweest - maar het wapen is een overduidelijke herinnering aan wie Lucas Kent is.

Aan wat hij is.

Het maakt niet uit, houd ik mezelf voor. Ik ben gevaarlijke mannen gewend. Ik ben met ze opgegroeid. Deze man is niet heel anders. Ik ga met hem naar bed, peuter de informatie los die ik krijgen kan en dan verdwijnt hij uit mijn leven.

Zo simpel is het. Hoe eerder ik tot actie overga, hoe eerder het allemaal voorbij is.

Ik sluit de deur en plak een glimlach op mijn gezicht, klaar om mijn rol als zelfverzekerde verleidster aan te nemen.

Maar hij staat al naast me. Blijkbaar is hij zonder enig geluid te maken de hal door gelopen.

Mijn polsslag schiet opnieuw omhoog. Van mijn zojuist hervonden evenwicht is weinig meer over. Hij staat zo dicht bij me dat ik de grijze kleurschakeringen in zijn lichtblauwe ogen kan zien - zo dichtbij dat hij me zou kunnen aanraken.

En een seconde later doet hij dat ook.

Hij heft een hand en laat zijn knokkels langs mijn kaak glijden.

Ik staar hem aan, verrast door de directe reactie van mijn lichaam. Mijn huid wordt warm, mijn tepels worden hard. Mijn ademhaling versnelt. Het slaat nergens op dat deze harde, gewetenloze vreemdeling me opwindt. Zijn baas is knapper, indrukwekkender, maar mijn lichaam reageert op Kent. En hij heeft slechts mijn gezicht aangeraakt. Het zou me niets moeten doen, maar toch voelt het gebaar intiem aan.

Verontrustend intiem.

Ik slik nog een keer. 'Meneer Kent... Lucas, wil je echt niets drinken? Misschien koffie of...' De woorden worden abrupt afgebroken als hij in een kort, simpel gebaar aan de ceintuur van mijn ochtendjas trekt.

'Nee.' Hij kijkt toe hoe de ochtendjas openvalt en mijn naakte lichaam onthult. 'Geen koffie.'

Gevangen is nu verkrijgbaar. Ga naar <u>www.annazaires.com/book-series/nederlands</u> om er meer over te weten te komen.